Ralf Strackbein

Tristan Irle

Eisenhart

Ein Siegerländer Kriminalroman

Magolves-Verlag
Siegen

www.magolves.com

ab

November 2001 im Internet

1. Auflage 2001

1.–4. Tausend

Magolves-Medienservice

Magolves-Verlag

Umschlag:

Idee – Ralf Strackbein

Grafik: Michaela Becker, Kathrin Klotzki-Progri

Satz und Druck:

Vorländer GmbH & Co, Siegen

ISBN 3-935378-03-3

Das Buch wurde auf chlorfrei gebleichtem Papier gedruckt.

Für Else und Walter, meine Paten,
die 2001 zusammen ihr 14. Lebensjahrzehnt feiern.

Siegerland-Wittgenstein

Übersichtskarte

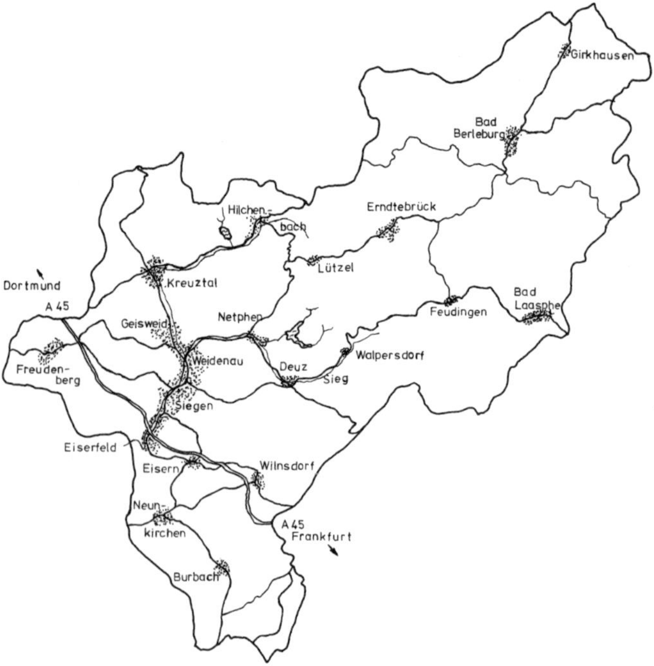

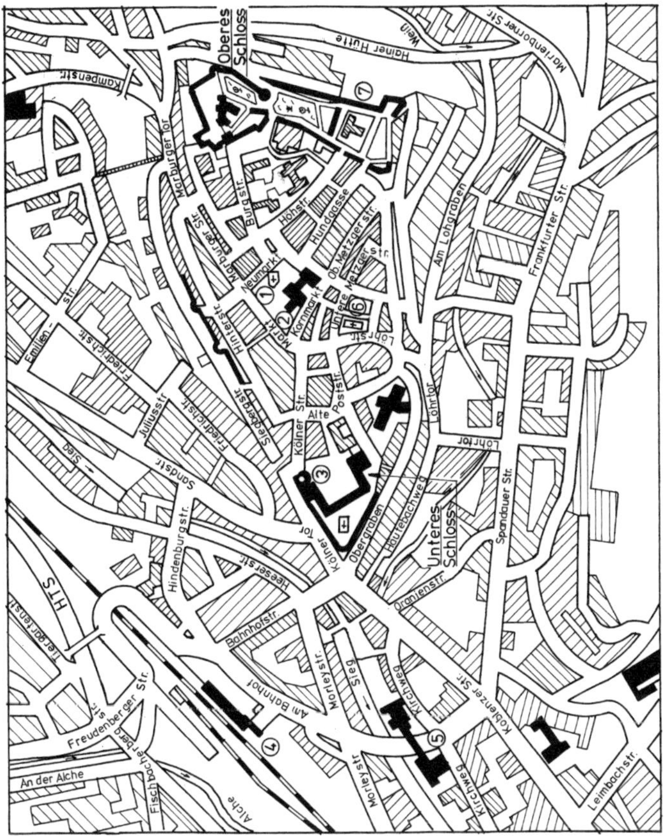

1 Nikolaikirche

2 Rathaus I und Marktplatz

3 Dicker Turm mit Glockenspiel

4 Hauptbahnhof

5 Landgericht

6 Marienkirche und Tristans Zuhause

7 Schlosspark

Verzeichnis der wichtigsten Personen in Gruppen zusammengefasst:

Der Segelflugverein:

Jakob Krüger, unbequemes Vereinsmitglied und bedauerliches Opfer.

Jörg Bücker, Fluglehrer und Amtsleiter der Stadtverwaltung, mit Blick für das Wesentliche.

Patrik Wilms, Vorstand, hat stets ein Ohr für die Wichtigen im Verein.

Frank Dietermann, Flugleiter und sehr schweigsam.

Pierre-Olaf Anderdeck, Schlepppilot und vorsichtig.

Wulf Specht, Jakobs Vetter und ein begnadeter Segelflieger.

Ulrich Hundt, Werkstattleiter und Helgas Verwandter.

Tatjana Maus, Schlepppilotin, angehende Fluglehrerin und Jakobs Freundin.

Mike, Flugschüler mit Ambitionen.

Fritz, das Faktotum des Vereins, alter Fliegerveteran.

Die Stadtverwaltung:

Rainer Goldmann, Stadtkämmerer mit Übergewicht und nervösem Gemüt.

Katrin Becker, Pressesprecherin und heiß auf interessante Geschichten.

Bürgermeister, geschlagen mit einem wirklich anstrengenden Amt.

Die Staatsmacht:

Norbert Pfeiffer, Hauptkommissar, man kennt ihn.

Werner Holzbaum, Kommissar, hat mit der Hitze zu kämpfen.

Wilhelm Flender, Polizeidirektor.

Friedrich Büdenbender, Staatsanwalt auf Abwegen.

Die mehr oder weniger freiwilligen Detektive:

Tristan Irle, Privatdetektiv aus Passion.

Helga Bottenberg, seine ihn liebende Freundin.

Erich Roth, ein Zwei-Meter-Mann im Dienst Gottes.

Sina Santes, IT-Spezialistin und verdammt schlagfertig.

Klette, ein entlassener Fälscher,

und

Marlowe, mit tollkühnen Flugmanövern.

Jede Ähnlichkeit mit realen Tatbeständen, lebenden oder juristischen Personen, Örtlichkeiten, Körperschaften, Unternehmen, Gesellschaften oder Organisationen, natürlichen oder übernatürlichen Hierarchien ist rein zufällig.

1. Der Stoß überraschte ...

Sonntagmittag

Der Stoß überraschte Jakob. Das Schleppseil spannte sich unerwartet schnell. Innerhalb weniger Sekunden beschleunigte das Segelflugzeug und holperte über eine saftige Graspiste. Gute dreißig Meter vor ihm brummte ein in die Jahre gekommener Sternmotor, der einen noch älteren Doppeldecker und sein Segelflugzeug nun langsam beschleunigte. Nach einigen Metern Rollen spürte Jakob die erste Ruderwirkung, und dann hob das Segelflugzeug plötzlich ab. Sofort drückte er den Steuerknüppel vorsichtig nach vorn, um nicht über den alten Doppeldecker zu steigen. Mittlerweile lag ein gutes Stück der Startbahnlänge hinter ihm.

Wenn seine Freundin, Tatjana, nicht bald den Doppeldecker in die Höhe ziehen würde, dachte Jakob, dann ...

Jakob blickte zu einem gelben Knopf, der einen Haken entriegelte, an dem das Schleppseil eingeklinkt war.

In dem Moment hob der Doppeldecker ab und schleppte ihn über eine nahe stehende Baumreihe, hinüber über die Autobahn 45 in Richtung Eiserfeld. Unter Jakob breitete sich das Siegtal aus.

Tatjana steuerte den Doppeldecker geradeaus. Sie vermied in dieser niedrigen Höhe größere Kurskorrekturen und versuchte Höhe zu gewinnen. Starke Turbulenzen ließen den Doppeldecker hin und her tanzen. Jakob konzentrierte sich auf das Schleppseil und hielt es stramm. Wenn das Schleppseil zu sehr durchhing und sich plötzlich wieder spannte, katapultierte der viel kräftigere Doppeldecker das leichte Segelflugzeug mit einem unangenehmen Ruck nach vorne, was dann wieder zu einem Durchhängen des Seiles führte und bei Wiederholung leicht in einer lebensgefährlichen Flugsituation enden konnte – besonders in niedrigen Höhen.

Der Schleppzug stabilisierte sich, als sie die Hangaufwinde am Gilberg hinter sich ließen. Tatjana schleppte Jakob vom Segelfluggelände weg. Ihr Ziel waren eine Anzahl dicker fetter Schäfchenwolken, die sich über der Geburtsstadt Peter Paul Rubens' bildeten. Diese Schönwetterwolken, auch Cumuluswolken genannt, weckten in jedem Segelflieger den Wunsch, die Erde so schnell als möglich zu verlassen und mit den Bussarden aufzusteigen.

Die watteartigen weißen Gebilde entstehen durch warme, aufsteigende Luft. Die Sonne erwärmt zuvor den Boden, ähnlich einer Herdplatte. Da die Erde nicht gleichmäßig beschaffen ist, erwärmt sie sich unterschiedlich. Asphalt und Beton einer Stadt zum Beispiel erwärmen sich schneller als der Boden eines Waldes. Die Luft wird langsam aufgeheizt, bis sie nach oben steigt. Mit zunehmender Höhe kühlt sie wieder ab, kondensiert und kleine Wassertröpfchen bilden in 1000 – 2000 Meter Höhe schließlich weiße Cumuluswolken. Die aufsteigende Luft, auch Thermik genannt, steigt in einer Art Schlauch nach oben, an dessen Ende die Wolke steht. Da der Segelflieger diese aufsteigende Luft zum Steigen benötigt, schließlich fehlt ihm ein Motor, signalisieren ihm die Cumuluswolken wie nette Leuchttürme, wo er die nötige Energie zum Steigen findet. Leider steigt die Thermik nicht senkrecht vom Boden auf, da der Wind den gesamten Schlauch wie einen Kornhalm zur Seite drückt. Das weiß natürlich jeder gute Schlepppilot, und Tatjana war eine der besten Pilotinnen, die in dem kleinen Segelflugverein ihrem Hobby nachgingen. Zielsicher visierte sie unter Berücksichtigung des Windes einen unscheinbaren Wolkenfetzen an. Plötzlich schoss der Doppeldecker vor ihm in die Höhe. Einen Augenblick später erfasste ihn die aufsteigende Warmluft. Kurzzeitiges Schütteln und ein bösartiges Fauchen im Cockpit signalisierten Jakob, noch am Rand des Aufwindschlauches zu sein. Er wartete, bis Tatjana den Doppeldecker in das Zentrum steuerte und einkreiste. Er griff zu dem gelben Knopf und zog einmal kräftig. Der Haken gab das Seil frei, dann spürte er, wie die rechte Tragfläche nach oben gedrückt wurde.

Reflexartig trat er in das rechte Seitenpedal und drückte den Steuerknüppel nach rechts. Viel zu langsam senkte sich die sieben Meter lange rechte Fläche seines Segelflugzeuges. Er wurde erneut von der fauchenden Kraft aufsteigender Warmluft getroffen. Die Holme der Tragflächen ächzten hinter seinem Kopf, dann wurde es still.

Die warme Luftmasse hatte ihn aus dem Zentrum geworfen.

Jakob trat kräftiger in das Seitenpedal und hielt den Steuerknüppel fest in seiner Position. Er spürte, wie sich das Flugzeug zur Seite legte und hoffte, mit dieser Steuerbewegung zurück in das Zentrum der Thermik zu gelangen. Aufmerksam kontrollierte er die Instrumente. Besonders das Variometer behielt er im Blick. Dieses Instrument zeigte ihm Steigen und Sinken des eigenen Flugzeuges an. Die feine Anzeigenadel schien bei der Minus-Drei-Markierung festgenagelt zu sein. Plötzlich zuckte sie kurz auf, schoss schließlich über die Null-Markierung hinaus und pendelte sich bei plus Vier ein. Jakob grinste verwegen und stabilisierte den begonnenen Kreisflug. Mit sicherem Gespür hatte er den Schlauch aufsteigender Warmluft, den so genannten Bart, gefunden. Der Bart hob ihn samt Segelflugzeug wie ein Fahrstuhl in die Höhe. Während er über der Stadt Siegen kreiste, kontrollierte er immer mal wieder die Anzeige des Variometers. Solange der Zeiger des Instrumentes über Null anzeigte, befand er sich im Steigen, das erhoffte Ziel eines jeden Segelfliegers.

Mit zunehmender Höhe entspannte sich Jakob. Das *Absaufen*, so nannten Piloten den traurigen Vorfall einer Landung, wenn sie keine Thermik gefunden hatten, war für diesen Flug fürs Erste gebannt. Doch jetzt stürmte die Erinnerung eines bösen Streites in sein Gedächtnis, der ihn vor dem Start fast zum Mörder hatte werden lassen.

2

Tristan Irle, Privatdetektiv, verfolgte das Treiben auf dem Segelfluggelände aufmerksam. Gerade zog der Doppeldecker ein weißes Segelflugzeug den Platz entlang. Der Schleppzug verschwand hinter einem dichten Tannenwald und tauchte nach einigen Minuten am Horizont wieder auf. Während Tristan dem dumpfen Brummen hinterher schaute, schoben die Vereinsmitglieder ein anderes Segelflugzeug an den Start. Es glänzte weiß in der Frühjahrssonne und wirkte mit seinem schmalen Rumpf und den meterlangen dünnen Tragflächen sehr zerbrechlich.

»Damit soll ich jetzt fliegen?« fragte er ungläubig seine Freundin Helga, die neben ihm stand.

»Ich denke schon«, lächelte sie und wischte sich eine Haarsträhne aus dem Gesicht. »Es hat zwei Sitzplätze.«

»Ich weiß nicht«, brummte Tristan. »Das erinnert mich doch sehr an die tollkühnen Männer in ihren fliegenden Kisten. Ich bin nicht Gerd Fröbe.«

»Jetzt stell dich nicht so an«, erwiderte Helga. »Du bist selbst schuld.«

Da traf Helga voll ins Schwarze. Vor einigen Tagen hatte Tristan seine Freundin auf dem Giller besucht, wo Helga eine kleine Pension unterhielt. Der Zufall wollte es an diesem Tag, dass er dort Ulrich Hundt traf, ein entfernter Verwandter Helgas. Während die drei bei einem guten Rotwein über Gott und die Welt philosophierten, führte ein Gedanke zu Ulrichs Hobby. Wie sich herausstellte, war Ulrich Segelflieger und Werkstattleiter des Segelflugvereins, der nahe der Stadt Siegen ein Segelfluggelände betrieb. Ulrich sprach so begeistert über das, wie er es nannte, lautlose Schweben zwischen Himmel und Erde, dass Tristan – in einem für ihn heute völlig irrsinnigen Moment – den Wunsch äußerte, auch einmal dieses lautlose Schweben erleben zu wollen. Ulrich bot ihm sofort einen Rundflug über Siegen an, was Tristan ohne weitere Überlegungen annahm.

Jetzt stand er neben dem Clubheim des Segelfluggeländes und sah zu, wie das doppelsitzige Segelflugzeug startklar gemacht wurde.

»Wie weit seid ihr, Mike?« rief eine tiefe Männerstimme über den Platz.

»Fertig, Ulrich«, antwortete ein Jugendlicher in weiten Bermudashorts.

Ulrich Hundt, Werkstattleiter des Vereins, trat aus dem Clubheim, einem einstöckigen Gebäude, das sich neben der weißen Flugzeughalle an einen Hang schmiegte. Den Ausdruck Clubheim benutzte allerdings auf dem Platz niemand. In der allgemeinen Fliegersprache hieß es schlicht *Kantine*. Eine treffende Bezeichnung, da dort der Lebensquell des Vereines stand, ein stets kühl gelagertes Bierfass. Eine prächtige Zapfanlage und eine geräumige Wirtsstube vervollkommneten das Glück der Vereinsmitglieder, die gerne nach einem schönen Fliegertag zum „Kühlen Blonden" griffen.

»Nun, Tristan«, sagte Ulrich, »bist du so weit?«

Tristan musterte Ulrich. Natürlich war er nicht so weit, aber jetzt gab es kein Zurück. Langsam nickte er.

»Dann los«, grinste Ulrich, »wenn du willst, Helga, komm mit zum Start.«

»Gerne«, freute sich Helga. »*Das* will ich mir doch nicht entgehen lassen.«

Tristan sah ihr kurz in die Augen und ergänzte in Gedanken: *Mein Gesicht will sie sich nicht entgehen lassen.*

Die beiden folgten Ulrich über den Platz zum Start. Der Werkstattleiter war ein breitschultriger Mann mit einem freundlichen Gesichtsausdruck. Auf den ersten Blick glich Ulrich nicht seiner Verwandten. Während Helga auf ihre jugendliche Figur stolz war, wölbte sich bei Ulrich ein kleiner Bierbauch unter einem eng anliegenden T-Shirt. Besah man sich die beiden jedoch näher, dann lachten den Betrachter zwei freundliche Augen an, und Lachfältchen zeugten von ausgefülltem Leben. Eine Verwandtschaft ließ sich nun nicht mehr leugnen.

Das weiße Segelflugzeug glänzte auf der grünen Wiese im warmen Sonnenlicht. Ulrich ging nochmals um das Flugzeug und rüttelte ab und zu an den beweglichen Rudern des Segelflugzeuges.

»Alles in Ordnung?« fragte Tristan besorgt den Jugendlichen.

»Ja, ja«, nickte Mike, »das gehört zum Check, den man vor dem ersten Start macht.« Der junge

Mann nahm einen Fallschirm vom hinteren Sitz. »Den müssen Sie anziehen.«

Es ist doch gefährlich, dachte Tristan.

Mike schien seinen Gedanken gelesen zu haben. »Keine Angst, das Anlegen eines Fallschirms ist beim Segelflug ganz üblich. Außerdem fliegen Sie mit unserem Werkstattleiter, der ist für die Sicherheit aller Flugzeuge zuständig, also der richtige Mann.«

»So?« murmelte der Detektiv und schlüpfte mit beiden Armen durch die Schlaufen am Fallschirm. Tristan trug wie immer eine Strickjacke. Er zupfte sie unter den Gurten zurecht, während Mike an den Verschlüssen die Gurte fest anzog. Über den Rand seiner Halbbrille verfolgte anschließend Tristan mit skeptischem Blick, wie Mike ihm zwischen die Beine griff. Etwas erleichtert sah er, dass Mike zwei weitere Fallschirmgurte um seine Oberschenkel legte und sie mit dem Hauptverschluss verband. Mit zwei kräftigen Handbewegungen straffte er die Gurte.

»So, jetzt können Sie nicht mehr aus dem Fallschirm fallen«, scherzte Mike.

»Ich habe nicht vor«, erwiderte Tristan unsicher, »ihn zu benutzen.«

»Man weiß ja nie«, lächelte Mike geheimnisvoll.

Unterdessen war Ulrich mit seinem Startcheck fertig und trat neben Tristan.

»Na, das sieht doch toll aus«, lobte er und betrachtete den Detektiv mit Fallschirm. »Jetzt erkläre ich dir mal kurz die Instrumente, die hier hinten«, er deutete auf den zweiten Platz, der sich direkt hinter dem Pilotensitz befand, »im Panel angebracht sind.«

»Du meinst das Instrumentenbrett?« fragte Tristan, um sich zu beruhigen.

»Ja«, nickte Ulrich. »Das hier ist der Höhenmesser. Jeder Strich der Skala zeigt zehn Meter an. Daneben befindet sich der Fahrtmesser. Die Geschwindigkeit wird in Kilometer-pro-Stunde angegeben. Das Gerät hier rechts ist das Variometer. Wie du siehst, teilt die Null die Skala in eine obere und untere Hälfte. Dieses Gerät wird uns gleich oben die Thermik anzeigen. Wenn wir uns in aufsteigende Luft bewegen, schlägt die Anzeige nach oben aus, das nennen wir *Steigen.* Befinden wir uns in fallender Luft, was ich nicht wünsche, dann schlägt die Anzeige nach unten aus. Das nennen wir *Saufen*.«

Tristan nickte.

»Du siehst hier noch eine Menge an Griffen«, sagte Ulrich ernst. »Ich bitte dich, keinen von denen anzufassen, o.k.«

»Ganz sicher«, beeilte sich Tristan zu antworten. »Der Große da in der Mitte, das ist der Steuerknüppel.«

»Richtig«, lächelte Ulrich, »da dies ein Doppelsitzer ist, haben wir auch zwei miteinander verbundene Steuereinheiten. Finger weg vom Knüppel und Füße raus aus den Pedalen.« Er deutete auf zwei Pedale, die sich unterhalb des Panels befanden. »O.k.!«

Tristan nickte abermals.

Ulrich griff nach seinem Fallschirm. Mit geübten Handgriffen legte er den Fallschirm an und zauberte ein weißes Hütchen unter dem T-Shirt hervor. Er bemerkte, dass Tristan keine Kopfbedeckung besaß.

»Hat jemand mal ein Thermikhütchen für unseren Gast?« fragte er.

Mike war so freundlich und lieh Tristan sein eigenes mit den Worten: »Damit Sie keinen Sonnenstich bekommen.«

Dann stieg Ulrich ein. Tristan folgte seinem Beispiel und kletterte über die Bordwand. Er wusste im ersten Moment nicht so recht, wo er seinen Fuß aufsetzen sollte. Da das ganze Flugzeug jedoch aus Kunststoff bestand, wagte er einen Tritt in den Sitz. Vorsichtig zog er sein zweites Bein nach und ließ sich nieder. Der Einstieg erforderte eine gewisse Gelenkigkeit, die Tristan dank seines Aikidotrainings zum Glück besaß. Mike zeigte ihm, wo er seine Beine ausstrecken konnte und erinnerte ihn, nicht in die Pedale zu treten, da Ulrich damit das Seitenruder betätigte. Etwas umständlich legte Mike ihm schließlich die Cockpitgurte an.

»Mike, seit ihr da hinten fertig?« fragte Ulrich.

»Ja«, bestätigte er. »Sollte Ihnen schlecht werden,« er beugte sich über Tristan und deutete auf eine kleine Seitentasche, die rechts von Tristan an der Innenseite des Segelflugzeuges angebracht war, »dann finden Sie hier Kotztüten.«

Tristan nickte.

»Dann viel Spaß«, lächelte Mike verwegen und trat vor das Flugzeug.

»Noch einen letzten Abschiedskuss?« scherzte Ulrich und sah zu Helga.

»Untersteh dich!« sagte Helga, »bring ihn heil wieder.«

»Ich werde mein Bestes geben«, grinste Ulrich und schloss die Cockpithaube.

»Aus!« rief Mike.

»Aus!« wiederholte Ulrich und zog einen gelben Knopf.

Mike führte das Ende des Schleppseils in den Schlepphaken und rief: »Ein!«

»Ein!« wiederholte Ulrich und ließ den Knopf los.

Es klackte.

Mike trat einen Schritt zurück und zog zweimal kräftig an dem Seil, um sich zu vergewissern, dass das Schleppseil richtig eingehakt war. Dann ging er zu Helga.

»So, Sie müssen jetzt aus der Startbahn gehen«, er deutete zur Kantine.

Helga winkte Tristan kurz zu und verließ den Startbereich. Mike schlenderte unterdessen an das Ende der linken Tragfläche, das sanft im Gras ruhte. Der Doppeldecker – mittlerweile gelandet – rollte heran. Ein weiteres Vereinsmitglied klinkte das andere Ende des Seils am Heck des Oldtimers ein und lief nach links aus der Startbahn.

Ulrich konzentrierte sich und machte den letzten Startcheck, dann gab er Mike ein Zeichen.

Tristan hielt sich mit beiden Händen an den Gurten fest und sah zu Mike, der mit der rechten Hand die linke Fläche hob, so dass das Segelflugzeug in der Waage stand. Tatjana im Doppeldecker gab langsam Gas. Es ruckte im Segelflugzeug, und Tristan wünschte sich an einen ganz weit entfernten Ort.

3

Jakob stieg in gleichmäßigen Kreisen der Wolkenuntergrenze entgegen. Nun sollte man wissen, dass Segelflieger und Segelfliegerinnen sehr viel Ähnlichkeit mit wenig erforschten Elementarteilchen haben. Sie sind sozusagen Blutsbrüder, denn wie diese Elementarteilchen immer wieder aufs Neue mühsam aufgebaute physikalische Gesetze lächerlich machten, tauchten nicht selten Segelflieger immer da auf, wo sie, in dem von schlauen Männern aufgeteilten Luftraum, einfach nichts zu suchen hatten. So zum Beispiel direkt unter einer Wolke, wo sie eigentlich 300 Meter Abstand zur Wolkenuntergrenze halten sollten. Das irritiert in den meisten Fällen Motor-Piloten und Fallschirmspringer, besonders dann, wenn sie regulär eine Wolke verlassen und plötzlich eine 15 Meter lange Tragfläche vor ihnen auftaucht. Dieser Moment verleiht dem Spruch „Es stockt einem der Atem" eine ganz reale Bedeutung, die einhergeht mit plötzlichen Schweißausbrüchen und der Fähigkeit, mit zwei Händen zu hantieren, als hätte man derer vier.

Den Segelflieger trifft allerdings moralisch gesehen keine Schuld, schließlich nutzt er nur die Energie aus, die in Gottes eigener Schöpfung vorkommt. Und in dieser Schöpfung steht nun mal nirgends: Du darfst nicht bis an die Untergrenze einer Wolke heranfliegen. Was zweifellos ein ethischer Vorteil wäre.

Jakob erreichte die Wolkenuntergrenze, ohne den Mindestabstand von 300 Metern einzuhalten. Er war jetzt über 1600 Meter hoch gestiegen und suchte sich ein Ziel, das er anfliegen konnte. Im Norden glitzerte das Wasser der Biggetalsperre, was ihn dazu veranlasste, dorthin zu fliegen. Mit dieser Höhe hatte er ein sattes Polster. Das Fliegen hätte nun die reinste Entspannung sein können, wenn da nicht dieser Streit vor dem Start gewesen wäre. In Gedanken versunken glitt er leise über die Siegerlandraststätte hinweg.

Die heutigen Kunststoffsegelflugzeuge gleiten enorm weit. Sie können aus einem Kilometer Höhe bis zu 60 Kilometer weit fliegen. Jakobs Segelflieger, ein *Mosquito*, gehörte nicht zu den leistungsstarken Segelfliegern, schaffte aber locker aus einem Kilometer Höhe 30 bis 40 Kilometer Strecke. Unter ihm tauchte ein weiterer Flugplatz nahe Hünsborn auf. Im warmen Sonnenlicht blinkten links und rechts neben ihm weiße Flächen auf. Es waren ebenfalls Segelflugzeuge mit Fliegerkameraden, die das gute thermische Wetter ebenfalls genossen. Mit jedem Meter, den er zurücklegte, verlor er etwas an Höhe. Als Jakob über der Talsperre ankam, war er so tief gesunken, dass er einen neuen Aufwind suchen musste. Wieder steuerte er eine Wolke an, die ihm vielversprechend erschien. Nach einigen Versuchskreisen kletterte die Variometernadel. Er stieg erneut bis unter die Wolke und machte sich auf den Heimweg. Nach gut einer Stunde hatte er den Platz an der Eisernhardt wieder erreicht und seine Zeit war um.

Jeder Flieger und jede Fliegerin des Vereins blieben zirka eine Stunde in der Luft. Es gab nicht für jedes Vereinsmitglied ein Flugzeug, so wurden die vier Segelflugzeuge auf die anwesenden Piloten verteilt. Über die Jahre hatte sich die Stundenregelung als gerecht durchgesetzt. Bei gutem Wetter garantierte sie, dass jedes der Vereinsmitglieder einmal starten konnte.

Jakob betätigte einen blau markierten Hebel. Sofort wurde die Maschine langsamer und begann zu rütteln. Er hatte die Bremsklappen gezogen, zwei bretterähnliche Gebilde, die aus der Tragfläche herausgefahren werden und die guten Gleiteigenschaften des Segelflugzeuges zerstören. Er genoss die wenigen Minuten des Abstiegs, bis er an einem festgelegten Punkt mit dem Landeanflug begann. Zuerst fuhr er wieder die Bremsklappen ein und das Fahrwerk aus. Nun war er 200 Meter über dem Platz. Die starke Thermik sorgte in der niedrigen Höhe für heftige Turbulenzen. Jakob hatte Mühe, den *Mosquito* auf

Kurs zu halten. Als Erstes flog er parallel zum Platz und ließ ihn hinter sich, dann steuerte er eine Rechtskurve und fuhr die Bremsklappen erneut aus. Der Landeplatz lag jetzt 90 Grad rechts von ihm. Das Sinken nahm zu. Er korrigierte die langsam werdende Fahrt, indem er den Steuerknüppel nach vorne drückte. Die Turbulenzen wurden stärker und rüttelten an dem leichten *Mosquito*. Wieder steuerte er eine Rechtskurve und hatte nun den Landeplatz direkt vor sich. Jetzt fuhr er die Bremsklappen voll aus und drückte den Steuerknüppel nochmals nach vorne. Der *Mosquito* gewann langsam an Fahrt. Plötzlich katapultierte eine gewaltige Turbulenz den *Mosquito* nach oben. Jakob reagierte reflexartig und drückte mit beiden Händen den Steuerknüppel weiter nach vorn. In diesem Moment knarrte es in dem Flugzeug. Jakob befand sich in kaum 30 Meter Höhe, direkt über der Autobahn. Zuerst konnte er dieses Geräusch nicht zuordnen, doch als er erneut in eine Turbulenz flog und diese ihn wieder nach oben drückte, reagierte das Flugzeug nicht mehr auf seine Steuerbefehle. Der *Mosquito* bäumte sich gefährlich auf. Er verlor immer mehr an Fahrt.

Mittlerweile flog er über dem Platz. Verzweifelt rüttelte Jakob an dem Steuerknüppel, sah auf seine Fahrtanzeige, die stetig zurück ging. Schweißperlen wuchsen auf seiner Stirn.

Plötzlich kippte das Segelflugzeug über die linke Fläche und stürzte zu Boden.

Jakob sah hilflos dem Ende entgegen.

4

Tristan war begeistert. Kaum, dass sie den Boden verlassen hatten, verflogen seine Ängste. Er entspannte sich und genoss die halb liegende Sitzposition. Bequem konnte er links und rechts an den langen weißen Tragflächen entlang schauen. Ulrich hielt den Doppelsitzer hinter dem Doppeldecker so ruhig, wie es ging. Tristan registrierte die plötzlichen Schläge der Turbulenzen gar nicht. Er versuchte aus den vielen Instrumenten schlau zu werden. Jede der Anzeigenadeln bewegte sich anders. Eine hüpfte unruhig auf und ab, eine andere kletterte langsam an der Skala hinauf, während die nächste konstant an einer Markierung hängen blieb.

»Das ist der Fahrtmesser«, murmelte Tristan, als er die kleine Aufschrift „km/h" aufgedruckt fand.

»Alles klar da hinten?« fragte Ulrich liebevoll.

»Bestens«, rief Tristan zurück.

»Ich klinke jetzt aus«, kündigte Ulrich an, »dann drehe ich stark nach rechts, also nicht erschrecken.«

»Keine Sorge«, antwortete Tristan, und in dem Moment legte sich das Segelflugzeug schon zur Seite. »Wow, was für eine Aussicht.«

»Das gefällt dir, was?« sagte Ulrich und flog die Kurve einen Tick steiler.

Der Bart stand genau über dem Zentrum der Stadt. Es fauchte im Cockpit und der Doppelsitzer zitterte einen Moment. Tristan erkannte die Nikolaikirche. Das Obere Schloss lag zugedeckt unter einem grünen Blätterdach, umrahmt von leuchtend grünen Wiesen. Der Detektiv suchte sein Haus in der Altstadt. Nach einigen Kreisen fand er es.

»Da unten, neben der Marienkirche«, rief er begeistert, »sehe ich mein Haus.«

»Wo ist eigentlich Marlowe?« fragte Ulrich.

»Bei Erich«, antwortete Tristan und sah auf die Altstadt.

Der Doppelsitzer stieg kontinuierlich der Wolkenuntergrenze entgegen. Tristan ließ den Blick schweifen. Weit entfernt am Horizont fand er den ockerfarbenen Turm der Ginsburg. Die burgähnliche Architektur der Universität ragte gut sichtbar aus dem Häusermeer des Haardter Berges heraus. Aus der Höhe betrachtet, verwandelte sich das Treiben auf der Erde zu etwas Überschaubarem, zu etwas, das aus der Distanz an Bedeutung verlor, während die Ehrfurcht vor Gottes Schöpfung wuchs. Denn eine Naturgewalt beförderte das leichte Flugzeug spielerisch in die Höhe, als würde Gott persönlich den Segelflieger emporheben.

Ulrich und Tristan blieben eine knappe halbe Stunde in der Luft. Gerade genug, um sich fürs Erste an das Fliegen zu gewöhnen. Sie landeten sanft auf dem grünen Rasen. Das Segelflugzeug rollte noch einige Meter weiter, bis es in der Landebahn liegen blieb.

»So, jetzt müssen wir schieben«, sagte Ulrich, schnallte sich ab und öffnete die Haube.

Tristan löste die Gurte und stieg aus. Einige Jugendliche, darunter auch Mike, kamen herangelaufen, um das Segelflugzeug aus der Bahn zu schieben.

Ulrich trat neben Tristan.

»Zufrieden?« lächelte er.

»Ausgezeichnet«, antwortete Tristan. »Hätte nicht geglaubt, dass es so angenehm ist.«

»Das freut mich«, sagte Ulrich und schloss die Haube. »Jetzt müssen wir aber noch den Flieger zur Seite schieben.«

»Kein Problem«, nickte Tristan und gab Mike das Thermikhütchen zurück. »Danke.«

Mike nickte und blickte zum Platzende. In diesem Augenblick sagte Mike: »Was macht der denn da?«

Ulrich drehte sich um und sah, wie der *Mosquito* von Jakob auf den Platz zugeflogen kam.

»Da stimmt was nicht«, schnaufte er und sah zum Start, wo die anderen Fliegerkameraden ebenfalls den Anflug verfolgten. Dann wandte er sich wieder dem anfliegenden Segelflugzeug zu.

»Oh, mein Gott«, rief Ulrich entsetzt, als er sah, wie sich etwas vom Höhenruder am Leitwerk löste und in einem hohen Bogen fortflog. Eine Sekunde später stürzte die Maschine kopfüber direkt in den Boden. Ein unheimliches Geräusch von zerberstendem Kunststoff erschütterte den Platz.

5

Der Bürgermeister sah kritisch in den Spiegel. Es war ein Standspiegel, der den mittelgroßen

Mann um gute zwei Köpfe überragte. Der gewählte Souverän der Stadt Siegen hatte mit Bedacht diesen wirklich großen Spiegel aufstellen lassen. So war es ihm möglich, von Kopf bis Fuß einen kontrollierenden Blick auf sein Erscheinungsbild zu werfen, obwohl sein Spiegelbild etwas verloren zurückblickte.

Der Bürgermeister legte großen Wert auf ein perfektes Auftreten. Nicht dass man nun denke, der Mann sei eitel oder narzisstisch. Nein! Er vertrat bloß die Auffassung, als Repräsentant einer Großstadt müsse das bürgerliche Oberhaupt vorbildlich in Erscheinung treten. Seine Kritiker warfen ihm diese Manie vor, da die Stadtkasse so leer war wie die Geldbörse eines Raubritters und ihrer Meinung nach der Bürgermeister wie ein Fürst auftrat. Die Meinung dieser Nörgler irritierte den Bürgermeister nicht. Er lebte nach der Devise: Wenn man schon mit leeren Hosentaschen durch die Straßen laufen muss, dann sollte die Hose wenigstens perfekt sitzen.

Es klopfte an der Bürotür und der Stadtkämmerer trat ein.

»Wir müssen«, sagte Rainer Goldmann, ein sympathischer Mann Mitte Fünfzig mit spiegelnder Glatze. »Der Ministerpräsident wird jeden Moment eintreffen.«

»Gut, dann mal los«, nickte der Bürgermeister, zupfte eine Falte seines Jacketts heraus und steckte einen Stapel Karteikarten in die Innentasche. »Ist der Landrat im Museum?« fragte er und schloss die Tür.

»Ja, zusammen mit Frau Thaler von der Brauerei«, antwortete der Kämmerer.

Sie schritten die breite Treppe im alten Rathaus hinunter. Im Foyer wartete bereits die Pressesprecherin der Stadt, Katrin Becker. Sie atmete erleichtert auf, als sie die beiden Herren endlich kommen sah.

»Guten Morgen, Frau Becker«, sagte der Bürgermeister freundlich, ihre Ungeduld übersehend. »Bereit für den großen Akt?«

»Immer«, lächelte sie angespannt. »Ihre Rede?«

»In der Tasche«, antwortete der Bürgermeister.

»Gut«, nickte Katrin und überlegte, ob sie auch an alles gedacht hatte. Ihre mentale Checkliste war komplett. »Dann los«, lächelte sie.

Die drei verließen das Rathaus und schritten über den Marktplatz. Das schöne Wetter hatte einige Besucher in die Oberstadt gelockt. Sie grüßten den Bürgermeister höflich und sahen der kleinen Gruppe nach, wie sie die Löhrstraße überquerte und Deutschlands steilste Einkaufsstraße hinunter schritten. Nach einigen Metern bogen sie vor dem Kaufhaus Karstadt links ab und blickten auf das Alte Telegrafenamt. Ihrem Ziel.

Eine große Menschenmenge hatte sich auf der Straße um den Eingang des Alten Telegrafenamtes gebildet. An diesem Sonntag sollte das historische Gebäude seiner neuen Bestimmung übergeben werden. Eine reiche Brauereifamilie aus dem Siegerland hatte der Stadt eine vier Millionen-Euro-Spende zukommen lassen, und damit den Startschuss für das neue Museum der Gegenwartskunst in Siegen gegeben. Ein noble Spende, zweifellos, leider nur eine einmalige Zahlung und nicht ausreichend, um den Betrieb unabhängig von städtischen Zuwendungen finanzieren zu können. Für die laufenden Kosten musste die Stadt aufkommen, und deren Stadtkasse war so ausgetrocknet wie ein Wadi in der Sahelwüste. Das Wenige, dass noch zur Verfügung stand, wurde nun anderen Organisationen abgenommen. Die ersten Kürzungen trafen bereits das beliebte Siegerlandmuseum im Oberen Schloss mit seiner angeschlossenen Bibliothek. Während zu Beginn des neuen Jahrtausends Fettflecken in Siegen den Status von Kunst erhielten, mussten die jahrhundertealten und wertvollen Rubensbilder im Oberen Schloss um ihren Erhalt zittern.

Was des einen Leid, ist des anderen Freud. Mit dem neuen Museum, meinten einige Ratsabgeordnete, käme neuer Schwung in die kulturelle Landschaft des Siegtals. Sicher traf das für einige Interessierte zu. Die Mehrzahl der Siegerländer, die traditionell bodenständig und gegenüber allem Neuem erst einmal zurückhaltend reagierte, fragte sich allerdings, ob es nicht sinnvoller gewesen wäre, die städtischen Zuwendungen in die Renovierung und Sanierung der maroden Schulen im Stadtgebiet zu stecken. Eine durchaus verständliche Bitte der Eltern. Schließlich ist jemand, der lesen kann, eindeutig im Vorteil, gerade dann, wenn er einmal das Museum der Gegenwartskunst besuchen soll.

Der Bürgermeister saß eingekeilt zwischen den Interessen. Die allgegenwärtige Spendenaffäre der Bundespartei mischte weiteren Zement an, der häppchenweise über ihn ausgekippt wurde. Mit Unbehagen hatte er die Eröffnungsvorbereitungen verfolgt. Als dann auch noch dem heimischen Fußballclub eine Bürgschaft der Stadt verweigert werden musste und der Klassenerhalt des Clubs durch fehlendes Geld gefährdet war, nahm der politische Druck gefährlich zu. Jetzt galt es, mit einem freundlichen Lächeln gute Mine zu einem bösen Spiel zu machen. Nicht einfach, wenn man zu allem Überfluss auch noch den Ministerpräsidenten des Landes begrüßen musste, der leider nicht der eigenen Partei angehörte.

Jedenfalls konnte der Bürgermeister in der nächsten Stunde mit einem ganzen Schwall von Dankesworten rechnen. Wie er einer Liste entnehmen konnte, waren nur ausgewählte Gäste zur Eröffnung eingeladen worden. Kritiker des Museums, davon konnte er ausgehen, befanden sich nicht unter den Geladenen.

Die Gruppe kämpfte sich an der Fassade des Karstadtgebäudes vorbei in Richtung Haupteingang. Der lag direkt gegenüber dem Wareneingang des Kaufhauses. Den alten Eingang des Telegrafenamtes hatte man für den öffentlichen Verkehr geschlossen.

»Hier ist aber was los«, bemerkte der Kämmerer zufrieden. Mehrere hundert Menschen standen auf dem Unteren Schlossplatz und genossen das schöne Wetter. Die Gruppe überquerte die Zufahrtsstraße und wurde vor dem Eingang von Dr. Marie Müller-Hausen in Empfang genommen.

»Da sind Sie ja endlich«, rief sie aufgeregt. »Wir warten schon, kommen Sie, der Ministerpräsident dreht Däumchen. Er ist früher gekommen.«

»Wir kommen, Frau Dr. Müller-Hausen. Immer mit der Ruhe«, antwortete der Bürgermeister amüsiert.

Frau Dr. Müller-Hausen war neu in Siegen. Sie hatte die Aufgabe, das Museum in der Region zu etablieren. Eine nicht zu unterschätzende Verpflichtung war da die blond getönte Kunstgelehrte eingegangen, ohne die lokalen Verhältnisse richtig zu durchschauen. Momentan war sie der Liebling aller Parteien, doch das konnte sich so schnell ändern wie das Wetter im Siegerland. In diesem Fall würde sich das schöne Wetter in schlechtes verwandeln. Frau Dr. Müller-Hausen hatte allerdings keine blasse Ahnung davon, wie lange sich Regenwolken in den Hängen um Siegen halten konnten, waren sie einmal aufgezogen. Ganz allein war sie jedoch nicht. Der Fachbereich Kunst an der Universität Siegen hatte im Vorfeld Unterstützung zugesichert, sofern die Sparpläne der Landesregierung die Universität nicht ganz platt machen würde.

Der Bürgermeister betrat das Foyer und ärgerte sich augenblicklich, nicht früher losgegangen zu sein. In einer Ecke des Raumes drehte der Ministerpräsident ganz und gar nicht Däumchen, sondern blickte hilfesuchend in die Schar der eingetroffenen Gäste, denn er wurde von einem hitzig gestikulierenden Rektor mit Worten traktiert.

»Da haben wir den Salat«, quiekte die Museumsdirektorin, als sie ebenfalls die Situation erkannte. »Kommen Sie, ich stelle Sie vor.«

Mit einigen beherzten Schritten stürmte sie durch die Schar ihrer Gäste, schob freundlich aber bestimmt den Rektor beiseite und stellte die Herren einander vor.

Von einer Brüstung beobachtete der Amtsleiter der Stadtkasse, Jörg Bücker, die kleine Szene und lächelte. Man hatte das Foyer etwas hergerichtet und mit Stühlen voll gestellt. Links und rechts führten zwei Treppen zu einer Brüstung im ersten Stock, von wo man die Ausstellungsräume betreten konnte.

Das Foyer füllte sich unter ihm, und auch auf der Brüstung, die für die etwas weniger wichtigen Gäste reserviert war, trafen immer mehr Frauen und Männer ein. Während unten eine Reihe Stühle aufgestellt waren, mussten die Menschen auf der Brüstung stehen, was in Anbetracht der zu erwartenden Grußworte und Eröffnungsreden eine echte Herausforderung für den Kreislauf werden konnte.

Jörg Bücker sah dies gelassen. Er war körperlich einigermaßen fit. Anders als der Stadtkämmerer, der nun die linke Treppe heraufkam und sich zu ihm durchschlängelte.

»Morgen, Herr Bücker«, sagte der Kämmerer, »haben Sie's ja doch geschafft.«

»Ja«, antwortete Bücker, »und das bei diesem Wetter.«

»Machen Sie sich nichts daraus«, lächelte der Kämmerer, »wenigstens gibt es ein gutes Büfett im Anschluss.«

Unter ihnen nahm man plötzlich Platz. Es ging los. Der Bürgermeister trat an das aufgestellte Mikrofon und begrüßte die Anwesenden. Nach anfänglichem Gemurmel und Füßescharren beruhigte sich der Raum. Die meisten Gesichter nahmen einen Ausdruck an, der Wohlwollen signalisierte, aber durchaus auch gut einstudiert sein konnte. Sozusagen als Tarnung, während die eigenen Gedanken umherschweiften, um sich mit allem Möglichen zu beschäftigen, bloß nicht mit dem, was der Redner am Mikrofon zu sagen hatte. Nach einigen Minuten stellte sich eine andächtige Stimmung ein. Dies war nicht weiter verwunderlich, eher ein natürlicher Reflex der meisten Anwesenden, die es gewohnt waren, sonntagmorgens einer Predigt beizuwohnen. Für das Siegerland mit seinen zahlreichen Kirchen eine sozusagen gottgewollte Natürlichkeit. In diese andächtige Stille drang plötzlich ein Funkstrahl ein und aktivierte den Akustikchip von Bückers Handy. Kriegerisch gellte der Klingelton ins Foyer und ließ die Anwesenden zusammenfahren. Bücker fasste sich an die Brusttasche, versuchte den Störenfried herauszuziehen, während hinter ihm die erschreckten Gäste eine Gasse bildeten, durch die er instinktiv den Rückzug antrat. Er verschwand in einem Ausstellungsraum und hielt das Handy ans Ohr.

»Jörg Bücker«, bellte er wütend in das Mikrofon. Dann begann sein Herz zu rasen, und als der Anrufer am anderen Ende schon längst aufgelegt hatte, stand er immer noch mit dem Handy am Ohr da und flüsterte: »Was für eine Katastrophe.«

6

Für Jakob kam jede Hilfe zu spät. Das abgestürzte Flugzeug lag zerschellt am Anfang der Landebahn. Die Wucht des Aufpralls hatte die Spitze des Cockpits einen halben Meter tief in die Erde gebohrt. Der Rest war in tausend Teile zerborsten. Jakobs Körper hing zertrümmert in den Gurten.

Tatjana, die Schlepppilotin, war als Erste am Unfallort. Kurz darauf folgten Wulf Specht, der Vetter Jakobs Vetter, und Frank Dietermann, der Flugleiter des Platzes.

»Was für ein Unglück«, sagte Wulf geschockt, als er seinen toten Vetter zwischen den Trümmern liegen sah.

Tatjana stand versteinert einige Meter entfernt. Tränen flossen über ihre hohen Wangen, und die vollen Lippen zitterten. Sie konnte sich nicht mehr bewegen, war unfähig, einen Schritt näher auf den toten Freund zuzugehen. Als Nächstes traf Ulrich mit Mike ein. Beherzt ging er zu Jakob, sprach ihn an und fühlte schließlich seinen Puls.

»Er ist tot«, sagte er traurig.

Mike nickte und sagte: »Tatjana geht es nicht gut.«

Ulrich blickte zu ihr.

»Oh, Scheiße«, fluchte er und eilte zu ihr.

Tatjana hatte einen Schock. Ulrich legte sie behutsam hin und hielt ihre Beine nach oben.

»Ich brauche Decken, schnell, Mike«, rief er aufgeregt.

Der Junge nickte und eilte zu dem mittlerweile eingetroffenen Bergungswagen. Mit einer braunen Rotkreuzdecke kam er zurück.

»Wird sie wieder?« fragte Mike besorgt, während Ulrich den zitternden Körper in Decken einhüllte.

»Sicher«, nickte Ulrich, »die ist aus ganz hartem Holz geschnitzt. Ich würde auch umfallen, wenn meine große Liebe plötzlich zerschmettert vor mir liegen würde.«

Mike seufzte und stützte liebevoll Tatjanas Kopf.

Als der Notarzt eintraf, konnte auch er nur noch Jakobs Tod feststellen.

Vereinsmitglieder spannten eine provisorische Absperrleine, um immer mehr Schaulustige daran zu hindern, auf das Segelfluggelände zu strömen. Schließlich bekamen sie Hilfe von der Polizei, die mit zwei Streifenwagen erschien. Die Polizei begann den Absturzbereich großflächig abzusperren.

»Bitte, treten Sie alle zurück«, forderte eine Polizistin über die Lautsprecheranlage ihres Dienstfahrzeuges auf.

»Ein schlimmer Unfall«, sagte Tristan zu Helga.

Sie drückte sich an seine Schulter.

Die beiden standen abseits am Rand der Landebahn. Ulrich und andere Fliegerkameraden gaben unterdessen ihre Beobachtungen einem älteren Polizeibeamten zu Protokoll. Ein anderer Beamter untersuchte kurz den Leichnam, sprach mit dem Notarzt, dann deckte man den Körper mit einer Decke zu.

»Lass uns gehen«, sagte Tristan matt.

Helga nickte und sie wandten sich von der Unglücksstelle ab. Langsam und in Gedanken versunken gingen sie zurück zur Kantine. An den aufgestellten Tischen vor der Kantine diskutierten Besucher aufgeregt über den Unfall, während eine Schar Kinder unbekümmert auf dem angrenzenden Spielplatz fröhlich herumtollte.

»Jetzt könnte ich etwas zu trinken vertragen«, sagte Helga und setzte sich an einen leeren Tisch.

»Ich werde was holen«, antwortete Tristan und verschwand in der Kantine.

Einige Minuten später kam er mit je zwei „Jägermeister" und Wasser zurück. Helga trank den „Jägermeister“ mit einem Schluck aus und nippte kurz an dem Wasser. Tristan folgte ihrem Beispiel und sah auf das Fluggelände.

»Warten wir noch auf Ulrich«, meinte Helga.

»In Ordnung«, nickte Tristan.

Mit hängenden Schultern sahen sie den Werkstattleiter über den Platz gehen. Er kam allein und schien jemanden zu suchen.

Helga rief ihn. Für einen Moment hellten sich seine Gesichtszüge auf und er setzte sich zu ihnen.

»Der Flugbetrieb wird jetzt eingestellt«, sagte er. »Die noch in der Luft befindlichen Segelflugzeuge werden in diesem Moment vom Flugleiter informiert.«

»Können sie denn landen?« fragte Helga. »Ich meine, das abgestürzte Flugzeug liegt doch mitten in der Bahn.«

»Sie machen eine lange Landung«, erklärte Ulrich. »Sie setzen erst in der Mitte des Platzes auf, fliegen also in ausreichender Höhe über die Unglücksstelle hinweg. – Gut, dass keine Schüler alleine oben sind.«

»Weißt du«, fragte Tristan vorsichtig, »was passiert sein könnte?«

»Nein!«, stöhnte Ulrich. »Heute morgen habe ich das Flugzeug mit ein paar Fliegerkameraden aufgebaut und selbst alles kontrolliert. Alle Anschlüsse der Flächen und der Steuerruder waren verriegelt. Mir ist es ein Rätsel.«

»Aufgebaut?« fragte Helga.

»Ja«, nickte Ulrich und sah sie einen Moment verwirrt an. Dann fiel ihm ein, dass Helga und Tristan von Segelflugzeugen keine Ahnung hatten. »Aufgebaut heißt, dass die Segelflugzeuge aus Kunststoff in einem Hänger stehen und vor dem Start zusammengesteckt werden. Die Flächen und das Höhenruder werden dabei an den Rumpf montiert. Mit drei Mann ist das Segelflugzeug in knapp zehn Minuten flugbereit.«

»Also ein ganz normaler Vorgang«, bemerkte Tristan.

»Ja«, nickte Ulrich, »allerdings muss man sehr gewissenhaft vorgehen.«

»Was passiert jetzt?« wollte Helga wissen.

»Wir warten auf die Sachverständigen vom Luftfahrt-Bundesamt«, antwortete Ulrich, »die kommen aus Braunschweig und werden das Wrack untersuchen. Es sind Experten der Unfalluntersuchung. Sie werden hoffentlich herausfinden, was passiert ist. Für heute ruht der Flugverkehr, allein schon aus Respekt vor dem Toten.«

»Dann werden wir dich jetzt alleine lassen«, sagte Helga. »Wenn du willst, komm heute Abend bei uns in Siegen vorbei.«

»O.k.«, lächelte Ulrich, »meine Frau ist mit den Kindern für ein paar Tage bei ihrer Schwester in Saarbrücken wegen des Fliegerlagers, das wir jetzt eine Woche hier oben haben. Mir würde die Decke auf den Kopf fallen, danke Helga, ich komme gerne.«

7

Hauptkommissar Norbert Pfeiffer räkelte sich mit nacktem Oberkörper in einem Klappstuhl auf dem Parkdeck der Siegener Kreispolizeibehörde. Ein T-Shirt diente als gemütliches Nackenkissen. Die warmen Sonnenstrahlen prickelten angenehm auf der Haut, weckten verschlafene Zellkerne und betäubten Pfeiffers hektisch arbeitendes Gehirn. Der umtriebige Beamte bewegte sich seit Tagen zum ersten Mal so gut wie gar nicht. Ein unentdecktes Phänomen, dass Polizeikollegen in höchste Alarmbereitschaft versetzt hätte, würde es jemals publik.

Eigentlich sollte Pfeiffer jetzt zu Hause in Hagen an seinem Schreibtisch sitzen und sich auf einen psychologischen Test vorbereiten, der in den nächsten Tagen auf ihn zukam. Aber der Sonnenschein lockte ihn aus der Wohnung, und nur so zum Spaß preschte er mit seinem Dienstwagen über die A 45 nach Süden. Nach kurzer Zeit, Pfeiffer hielt nicht viel von Benzinsparen, schoss er an grünbewaldeten Bergen des Siegerlandes vorbei, und ihm kam die Idee, einen Abstecher nach Siegen zu machen. Da sein ständiger Partner, Kommissar Werner Holzbaum, das Wochenende bei Holzbaums Eltern auf dem Bauernhof verbrachte, war er allein, was ihm schmerzlich bewusst wurde, als er an der Siegerlandhalle vorbei in die Stadt fuhr. Obwohl er in den letzten Jahren ständig in der Stadt an der Sieg unterwegs war, hatte er keine wirklichen Freunde gefunden. Instinktiv hatte er die Polizeibehörde angesteuert und seinen Wagen auf dem Parkplatz abgestellt. Wie der Klappstuhl in den Kofferraum gelangte, blieb ein Rätsel, das Holzbaum sicher lösen konnte. Jetzt genoss er die Ruhe, die nur durch ein paar Funksprüche, die aus dem Lautsprecher seines Dienstwagens quakten, unterbrochen wurde.

»Wieland 5 an Zentrale«, brummte eine Männerstimme, »fahren zum Segelfluggelände, schwerer Unfall.«

Pfeiffer horchte auf, das hörte sich interessant an. Einen Flugzeugabsturz hatte er noch nicht gesehen. Der schmächtige Hauptkommissar wischte sich den Schweiß von der Stirn und blinzelte durch seine Sonnenbrille in den Himmel, als würde er dort oben ein abstürzendes Flugzeug entdecken. Doch am blauen Himmel zogen friedlich einzelne weiße Wolken entlang.

Aber was werde ich vor Ort schon unternehmen können, dachte er.

Schließlich gehörte Pfeiffer der Mordkommission an. Banale Unfälle sollten von anderen bearbeitet werden. Für einen Augenblick verbannte er alle Gedanken aus seinem Kopf und schloss die Augen. So bizarr es auch klang, auf dem Parkplatz herrschte eine himmlische Ruhe, die Pfeiffer genoss. Der Funkverkehr zwischen Zentrale und Streifenwagen brabbelte in unregelmäßigen Abständen aus den Lautsprechern, doch Pfeiffer hörte nicht hin. In Gedanken lag er an einem weißen Strand mit einer ganzen Fußballmannschaft schöner Frauen, die sich zärtlich um ihn kümmerten. Pfeiffer war Single.

Als Hauptkommissar und Mitglied einer Mordkommission grenzte es an ein Wunder, wenn man ein normales Leben führte. Beziehungen aufzubauen, während man hinter einem Killer her war, ging daneben, das war so, als würde man in einem Formel-1-Rennwagen mit dreihundert Sachen durch Monaco rasen und ein Handy am Ohr halten, an dessen anderem Ende der Mama gerade erklärt werden musste, dass man zu ihrem sechzigsten Geburtstag nicht kommen kann, obwohl man das einzige Kind war. Entweder man legte das Handy beiseite, was den familiären Super-GAU bedeutete, oder man beendete das Rennen auf halber Strecke. Beides zusammen führte letztendlich in den sicheren Untergang, also konzentrierte man sich auf eine Sache, in Pfeiffers Fall hieß das: Mörderjagd.

Seine männlichen Fantasien schlichen gerade dem Höhepunkt entgegen, als plötzlich ein freundliches Gesicht mit Halbbrille zwischen den langhaarigen Mähnen der Schönheitsgöttinnen auf ihn herniederstarrte. Erschreckt richtete Pfeiffer sich auf und sah auf eine Reihe geparkter Autos. Dann hörte er im Funk: »Irle hat den Absturz gesehen. Sollen wir ihn befragen?«

»Irle«, brummte Pfeiffer verdattert, »Tristan Irle?!«

Pfeiffer reagierte auf den Namen „Tristan Irle" wie ein Rauchmelder auf verstärkten Qualm. Sämtliche Synapsen in seinem Gehirn schlossen sich kurz, und alle Schläfrigkeit zerplatzte unter der plötzlichen Reizüberflutung. Der Hauptkommissar mochte keine Privatdetektive. Sie waren die natürlichen Feinde der öffentlich-rechtlichen Polizei. In den meisten Fällen gingen sie einander aus dem Weg. Siegen bildete die Ausnahme. Dort konnte der Hauptkommissar in einem Mordfall mit der Sicherheit bestehender Schwerkraft davon ausgehen, dass Irle nicht weit weg von der Leiche in die Ermittlungen eingriff.

Pfeiffer zog wieselartig sein T-Shirt über, klappte den Stuhl hastig zusammen, warf in ihn den Kofferraum und schwang sich in den Sitz. Der aufgemotzte Motor sprang heulend an, dann quietschten Reifen auf dem heißen Asphalt des Parkplatzes.

8

Jörg Bücker beeilte sich, das Museum zu verlassen. Zum Glück hielt man sich in den Ansprachen überraschend kurz, so dass er unauffällig durch den Haupteingang verschwinden konnte, als der Festakt beendet wurde. Bücker war nicht nur Amtsleiter der Stadtkasse, er war auch Cheffluglehrer am Segelflugplatz. Die Nachricht seines Freundes und Vorstandsvorsitzenden Patrik Wilms ließ ihm immer noch einen kalten Schauer den Rücken herunterlaufen. Der Amtsleiter besaß eine natürliche Bräune, schütteres Haar und sympathische braune Augen, solange er dem übertriebenen Genuss von Alkohol entsagte. Flugrechtlich war er die unangefochtene Kapazität des Vereins. Neben seiner Tätigkeit als Fluglehrer führte er auch alle notwendigen Gespräche mit der zuständigen Luftfahrtbehörde in Arnsberg. Diese Behörde regelte die gesetzlich festgelegte Betriebsordnung des Platzes, denn Fliegen in Deutschland war keineswegs die grenzenlose Freiheit, wie es gemeinhin angenommen wurde. Sein Wissen und sein bestimmendes Auftreten machten ihn für die kommende Untersuchung durch das Luftfahrt-Bundesamt für den Verein unverzichtbar.

Im Laufschritt eilte er zu seinem Geländewagen, der auf einem Parkplatz am Rathaus stand. Das Jackett flog auf den Rücksitz, die Krawatte wurde gelockert, dann fuhr er los. Nach einigen Metern begann die Klimaanlage sämtliche Hitze im Wagen aufzufressen, und Bücker entspannte sich. Die Fahrt durch die Stadt führte ihn die Hainer Hütte hinunter, dann über die Marienborner Straße auf die Frankfurter und auf die Spandauer Straße. Kurz vor Kochs Ecke bog er ab und fuhr schließlich die Leimbachstraße bis zur Autobahn-Auffahrt Siegen-Eisern. Kurz vor der Auffahrt bog er nochmals rechts ab und folgte einer schmalen Waldstraße zum Segelfluggelände. Die Straße führte durch dichten Wald die Eisernhardt hinauf. Am Gipfel endete die Straße auf einer Lichtung, die einen weiten Blick nach Westen freigab. Am Fuße des Berges lag, von oben wie die Landefläche eines Flugzeugträgers aussehend, das

Segelfluggelände. Die Bahn machte einen leichten Knick nach rechts genau auf der Höhe der Flugleitung, die mit ihrer meterhohen Funkantenne wie ein Kommandostand emporragte. Von dort oben konnte er die Trümmer des zerstörten Segelflugzeuges am Ende der Startbahn deutlich erkennen. Ungeachtet der Schlaglöcher, die der Regen in die Schotterzufahrt gewaschen hatte, preschte er mit seinem Geländewagen den Hang hinunter. Eine dicke Staubwolke hinter sich herziehend bog er in die Einfahrt zum Platz, wo Patrik Wilms in den Wagen einstieg.

»Was ist passiert?« fragte er Patrik Wilms, noch bevor der richtig Platz genommen hatte und gab Gas.

»Jakob bog in den Endanflug«, berichtete Wilms, »und kurz vor der Landung flog ihm das Höhenruder weg.«

Bücker nickte und fuhr über den Platz zum Unfallort.

»Er hatte keine Chance«, sagte Wilms traurig. Der große Mann lehnte sich sichtbar erschüttert in den Sitz zurück. »Stürzte aus dreißig Meter direkt in den Boden.«

»Wann sind die Leute vom Luftfahrtamt da?« fragte Bücker ruhig.

»Wir erwarten sie in einer Stunde«, antwortete Wilms und starrte auf die weißen Trümmer am Ende des Platzes, die langsam näher kamen.

»Gut«, nickte der Fluglehrer, »dann haben wir noch Zeit.«

»Zeit?« fragte Wilms überrascht.

Wilms, dessen Vorstellungskraft in all den Jahren seines Lebens nie fliegen lernte, wurde unruhig. Das bisschen Fantasie, das wie ein Maulwurf durch dunkle Grasböden krabbelte, stieß plötzlich in einen Keller vor, der höheren Wesen gehörte. Und irgendetwas in seinem Gehirn sagte ihm, dass man sich besser mit denen nicht anlegen sollte.

Er war ein gutmütiger Mann, der sehr erfolgreich jedem Widerstand aus dem Weg ging. Sein schlichter Verstand reagierte deshalb auf Bückers Idee instinktiv mit Ablehnung.

»Wofür Zeit?« rief er, und es klang für einen erwachsenen Mann viel zu schrill.

Bücker sah ihn verständnislos an und antwortete: »Selbst nach der Ursache zu forschen. – Wir müssen den Verein da raushalten, klar!«

»Aber die Polizei?« wandte der Vorstandsvorsitzende verzweifelt ein.

»Die wird gar nichts bemerken«, antwortete Bücker diebisch. »Wo ist Ulrich?«

»Er ist in der Kantine.« Ein leichtes Zucken seiner Augenlider kündigte die erste Panikattacke an. »Wir machen uns strafbar.«

»Quatsch«, erwiderte Bücker in einem Ton, der keine weitere Diskussion duldete. »Wir sind da, fangen wir an.«

9

Erich Roth, Diakon, saß auf einer Stufe, die zum Altar führte und betrachtete das Kirchenschiff der Marienkirche. In der Hand hielt er eine aus edlem Bütten hergestellte Einladungskarte. Feine goldene Buchstaben leuchteten auf cremefarbenem Untergrund. Nochmals las er die Worte und schüttelte ungläubig den Kopf.

»Das ist ein Scherz«, murmelte er und inspizierte das Wappen am unteren Ende der Karte zum wiederholten Male. »Kein Zweifel, das ist das Wappen des Bischofs.«

Neben Erich lag auf dem Boden ein passender Umschlag. Er war ebenfalls mit goldenen Buchstaben bedruckt, die im schwachen Licht der Marienkirche geheimnisvoll leuchteten. Dieses Leuchten weckte das Interesse eines weißen Kakadus, der auf der Brüstung unweit der Orgel mit dem Putzen seines Gefieders innehielt und seinen gelben Kamm sträubte. Neugierig blickte er nach unten. Erich saß versunken da und beachtete den Kakadu nicht. Es schien, als inspizierte der Kakadu sein Gefieder, doch plötzlich stürzte er von der Brüstung hinab und landete neben dem Diakon. Er watschelte leise über den Steinboden bis zum Umschlag, schnappte ihn mit seinem Schnabel und flatterte einen Augenblick später mit ihm davon.

»Marlowe!« rief Erich erschreckt und fuhr hoch.

Marlowe, der Kakadu, hörte nicht auf seinen menschlichen Kakadusitter. Eigentlich hörte er auf menschliche Stimmen nur dann, wenn am Ende der Wörterkette etwas Fressbares baumelte.

Der Umschlag wog mehr, als der Kakadu an Auftrieb erzeugen konnte. Im Tiefflug schlingerte er über die Kirchenbänke, während der edle Umschlag an den Gebetsbänken entlangschrammte. Marlowe versuchte mit letzter Kraft, Höhe zu gewinnen. Sein Instinkt sagte ihm jedoch: Lass den Umschlag fallen, sonst gibt es Flügelsalat. Nach einigen Metern Flug durch das Kirchenschiff gab Marlowe seine Flucht auf und öffnete den Schnabel. Mit einem lauten Plumps landete der Umschlag auf dem Steinboden. Marlowe flüchtete zur Brüstung und starrte auf Erich, der den in Mitleidenschaft gezogenen Umschlag vorsichtig säuberte.

»Es sitzt ein Vogel auf dem Leim«, brabbelte Marlowe, »er flattert sehr und kann nicht heim.«

Das rührte den Diakon, der sich mit seinen zwei Metern Körperlänge zu ihm wandte.

»Na, komm«, rief er Marlowe zu. »Tristan wird sicher bald auftauchen.«

In dem Moment öffnete der Detektiv die Seitentür der Kirche.

»Wenn man vom Teufel spricht«, murmelte der Kirchenmann, »dann ...« Er wollte sich nicht versündigen und hielt inne.

Marlowe erkannte sein Herrchen. Er krächzte vergnügt und stürzte sich auf Tristan, um kurz vor seinem Kopf abzubremsen und auf seiner Schulter sicher zu landen.

Kakadus sind monogam. Sie suchen sich einen Partner und bleiben ein ganzes Leben zusammen. Und dieses Leben kann bis zu 75 Jahre dauern. Als Tristan vor Jahren von seinem alten Pfarrer den noch jungen Kakadu geschenkt bekam, war es Liebe auf den ersten Blick – auf beiden Seiten. Der Detektiv stellte sehr schnell fest, dass er ein äußerst intelligentes Tier aufgenommen hatte. Neugierig inspizierte der kleine weiße Kakadu damals alles, was ihm fremd und neu war. Irgendwann in dieser Zeit begann Tristan mit dem Kakadu ausgiebig zu sprechen. Er lehrte Marlowe Zitate deutscher Dichter. Was zu Beginn ein Spiel war, entwickelte sich zu einer Leidenschaft und führte schließlich dazu, dass Marlowe die reinste Quasseltante wurde und zu allen möglichen und unmöglichen Ereignissen seinen Kommentar mittels eines Zitates äußerte.

»Alles in Ordnung?« lächelte Tristan und kraulte Marlowes Brust.

»Soweit«, brummte Erich und hielt den Umschlag hoch. »Er hat ihn ein wenig angeknabbert.«

Tristan sah sich den Umschlag genauer an.

»Edel, sehr edel«, nickte er erstaunt. »Wer schickt dir denn so was?«

»Der Bischof«, stöhnte Erich.

»Ärger mit der Obrigkeit?« fragte Tristan ernst.

»Nicht unbedingt« meinte Erich und sah auf seinen ältesten und besten Freund hernieder.

Tristan spürte, dass Erich etwas bedrückte.

»He, was ist los?« Der Detektiv blinzelte ihn über den Rand seiner Halbbrille hinweg an. »Gefällt deinem Bischof nicht, dass du zu viele SMS mit Schwester Julia wechselst?«

»Quatsch, Tristan«, entgegnete Erich gereizt. »Er hat mich nach Rom eingeladen.«

Tristan sah seinen Freund verdutzt an.

»Rom?!« stotterte Tristan überrascht.

»Ja«, nickte Erich und ließ sich auf einer der Kirchenbänke nieder. »Nach Rom, mich!!«

»Was willst du denn in Rom?« hakte Tristan nach.

»Den Papst besuchen«, antwortete Erich bissig, »nehme ich mal an.«

»Das ist doch toll«, meinte Tristan, »du lernst den Boss persönlich kennen.«

»Schon«, brummte Erich, »aber ich muss bald los. Und da ist dann noch Sina.«

»Welche Sina?« Tristan sah ihn verdutzt an.

In diesem Moment trat Helga in die Kirche und sah die beiden Männer nachdenklich zusammenstehen.

»Na, was ist denn hier los?« fragte sie freundlich, während sie ihre linke Augenbraue nach oben zog.

»Erich geht nach Rom«, erklärte Tristan.

»Für immer?« fragte Helga erschreckt.

»Nein, nur zu Besuch«, erklärte Erich in einem Tonfall, der das Ende der Welt ankündigte.

»Wann?« Helga trat näher heran.

»In zwei Wochen«, sagte Erich.

»Was?« rief Helga, »da heiratet doch Sina!«

»Ja, eben«, seufzte Erich und der Klang seiner Stimme hallte sanft im Kirchenschiff wider.

»Sina?« murmelte Tristan, bei dem der Groschen immer noch im Flug war. »Welche Sina?«

»Die mit der heißen Figur«, antwortete Helga deutlich und langsam, damit auch der Verschlafenste die Bedeutung des Satzes mitbekam.

»Sina«, grübelte Tristan, und dann schepperte der Groschen auf den Boden. »Sina!«

»Ja!« nickte Erich. »Ich habe Sina versprochen, sie zu trauen.«

»Das ist eine Katastrophe!« Helga setzte sich ebenfalls. »Was machen wir jetzt?«

Tristan hatte vor einiger Zeit einen bedeutenden Mordfall im Brauereigewerbe aufgelöst und dabei Sina kennen gelernt. Sina gehörte zu der Gruppe von weiblichen Menschen, die eine Zeit lang als *Girlie* bezeichnet wurden. Ihre Haarfarbe wechselte je nachdem, welchen Nagellack sie benutzte. Ihre Kleidung passte sich diesem wechselnden Farbspiel auf mysteriöse Weise an, was beim menschlichen Auge – besonders bei jenen, die sie genauer ansahen – eine schmerzhafte Pupillenverengung auslöste.

Hatte man sich erst mal an das äußerliche Erscheinungsbild gewöhnt, war es nur noch halb so schlimm, an ihrem glasklaren und diamantharten Verstand zu zerbrechen und die eigenen Unzulänglichkeiten viel deutlicher zu erkennen. Sina war ein Genie, ein ganz besonderes Computergenie und wusste das auch. Leider hatte es eine Weile gedauert, bis der Rest der Welt es auch sah, und Erich hatte einen großen Anteil an dieser positiven Veränderung in Sinas Leben.

10

Pfeiffer staunte, als er den Flugplatz am Fuße des Berges vor sich liegen sah. Er hatte nicht mit einem solchen Gelände gerechnet. Vorsichtig steuerte er den Dienstwagen einen Schotterhang hinunter. Starke Regengüsse hatten tiefe Rillen in den steinigen Boden gegraben. Sie verliefen mal quer, mal entlang der Fahrtrichtung. Da sie unterschiedlich breit ausgespült waren, musste Pfeiffer aufpassen, um nicht mit der Ölwanne aufzusetzen. Die Querrillen zwangen den notorischen Raser, erstaunlich langsam den Hang hinunter zu rollen. Die Angst um das Bundeseigentum bremste den brennenden Drang, schneller zu fahren.

Auf dem Weg den Hang hinunter bemerkte der Hauptkommissar, dass auf dem Segelfluggelände kein Flugzeug bewegt wurde. Am Platzende erkannte er die Überreste des abgestürzten Flugzeuges. Dort wimmelte es von Menschen, die über das satte Grün des Platzes wanderten. Die anderen Flugzeuge standen aufgereiht am Rand, nahe der Kantine. Pfeiffer bog um die große weiße Flugzeughalle und schaute sich nach Tristan Irles Oldtimer um. Der Detektiv fuhr einen alten Borgward, der zwischen dem Einerlei der modernen Mittelklassewagen sofort auffiel. Langsam rollte der Dienstwagen an einer Reihe Autos vorbei, die entlang des Platzes parkten. Er fand den Oldtimer nicht, also folgte er der Waldstraße zum Ende des Platzes. Dort hatte sich mittlerweile ein kleines Verkehrschaos entwickelt. Etliche Schaulustige waren mit Autos, Fahrrädern oder zu Fuß herbeigeströmt und verstopften die schmale Waldstraße. Ein Polizeibeamter versuchte etwas Ordnung in das Chaos zu bringen, scheiterte aber an dem stetigen Zustrom Neugieriger. Als der Beamte dann Pfeiffer in seinem Wagen auf sich zukommen sah, platzte dem Polizisten der Kragen. Wütend stampfte er auf den Hauptkommissar zu und bellte ihn an:

»Bitte wenden Sie augenblicklich und machen Sie die Straße frei«, er wedelte mit den Armen umher, als wollte er Insekten vertreiben.

Pfeiffer grinste, griff in die Innentasche seines Jacketts und zog seinen Dienstausweis vor.

»Wo finde ich Irle?« fragte der Hauptkommissar gelassen und hielt den Ausweis hoch.

»Hören Sie nicht?« schimpfte der Polizist, ohne auf den Ausweis zu schauen. »Machen Sie den Weg frei.«

Pfeiffer lächelte immer noch, jedoch war es jetzt ein Lächeln, das Kammerjäger aufsetzen, wenn sie die lästigen Schaben endlich entdeckt haben.

»Nochmals zum Mitschreiben«, sagte Pfeiffer streng, »wo finde ich Irle?«

Der Polizist stutzte und sah sich den Ausweis genauer an.

»Oh, Mordkommission, Hauptkommissar«, stöhnte er müde, »was wollen Sie denn hier? Es war kein Mord, sondern ein Unfall.«

»Ich suche einen Mann namens Irle?« wiederholte Pfeiffer genervt.

»Kenne ich nicht«, antwortete der Kollege. »Wollen Sie sich den Unfallort anschauen?«

»Sonst wäre ich wohl nicht diesen schrecklichen Hang dahinten heruntergefahren.« Pfeiffer fixierte den Polizeimeister durch seine Nickelbrille.

Der Beamte nickte und sagte: »Stellen Sie Ihren Wagen gleich hier vorne ab und fragen Sie dort drüben nach«, er deutete auf eine Gruppe Männer.

»Sie sind neu in der Stadt, was?« Pfeiffer grinste.

»Ja«, staunte der Polizist, »woher wissen Sie das?«

»Irle«, sagte Pfeiffer, »Sie kennen Tristan Irle noch nicht!«

Bücker stand am Rand des Trümmerfeldes und suchte anscheinend nach etwas Bestimmtem. Die Leiche hatte man bereits abtransportiert, was dem ganzen Schauplatz die Tragik nahm. Jakob hatte beim Aufprall so gut wie gar kein Blut verloren, so dass die vielen Plastikteile freundlich weiß auf dem grünen Grasboden lagen. Unauffällig nahm der Fluglehrer einige Teile beiseite, sah sie genau an und legte sie vorsichtig zurück.

»Lass das!« quiekte Wilms, »das merken die Leute vom LBA.«

»Quatsch«, zischte Bücker. »Sieh zu, dass einige unserer Mitglieder eine Traube vor dem Cockpit bilden.«

»Wieso?« fragte Wilms völlig überfordert.

Bücker schüttelte den Kopf. »Mach es und frag nicht, o.k. – Und mach dir nicht gleich in die Hose.«

Wilms zockelte ab.

In diesem Moment betrat Pfeiffer den Unglücksplatz.

Wilms sah den fremden Mann und wusste einen Augenblick nicht, was er machen sollte. Das bisschen genutzte Gehirn spaltete sich. Der eine Teil schrie ihm zu, dem Mann entgegenzugehen, der andere Teil riet ihm, dem Befehl des Fluglehrers nachzukommen. Der stattliche Mann wurde durch die heißlaufenden Neutronen seines überforderten Gehirns parallelisiert. Für den Bruchteil einer Sekunde blickte er verzweifelt zu Pfeiffer, dann wandte er sich den Vereinskameraden zu.

»Oh, Mann«, flüsterte Pfeiffer, der Wilms bemerkte, »der ist aber echt mitgenommen.«

Erleichtert stellte der Hauptkommissar fest, dass der verwirrte Mann ihm aus dem Weg ging. Pfeiffer sah sich weiter nach Irle um. Nach einem kurzen, aber intensiven Blick rund um das abgestürzte Flugzeug musste er feststellen, dass der Privatdetektiv nicht anwesend war. Das ärgerte den Hauptkommissar, denn er hatte gehofft, den beschaulichen Sonntagvormittag mit etwas Würze aufzupeppen. Irle, das wurde dem Polizisten jetzt klar, hatte den Ort bereits verlassen.

Unterdessen näherte sich Bücker dem Cockpit. Vorsichtig trat er zwischen zerborstenes Plastik und beugte sich schnell über den Rest des ehemaligen Cockpits. Ein, zwei Blicke genügten, dann hatte er gefunden, was er suchte. Mit der Kaltblütigkeit eines Killers griff er zu.

2. Das Dilemma war ...

Sonntagnachmittag

Das Dilemma war offensichtlich. Wie sollte Erich dem Bischof klarmachen, dass die Reise nach Rom ein gegebenes Versprechen verhinderte? Verstand der Kirchenfürst das?

Die drei Freunde saßen auf einer Bank in der Sonne vor Tristans Haus. Der Detektiv besaß ein altes Fachwerkhaus, das zusammen mit anderen Fachwerkhäusern der Altstadt an einem Hof hinter der Marienkirche lag. Der Hof war nicht sehr groß, eher die aufgeblähte Verlängerung der Barstewende, die vom Rathaus herunter führte. Ein kleiner Brunnen mit Grünanlage zierte den oberen Teil des gepflasterten Hofes, während am unteren zwei alte Kastanienbäume ihr Blätterdach über den Nebeneingang der Kirche und einen Teil des Hofes ausbreitete. Gusseiserne Sperrpfähle verhinderten, dass Unbefugte den Hof als Parkplatz missbrauchten. Obwohl der Platz mitten in der Stadt lag, schlummerte hinter dem hohen Kirchenschiff eine Oase der Ruhe. Ein kleines Idyll, in dem Marlowe etwas abseits von seinem Herrchen mit einem Kastanienblatt spielte.

»Was soll ich machen?« brummte Erich und blinzelte am Kirchturm vorbei in den blauen Himmel.

»Offen mit dem Bischof reden«, sagte Helga, »der Mann muss doch verstehen, dass man nicht einfach sein Wort brechen darf.«

»Der Mann ist in erster Linie Politiker«, antwortete Tristan. »Der liebe Bischof aus Paderborn hat unseren Erich nicht umsonst eingeladen. – Wir sollten herausfinden, was hinter der Einladung steckt.«

»Du siehst gleich eine Verschwörung«, schnaufte Helga und schüttelte den Kopf.

»Vielleicht hat Tristan recht«, murmelte Erich. »Ich kann mir auch nicht erklären, warum er gerade mich für die Reise nach Rom ausgewählt hat.«

»Du bist ihm ans Herz gewachsen«, lächelte Helga und fügte hinzu: »Lässt sich Sinas Heiratstermin nicht verschieben?«

»Das glaube ich kaum.« Erich streckte seine langen Beine aus. »Der Termin ist seit Wochen festgelegt. Und wie ich Sina kenne, hat sie alles bereits durchorganisiert.«

»Dann bleibt dir nichts anderes übrig«, lächelte Tristan, »als dem Bischof klaren Wein einzuschenken. Wie ich gehört habe, trinkt er Wein ja auch lieber als Bier.«

»Ich werde wohl nicht drum herum kommen«, seufzte Erich. Langsam verschränkte er die Arme hinter seinem Kopf und fragte dann: »Wie war eigentlich dein Flug?«

»Großartig«, antwortete Tristan mit einem leisen Unterton.

Erich wäre nicht Erich gewesen, wenn er diesen Ton nicht wahrgenommen hätte. Die beiden Männer waren seit über vierzig Jahren befreundet. Selbst als Erich das Siegerland verließ und in Schwarzafrika lange Zeit Missionsdienst leistete, waren die beiden immer in Kontakt geblieben. Erich bewohnte seit seiner Rückkehr eines der Nachbarhäuser, was den Vorteil hatte, nicht weit weg von der Kirche zu leben, aber auch Tristan jeden Tag sehen zu können. Der Zwei-Meter-Mann, vornehmlich in Schwarz gekleidet, hatte sich für Tristan in den letzten Jahren zu einem wichtigen Berater und Helfer entwickelt. Der Diakon wandte seinen Römerkopf dem Detektiven zu, sah ihn aus seinen bernsteinfarbenen Augen an und sagte: »Was ist auf dem Flugplatz geschehen?«

»Ein Segelflugzeug ist abgestürzt«, antwortete Helga traurig.

Erich musterte Tristan genau.

»Nicht ich bin abgestürzt«, erklärte der Detektiv, »sondern ein anderer aus dem Verein.«

»Und?« Erich richtete sich auf. »Hat er es überlebt?«

»Leider nicht«, antwortete Helga. »Der Mann ist tot.«

Erich nickte und lehnte sich schweigend wieder zurück.

»Weiß man, wie es geschehen ist?« fragte er mit seiner festen Baritonstimme.

»Noch nicht.« Tristan stand auf. »Das Flugzeug muss untersucht werden, von Spezialisten aus Braunschweig. – Ich hole mir mal meine Pfeife.«

»Braunschweig«, nickte Erich, »da hat das Luftfahrtbundesamt seinen Sitz. Ich habe mal einen Bericht über deren Arbeit gesehen.«

Tristan kam mit einem Tabaksbeutel und einer Pfeife zurück. Zudem hielt er eine Zeitschrift in der Hand, die ein schnittiges Segelflugzeug vor einem Alpenpanorama auf der Titelseite zeigte.

»Das ist der *aerokurier*, eine Monats-Zeitschrift für Flieger«, er reichte sie Erich. »Die habe ich mir gekauft, um etwas besser vorbereitet zu sein.«

Erich schielte ihn von der Seite an. Helga lächelte und sah nach Marlowe, der immer noch mit dem Blatt beschäftigt war, das jetzt jedoch eindeutige Zerfallserscheinungen aufwies.

»Schau nicht so«, protestierte Tristan, während er seine Pfeife stopfte. »Ich wollte nicht wie der letzte Idiot dastehen. – Jedenfalls, schlag mal Seite 54 auf, dort findest du einen Bericht über die drei schlimmsten Unfallursachen bei Segelflugzeugen.«

Erich schlug die Seite auf und überflog sie.

»Was ist ein Bolzen für einen Holm?« fragte er und schüttelte den Kopf.

»Damit werden die Tragflächen zusammengehalten«, erklärte Tristan, als sei er schon immer Flieger gewesen. »Ich bin mal gespannt, was Ulrich uns über die Absturzursache sagen wird.«

»Tristan, du blinzelst«, sagte Helga etwas beunruhigt, »du glaubst doch nicht etwa, dass dieser Absturz *kein* Unfall war.«

»Ich habe da so ein Gefühl«, flüsterte der Detektiv und setzte den Tabak in seiner Pfeife in Brand.

2

Tatjana Maus saß in der großen Flugzeughalle. Neben ihr stand Ulrich und hielt eine Tasse heißen Kaffee für sie bereit. Dankbar nahm sie die Tasse entgegen und nippte an dem Getränk. Der Schock krabbelte langsam aus ihren Gliedern, und ihm folgten Scham und Wut. Scham, weil sie vor all den männlichen Vereinskameraden Schwäche zeigte und Wut, weil sie gegen den schmerzlichen Verlust nichts machen konnte. Tatjana fühlte sich in diesem Moment vom Leben betrogen.

Sie hatte es als Frau in einem von Männern dominierten Flugsport nicht leicht, aber sie hatte es, trotz all der versteckten Ressentiments und Hindernisse, die ihr auf dem Weg zum Flugschein entgegengebracht wurden, geschafft. Dass sie zudem als Frau überaus attraktiv war und zu allem Unglück auch noch den Nachnamen Maus trug, hatte die Situation nur verschlechtert. Eine schlimmere Konstellation hätte man sich für den Eintritt in diesen Segelflugverein nicht vorstellen können. Doch eine Veränderung hatte begonnen. Nicht alle männlichen Vereinsmitglieder lebten noch in der glorreichen Gründungszeit nach dem Krieg, wo Frauen auf Flugplätzen nur eines waren: nett anzuschauendes, lebendes Frachtgut.

Für die jungen Mitglieder, wie zum Beispiel Mike, gab es bereits nur eine Unterscheidung: Konnte man sich auf Mann oder Frau verlassen oder nicht? Auch Ulrich und einige andere

Mittvierziger akzeptierten und förderten den weiblichen, fliegerischen Nachwuchs. Sie empfanden gut ausgebildete Fliegerinnen wie Tatjana als einen Glücksfall und nicht als Konkurrenz. Frauen verbreiteten eine andere Stimmung, die allen Vereinsmitgliedern gut tat. Denn langsam gingen den Vereinen die Mitglieder aus. Niemand war mehr bereit, ein ganzes Wochenende auf dem Flugplatz zu verbringen und dabei nur einmal für einige Minuten in die Luft zu kommen.

»Wie geht es dir?« fragte Ulrich mitfühlend.

»Besser«, nickte Tatjana. »Danke für die Hilfe.«

»Lass gut sein«, Ulrich setzte sich zu ihr auf einen Hocker.

Beide sagten nichts, starrten in die leere Flugzeughalle, deren Boden mit Ölflecken gesprenkelt war.

»Wie konnte das passieren?« flüsterte Tatjana. »Jakob war doch kein Anfänger!«

Ulrich nickte. Jakob war kein Anfänger. Jakob hatte mit vierzehn zum ersten Mal ein Flugzeug alleine geflogen und war seit dem Freiflug über dreihundert Stunden in der Luft gewesen. Für Ulrich stand fest, dass fliegerisches Versagen nicht zu diesem Unfall führte. Das machte ihm Angst. Denn wenn Jakob keinen Flugfehler gemacht hatte, dann konnte nur ein technisches Problem zu dieser Katastrophe geführt haben, und für die Technik war er zuständig.

»Ich glaube nicht«, antwortete Ulrich leise, »dass Jakob einen Flugfehler machte.«

Tatjana sah Ulrich in die Augen. Der Werkstattleiter senkte den Blick und stöhnte: »Die Maschine war in Ordnung, als wir sie an den Rand stellten.«

»Wer hat sie gecheckt?« fragte Tatjana, und ein leichtes Glühen funkelte in ihren braunen Augen.

»Ich weiß nicht«, gestand Ulrich. »Wir sollten Mike fragen.«

In diesem Moment fuhr ein Taxi auf das Vorfeld. Zwei Männer in Fliegerjacken stiegen aus, bezahlten den Taxifahrer und wandten sich dann Ulrich und Tatjana zu.

»Guten Tag, Frank, LBA Braunschweig«, sagte der ältere Mann von beiden, »und das ist mein Kollege Brecht.«

Ulrich stand auf, stellte sich ebenfalls vor und gab den beiden Männern die Hand.

»Wir müssen zum Platzende«, erklärte er ihnen und führte sie zum Bergungswagen.

»Nobel«, kommentierte Frank, als er in den funkelnagelneuen Bergungswagen des Typs Audi A6 stieg.

»Ein Geschenk von Audi«, erklärte Ulrich, »der Wagen wäre sonst verschrottet worden.«

Die beiden LBA-Inspektoren sahen sich fragend an.

Sie fuhren los.

Tatjana blickte ihnen nach, streifte die Decke ab und stand mit zitternden Beinen auf. Sie glaubte auch nicht daran, dass Jakob einen Flugfehler begangen hatte.

Bücker sah den A6 über den Platz kommen und ahnte, dass es nun ernst werden würde.

»Das LBA«, rief Bücker und sah, wie Wilms zusammenzuckte.

Der Vorstandsvorsitzende löste sich aus der Gruppe von Mitgliedern und eilte dem Bergungswagen entgegen, der vor dem Trümmerfeld langsam zum Stehen kam. Ulrich stieg aus und stellte Frank und Brecht dem Vereinsvorstand vor.

»Guten Tag«, sagte Wilms unsicher und zeigte auf das Unglück. »Sie sehen, was passiert ist. Leider hat Jakob, der Pilot, nicht überlebt.«

Frank nickte und sah zu Brecht.

»Könnten Sie uns jetzt an die Arbeit lassen?« Frank deutete auf die Mitglieder, die den Unfallort immer noch abschirmten.

»Wulf«, rief Wilms, »das sind die Herren vom LBA. Lasst sie an die Trümmer und helft ihnen, wenn sie was brauchen.«

»In Ordnung«, rief Wulf zurück. »Dann kommen Sie mal.«

Frank sah kurz zu Brecht, als wollte er sagen: Wieder so ein paar Provinzeier, die den Sheriffs was vormachen wollen.

Mit einer Kladde bewaffnet verteilten sich die beiden Beamten um die Trümmer.

Pfeiffer, der zwischenzeitlich nochmals mit dem jungen Polizisten gesprochen hatte, bemerkte die plötzliche Aktivität rund um den Unfallort und wurde neugierig.

»Was ist denn da los?« fragte er sich.

Bücker sah, wie Pfeiffer über die Flugplatzabsperrung stieg und gezielt auf die LBA-Beamten zuhielt.

»Hee«, rief Bücker dem Hauptkommissar zu. »Gehen Sie bitte zurück!«

Pfeiffer grinste und schüttelte den Kopf.

»Patrik«, rief Bücker Wilms zu und deutete auf Pfeiffer.

Wilms reagierte sofort und rief seinerseits Wulf zur Hilfe.

»Haltet den Mann da auf«, sagte er zu Wulf.

Jakobs Vetter nickte und lief zu Pfeiffer.

»Sie müssen zurück«, sagte Wulf finster, »das ist keine Spazierwiese hier.«

Pfeiffer blieb stehen und zückte seinen Ausweis.

»Ich hoffe, ihr Flieger könnt lesen«, fauchte der Hauptkommissar, der sich herausgefordert fühlte. Eine Charaktereigenschaft, die denen von Wachhunden ähnelte, die hinter allen herrennen, die einen Gang zu schnell das Weite suchen.

Wulf konnte lesen. Erschreckt trat er einen Schritt zurück.

»Entschuldigung«, sagte er kleinlaut. »Ich wusste ja nicht, dass Sie von der Polizei sind.«

»O.k. Junge«, meinte Pfeiffer väterlich, »ist schon o.k. Vielleicht kannst du mir sagen, was die beiden da zwischen den Trümmern machen?«

»Das sind Beamte vom Luftfahrtbundesamt«, erklärte Wulf, erleichtert, dem Hauptkommissar behilflich zu sein.

»So«, nickte Pfeiffer und kramte eine zerknüllte Zigarettenschachtel aus seinem Jackett. »Die sind aber schnell.«

»Ja«, meinte Wulf, »die haben ein eigenes Flugzeug.«

Pfeiffer sah den jungen Flieger überrascht an.

»Die kommen aus Braunschweig«, erklärte Wulf, »sicherlich sind sie auf dem Siegerlandflughafen gelandet.«

»So.« Pfeiffer blies Rauch in die Sommerluft und betrachtete das Treiben der beiden LBA-Leute.

»Was quatscht der mit dem Typ?« flüsterte Wilms zu Bücker. »Der soll ihn vertreiben. – Wulf!«

Wulf hörte seinen Namen rufen und drehte sich zu Wilms um.

»Ich glaube, die rufen mich«, sagte er zu Pfeiffer und verabschiedete sich.

Pfeiffer nickte und ging auf Frank zu, der gerade am Leitwerk seine Untersuchung begann.

»Weshalb hast du diesen Typ nicht vom Platz geschickt?« zischte Wilms wütend, als Wulf endlich bei ihm ankam.

»Der ist ein Bulle«, flüsterte Wulf, »den kann ich nicht wegschicken.«

Wilms fasste sich an den Kopf.

»So eine Scheiße«, fluchte er. »Jörg, was für ein mieser Tag.«

Da konnte Bücker nur zustimmen.

3

Es war der Zuckerguss seines Jobs, den Staatsanwalt Friedrich Büdenbender mit Haut und Haaren liebte, im Mittelpunkt des gesellschaftlichen Lebens einer Stadt zu stehen, die so überschaubar klein und putzig am Ufer der Sieg lag. Die anderen Honoratioren hatten Siegen bereits wieder verlassen, was dem Staatsanwalt die Gelegenheit gab, ein paar persönliche Worte des Dankes an Frau Thaler loszuwerden.

»Sie wissen ja gar nicht«, so Büdenbender pathetisch, »was Sie mit Ihrer Spende für die Stadt tun.«

»Das sehen manche Menschen anders«, antwortete Frau Thaler trocken und sah zum Bürgermeister, der sich angeregt mit dem Rektor der Universität unterhielt.

»Hören Sie nicht auf diese Stimmen«, meinte Büdenbender charmant. »Das sind sowieso nur Kretins mit niedrigem Geschmack.«

»So?!« Frau Thaler wollte nach Hause. Der Trubel ging ihr allmählich ans Herz.

»Wissen Sie«, sinnierte Büdenbender weiter, »dieser Typ eben mit dem Handy, das ist ein schöner Beweis, wie rückständig manche Bewohner dieser Stadt immer noch sind. Fließend Wasser ist halt nicht gleichbedeutend mit Zivilisation.«

»Ach wirklich«, antwortete Frau Thaler höflich und dachte. Wann werde ich endlich von diesem Menschen befreit?

»Ich wusste, dass Sie es genauso sehen würden«, sagte der Staatsanwalt stolz. »Ihre Sammlung dort oben im ersten Stock, also das ist wirklich bemerkenswert.«

»Ja, das finde ich auch«, murmelte sie und sah Büdenbender kurz an. Diese Kleidung? »Wie war Ihr Name noch?«

»Friedrich Büdenbender, gnädige Frau«, antwortete er mit stolzgefüllter Brust. »Staatsanwalt am hiesigen Landgericht.«

»So?!« wiederholte Frau Thaler.

»Also, um nochmals auf dieses Handy zurückzukommen«, setzte Büdenbender an, als ein breitschultriger Mann in Unform auf ihn zusteuerte.

Die Rettung, erkannte Frau Thaler, ohne zu wissen, wer da auf sie zu marschierte.

»Da sind Sie ja«, donnerte Wilhelm Flender, Polizeidirektor, durchs Foyer. »Haben Sie Ihr Handy ausgeschaltet?«

Büdenbender, von Flenders Erscheinen irritiert, nickte und sagte: »Selbstverständlich! – Was machen Sie denn hier?«

»Ich suche Sie, Mann«, erwiderte der Polizeidirektor. »Entschuldigen Sie, gnädige Frau, aber ich muss Ihnen diesen Mann entführen.«

»Oh, bitte«, erwiderte Frau Thaler und wandte sich schnell dem Bürgermeister zu.

»Es gibt Arbeit«, sagte Flender ernst. »Ich habe keinen anderen aus Ihrem Büro erwischt. Sie müssen zu einem Unfallort.«

»Was?« Büdenbender sah den Polizeidirektor grimmig an. »Ist das ein Scherz?«

»Keineswegs, Herr Büdenbender.« Flender rückte näher an Büdenbender und flüsterte: »Auf dem Segelfluggelände hat es einen Unfall mit Todesfolge gegeben.«

»Das ist tragisch«, antwortete Büdenbender verärgert, »aber keine Aufgabe für mich.«

»Dieser Unfall war vielleicht kein Unfall«, erklärte Flender, »Hauptkommissar Pfeiffer rief vor einer halben Stunde an.«

»Hauptkommissar Pfeiffer?« staunte Büdenbender, »der Pfeiffer, unser Pfeiffer ist schon vor Ort?«

»Ja«, grinste Flender und sein grobkantiges Gesicht verformte sich. »Pfeiffer, das Wiesel.«

»Ich glaub's nicht«, schüttelte Büdenbender den Kopf. »Es ist Sonntag und ...«

»Machen Sie sich nichts draus«, antwortete Flender, »ich bin auch nicht sehr erbaut über diese Geschichte. Fahren wir zusammen.«

4

Pfeiffer hatte am Telefon etwas übertrieben. Noch stand nicht fest, ob der Absturz absichtlich herbeigeführt worden war oder doch nur durch menschliches Versagen verursacht wurde. Wie immer war der Hauptkommissar mit seinen Schlussfolgerungen sehr schnell zu einem Ergebnis gekommen, das bei näherem Betrachten noch einige Fragen unbeantwortet ließ. Allerdings hatten die LBA-Beamten etwas Alarmierendes festgestellt, und das gefiel Ulrich Hundt, dem Werkstattleiter, überhaupt nicht.

»Sie meinen also«, wiederholte Ulrich, »es fehlt ein Teil des Höhenruders?«

»Ja«, nickte Frank und kontrollierte nochmals die zusammengelegten Kunststoffteile des Höhenruders, die vor ihm auf der Wiese lagen.

Die beiden LBA-Männer hatten sich die Absturzstelle eingehend angesehen und die Vereinsmitglieder um eine Unfallbeschreibung gebeten. Sie waren zu dem Entschluss gekommen, dass der Unfall durch einen Fehler am Höhenruder verursacht wurde. Deshalb sahen sie gezielt nach den Resten des Leitwerks und versuchten anhand der Trümmerteile eine Rekonstruktion.

»Die Aufhängung des Höhenruders fehlt«, sagte Brecht. »Wir haben das Teil nicht im Trümmerhaufen gefunden.«

»Es kann wer weiß wo hingeflogen sein«, meinte Ulrich.

»Schon möglich«, meinte Brecht, »aber ohne dieses Teil können wir nicht genau feststellen, warum das Höhenruder den Abflug machte.«

»Es könnte also immer noch technisches Versagen in Frage kommen?« murmelte Ulrich.

»Herr Hundt«, sagte Frank, »momentan können wir nur davon ausgehen, dass sich das Höhenruder löste. Weshalb oder warum, das bleibt Spekulation.«

»Vermutlich«, ergänzte Brecht und steckte einen dicken Kugelschreiber in die Brusttasche seines Hemdes, »werden wir das erst klären können, wenn das fehlende Teil aufgetrieben ist. – Aber ehrlich gesagt ...« Er sah mit ausdrucksloser Miene zum Werkstattleiter, »... ich vermute, dass einfach ein Fehler beim Aufrüsten gemacht wurde.«

»Aber dann hätte er doch bereits beim Start ...« Ulrich brach ab. Brecht hatte wahrscheinlich recht. »Was ist mit dem fehlenden Teil? Suchen Sie es noch?«

»Sie haben es hier richtig waldig«, stöhnte Frank, »ich glaube nicht, dass wir das Stück finden.«

»Für unseren Bericht auch nicht weiter notwendig.« Brecht steckte sich eine Zigarette an. »Die Ursache des Absturzes ist zu 90 Prozent klar. Menschliches Versagen beim Aufrüsten.« Er blies einige Rauchwolken in den Himmel. »Das kommt nicht zum ersten Mal vor.«

Frank holte eine Kamera aus seinem Koffer und begann Fotos vom Absturz und von einigen Einzelteilen zu schießen.

Einige Schritte abseits verfolgten Bücker und Wilms das Geschehen. Als sie sahen, dass Brecht sich eine Zigarette ansteckte, traten sie näher.

»Und, meine Herren«, schleimte Wilms, »zu welchem Ergebnis sind Sie gekommen?«

»Wahrscheinlich eine Unachtsamkeit beim Aufrüsten«, antwortete Brecht und blies blaue Rauchkringel in die Luft.

»Also keine Schuld seitens des Vereins?« hakte Wilms nach.

»Nein«, lächelte Brecht amüsiert, »oder haben Sie die Bolzen angesägt?«

»Um Gottes Willen, nein«, quiekte Wilms, »als Vorstand macht man sich eben seine Gedanken.«

Bücker hörte aufmerksam zu und nickte zufrieden, als Frank den Fotoapparat wieder einpackte.

»Jetzt warten wir noch auf den Staatsanwalt«, sagte Brecht, »dann hauen wir wieder ab.«

»Der Staatsanwalt?!« Panik stieg in Wilms auf. »Was soll der denn hier?«

»Patrik«, beruhigte Bücker, »es ist ein Mensch ums Leben gekommen, da ermittelt die Staatsanwaltschaft automatisch.«

»Ich dachte, das macht der Polizist da hinten«, antwortete Wilms verlegen.

Pfeiffer ermittelte selbstverständlich, doch in welche Richtung er sich bewegen sollte, das war dem Hauptkommissar in etwa so klar wie Hänsel und Gretel der Weg im Wald. Und die böse Hexe näherte sich bereits in Form des Staatsanwaltes Büdenbender, der im feinen Anzug, sichtlich verärgert, tatsächlich aus dem Wald auftauchte.

»Wo kommen Sie denn her?« staunte Pfeiffer und sah den Staatsanwalt grinsend an.

»Fragen Sie nicht«, schnaufte der Staatsanwalt, »Flender kommt auch gleich.«

»Haben Sie sich verlaufen?« hakte Pfeiffer frech nach.

Büdenbender scharrte mit den Füßen.

»Sie haben sich verlaufen«, nickte Pfeiffer und nahm seine Nickelbrille ab. Er zog schnell ein

Taschentuch aus seiner Hosentasche und begann die Brillengläser zu reinigen. »Wie haben Sie das denn geschafft?« rutschte es ihm schmunzelnd heraus.

»Es hieß oben bei dem Vereinsheim: einfach dem Waldweg folgen«, kochte Büdenbender. »Bloß hat uns niemand darauf hingewiesen, dass der Weg eine Gabelung hat.«

»Sie sind natürlich nach rechts abgebogen«, sprach Pfeiffer so ernst es ihm möglich war.

»So ist es«, stöhnte der Staatsanwalt, »dies war der falsche Weg.«

»Warum sind Sie nicht über den Platz gelaufen?« wollte Pfeiffer wissen und aalte sich in Büdenbenders Schmach.

»Die Sonne«, antwortete dieser knapp und beendete damit das Thema. »Wie ich sehe, kam da das Flugzeug herunter.«

»Sehr scharfsinnig erkannt «, antwortete Pfeiffer und setzte die Brille wieder auf.

»Wer sind die Menschen da drumherum?« fragte Büdenbender.

Pfeiffer erklärte so viel, wie er über die Anwesenden wusste, bis schließlich auch der Polizeidirektor den Weg aus dem Wald gefunden hatte.

5

Tatjana erholte sich. Man ließ sie in Ruhe, was ihr half, über den ersten Schock hinwegzukommen. Für einen Augenblick vom Schicksal ausgeknockt zu werden, das ging in Ordnung, wenn man danach wieder aufstand. Tatjana stand auf, ganz real und verließ die Halle. Der alte Doppeldecker stand immer noch am Ende des Platzes, wo sie ihn gelandet hatte, nachdem sie erkannte, wer dort abgestürzt war. Sie musste ihn holen, denn obwohl mehrere Vereinsmitglieder die Motorfluglizenz besaßen, durfte noch längst nicht jeder den Oldtimer fliegen. Die Vereinsverantwortlichen sorgten dafür, dass nur ein paar Auserwählte den Doppeldecker flogen. Dabei betonten sie gerne, wie kostbar der alte Flieger sei und wie schwierig er sich fliegen ließ. Dieses Argument wirkte bei näherer Betrachtung jedoch auf jeden Luftfahrtinteressierten beleidigend, wusste dieser doch, dass der Doppeldecker für die Anfängerschulung konstruiert wurde und als äußerst gutmütig galt. Den drei Doppeldecker-Fliegern ging es in erster Linie darum, das Privileg zu schützen, ein einzigartiges Flugzeug zu fliegen. Dummerweise hatten aber alle Vereinsmitglieder mit Motorfluglizenz theoretisch das Recht darauf. Schließlich wurden die Unterhalts- und Instandsetzungskosten von allen Vereinsmitgliedern getragen.

Tatjana durchschaute schon sehr bald die Strukturen, die im Verein herrschten. Als sie vor einem Jahr die Motorfluglizenz erwarb, wollte sie auch den Doppeldecker fliegen. Wie erwartet blockierte man sie damals, doch sie ließ es bei einer Mitgliederversammlung auf einen handfesten Streit ankommen und forderte die Mitglieder auf, ihren Wunsch per Abstimmung zu entscheiden. Wilms musste es zur Abstimmung kommen lassen, oder er hätte offen aussprechen müssen, dass gewisse Vereinsmitglieder Tatjana nicht auf dem Doppeldecker fliegen lassen wollten. Ein fliegerisches Handicap als Ablehnungsgrund anzubringen ergab sich nicht. Tatjana besaß bereits zu diesem Zeitpunkt genügend Flugstunden, um jeden Zweifel von vorneherein zu ersticken. Die Herren hätten Farbe bekennen müssen und das hätte bedeutet, offen auszusprechen, dass ihnen Tatjanas Nase nicht gefiel.

Eine sehr gefährliche Sache, denn keiner sprach die zwischenmenschlichen Beziehungen – wie z.B. ich kann deine Art nicht leiden und will nicht, dass du dieses Flugzeug fliegst – offen an. Keiner der Verantwortlichen traute sich, dies zuzugeben, und keiner besaß die Führungsqualitäten, die nötig gewesen wären, um diese persönlichen Sympathien oder Antipathien auf der Basis des gemeinsamen Wunsches, frei wie ein Vogel zu fliegen, zu neutralisieren. Stattdessen setzte man Mauscheleien und Mobbing als Führungsmittel gegenüber Vereinsmitgliedern ein, um sie hier und da mies zu machen oder am Fliegen zu hindern.

Das hatte Tatjana erkannt, und dank eigener Initiative war ihre Flugausbildung so weit fortgeschritten, dass sie kurz vor der Abschlussprüfung zur Motorfluglehrerin stand und damit fliegerisch das qualifizierteste Vereinsmitglied wurde. Weil sie fliegerisch nicht mehr angreifbar war, ließ man sie in Ruhe. Ganz anders als bei Jakob, der aus reiner Begeisterung für das lautlose Schweben nie einen weiteren Flugschein erworben hatte. Sie wusste, wie skrupellos manche Vereinsmitglieder werden konnten, um ihre Interessen durchzusetzen. Und es war im Verein allgemein bekannt, wie sehr sich die beiden liebten. Tatjana konnte man nicht direkt „an den Karren pinkeln", doch indirekt war sie über Jakob verletzlich.

Die Trauer wich ihrer Wut. Mit festen Schritten stampfte sie über den Platz in Richtung Doppeldecker. Wenn dieser Unfall kein Unfall war und man Jakob für ihr Engagement bestrafte, um sie zu treffen, dann sollten sich gewisse Vereinsmitglieder sehr dick anziehen.

Um den Doppeldecker herum stand eine Reihe von Flugschülern und betrachtete verstohlen die Gruppe Männer um den Vorstandsvorsitzenden Wilms. Sie begrüßten Tatjana stumm mit einem Nicken, das mitteilte, wir bedauern das Geschehene. Die Schüler waren jung und ließen sich von der Katastrophe nicht allzu sehr aus der Ruhe bringen. Mike stand ebenfalls in der Gruppe und trat auf sie zu.

»Geht es wieder?« fragte Mike, während er die Einstiegsklappe herunterließ.

»Danke«, antwortete Tatjana.

»Die Männer da drüben«, erzählte Mike und deutete auf die Gruppe um Wilms, »die sind vom LBA. – Es scheint ein technisches Problem gewesen zu sein.«

Tatjana sah Mike ernst an.

»Wie meinst du das?« Ihre großen dunklen Augen bohrten sich in Mikes Augen.

»Ich weiß nicht«, stotterte er, »ich habe nur ein paar Wortfetzen mitbekommen.«

»Gut!« sie wandte sich der Gruppe zu. Mit schnellen Schritten eilte sie über den Rasen. Keine dreißig Sekunden später sprengte sie die Männerschar um Wilms auseinander.

6

Die Sonne stand tief im Westen. Tristan genoss die letzten warmen Sonnenstrahlen, die über das Dach der Marienkirche hinweg in den Hof fielen. In seiner linken Hand hielt er eine qualmende Pfeife und rechts ein aufgeschlagenes Buch. Einige Spaziergänger polterten die Barstewende herunter und überquerten den Hof. Der Detektiv senkte ein wenig das Buch und schielte einen Augenblick zu den Fremden, die einige Meter von ihm entfernt vorbeirumpelten. Einen Gruß hatten die Siegerländer Sturköpfe nicht übrig, was den Detektiven zu einer philosophischen Frage inspirierte: Was ist der Lebens-Sinn eines Siegerländers?

Tristan zog einmal kräftig an seiner Pfeife, blickte den Spaziergängern nochmals hinterher, bevor sie in der Hundgasse verschwanden, und begann nachzudenken.

Der Römer strebt nach Lebensfreude. Er liebt die schönen Dinge des Alltags und ist sich seiner Vergangenheit stets bewusst. Er würde sich nie auf die Frage nach dem Sinn des Lebens einlassen, weil sie ihn zu lange vom Leben fernhielt.

Die Bewohner der Stadt Paris streben nach Liebe. Nicht irgendeine Liebe, sondern die große reine Liebe zwischen Mann und Frau. Nicht umsonst ist die Haute Couture und die Prêt-à-porter in dieser Stadt geboren worden. Das schöne Geschlecht ins rechte Licht rücken und sich verlieben – die Vollendung eines Lebens. Romeo und Julia hätte in Paris geschrieben werden können, wäre der Engländer Shakespeare nicht schneller gewesen.

Der Siegerländer ist dagegen stets bestrebt, seine Qualitäten unter den Scheffel zu stellen – ganz besonders in der Öffentlichkeit. Jeder Versuch, Heiterkeit auszustrahlen, wird mit einer einfachen Methode zunichte gemacht. Er schimpft einfach über alles, was heute anders ist, als es gestern war. In den meisten Fällen über das Wetter. Prahlerei und protziges Auftreten wecken instinktiv Ablehnung, weshalb man in den besser gestellten Kreisen auf große Statussymbole verzichtet. Im Laufe der Jahre haben die Siegerländer dieses Verhalten so perfektioniert, dass der eigentliche Grund dieses Handelns nur noch Eingeweihten bewusst geblieben ist. Dieses Verhalten hatte einen einfachen Grund ...

Tristan lächelte und blies kleine, blaue Ringe in die warme Abendluft.

... der Siegerländer liebt nämlich das Leben aus vollem Herzen. Er weiß um die Schönheit seines Landes und schützt es, indem er es schlecht macht. Mit diesem Trick werden die *Usswaerdijen* mit einem miesepetrigen Verhalten abgeschreckt und suchen nicht selten das Weite. Denn sie wissen nicht, dass die Siegerländer ein altes und stolzes Volk sind, das nie von den Römern besiegt wurde. Sie sind bestrebt, ein vollkommenes Leben zu führen, das Gott gefällig und gewinnträchtig ist. Ihre großen technischen Fähigkeiten behalten sie für sich und stellen geschickt ein paar musische Größen in den Vordergrund – hier sei Rubens erwähnt –, die der Welt ein Schmunzeln abringen – aber von den eigentlich großen Dingen im Siegerland ablenken. Sollen die anderen in einer smoke-vergifteten Stadt tolle Mode vorführen oder noch andere auf alten Steinen in der heißen Sonne schwitzen, während der Siegerländer im wohligen Schatten einer knorrigen Eiche auf einem moossamtigen Wiesenboden nach vollendetem Tageswerk, um Gott zu gefallen, Liebe macht.

»Tristan!« rief plötzlich Helga aus der Diele und riss den Detektiv aus seinen Gedanken. »Das Abendbrot ist fertig.«

»Ich komme«, antwortete er und hing noch einen Augenblick seinen Gedanken nach. Irgendwie spürte er eine kleine Diskrepanz in seiner Schlussfolgerung, konnte sie aber nicht fassen. »Na, macht nichts«, sagte er und stand auf, »wenn's mal wieder regnet, mache ich mir weitere Gedanken. – Regen!?«

Der Eingang zu Tristans Haus wurde durch eine alte Eichentür gesichert. Die Haustür stand jedem offen, weshalb sie nur selten verriegelt war. Eine kleine Nachlässigkeit, die Tristan fast einmal das Leben gekostet hätte. Trotz dieses bedauerlichen Umstandes des Hausfriedensbruchs bestand der Siegener Altstadt-Bürger Tristan darauf, auch weiterhin die Tradition des Viertels aufrecht zu halten und nicht abzuschließen. Helga sah das aus einer eher nüchternen Perspektive und kontrollierte, wann immer sie die Nacht in diesem Haus verbrachte, vor jedem Zubettgehen, ob die Tür auch wirklich verschlossen war.

Der Detektiv betrat eine kleine Diele. Geradeaus ging es in das Wohnzimmer. Links von der Haustür befand sich das Badezimmer. Rechts an der Wand der Diele war die Garderobe angebracht. Ihr gegenüber führte eine steile Holztreppe in den ersten Stock, wo Schlafzimmer und ein kleines Gästezimmer zu finden waren. Eine schmale Klapptreppe ermöglichte den Aufstieg auf den Dachboden, wo eine große Anzahl an Büchern und Erinnerungsstücken ihre vorläufige Ruhestätte fanden.

Über einen abgewetzten Mosaikboden betrat Tristan das Wohnzimmer. Weiches Licht fiel durch eine Reihe kleiner Sprossenfenster in die Stube, tauchte das Zimmer in einen mysteriösen Glanz. Der gewachste Holzboden schimmerte bei diesem Licht einladend, und man übersah die kleinen Nester an Büchern und Zeitschriften, die sich zwischen dem großen Bücherregal und dem Sofa am Boden gebildet hatten. Am Ende des Raumes stand ein gemauerter Kamin, dessen geschmiedete Türchen das schwarze Innere verhüllten. Auf dem Kaminsims lagen ein lederner Tabaksbeutel, einige Pfeifen und Streichhölzer. Links neben dem Kamin stapelte sich ein kleiner Haufen Brennholz. Rechts stand ein wertvolles Schachspiel mit geschnitzten Figuren. Zwei Lesesessel waren zur Kaminöffnung ausgerichtet. Das Sofa und ein kleiner flacher Tisch waren quer zum Raum aufgestellt. In der Nähe der Fenster stand ein großer runder Esstisch, und dicht daneben saß Marlowe auf seiner Kletterstange und blickte auf seinen Fressnapf, der leer war.

»Es flog einmal ein munteres Fliegel / Zu einem vollen Honigtiegel«, krächzte er vorwurfsvoll.

Tristan kontrollierte den Napf und sagte: »Schon wieder alles verputzt.«

Marlowe wippte aufgeregt auf und ab.

»Helga?« rief Tristan in die Küche, »wo hast du die Sonnenblumenkerne versteckt?«

»Sie sind da«, antwortete sie, »wo du sie zuletzt hingelegt hast.«

»Schöne Antwort«, murmelte Tristan und schaute Marlowe an, »Frauen können manchmal ziemlich bissig werden.«

Marlowe sträubte seinen Kamm, öffnete den Schnabel und brabbelte: »Immer hat die liebe

Gute / Tief im Reisekorb versteckt / Eine angenehme Tute / Deren Inhalt köstlich schmeckt.«

»Jetzt fall du mir auch noch in den Rücken«, knurrte Tristan und suchte in einer kleinen Kommode neben der Kletterstange nach den Sonnenblumenkernen.

»Kommst du?« rief Helga erneut.

»Ja«, fauchte Tristan zurück, »wenn ich diese Körner gefunden habe.«

Die Körner blieben auf mysteriöse Weise verborgen. Der Detektiv reichte Marlowe den Arm, der sofort hinaufsprang. Zusammen betraten sie die Küche.

»Du hast die Körner nicht gefunden?« quälte Helga.

»Sieht so aus«, antwortete Tristan und setzte Marlowe auf die Kante einer Rückenlehne. »Was gibt es Schönes?«

Helga wollte gerade antworten, als sie von einem heftigen Pochen an der Haustür unterbrochen wurde.

Die beiden sahen sich kurz an.

»Ulrich?« fragte Helga.

Tristan zuckte mit den Schultern.

Sekunden später kam die Antwort, als ein schelmisch grinsender Hauptkommissar Pfeiffer in die Küche stürmte und frech fragte: »Störe ich?«

7

Jörg Bücker genoss das kalte Bier, das, bedeckt unter einer schönen weißen Schaumkrone, an seinem trockenen Gaumen angenehm hinunterlief. Zusammen mit seinen Vereinskameraden saß er hinter der Kantine an einer offenen Feuerstelle. In seinem Anzug wirkte der Fluglehrer auffällig fehl am Platz. Die Krawatte baumelte zwar als Zeichen einer kleinen Anpassung locker um seinen Hals, aber das feine Tuch seines Jacketts passte so gar nicht zu der am Platz bevorzugten Schlabbermode. Zum Glück störte sich an diesem frühen Sonntagabend keiner der anderen an ihm. Insgeheim waren die meisten Vereinsmitglieder froh, den erfahrenen Fluglehrer in dieser schweren Stunde unter sich zu wissen. Es wurde so gut wie gar nicht gesprochen, bis Vorstand Wilms sagte: »Wir haben noch etwas Wichtiges zu besprechen, wenn ihr alle mal näher kommen könnt.«

Ein leises Gemurmel erhob sich um die Feuerstelle, bis alle einen dichten Kreis um Wilms und Bücker gebildet hatten. Plötzlich wurde es still.

»Was heute vorgefallen ist«, begann Bücker in einem festen Tonfall, »ist tragisch, sehr tragisch.« Langsam blickte der Fuglehrer in die Runde und sah jeden Einzelnen väterlich und besorgt an. »Es wird in den nächsten Tagen eine Menge über diesen Unfall geschrieben werden, und es wird eine Menge dummes Zeug geschrieben werden.« Er lächelte, und die meisten seiner Zuhörer lächelten mit ihm. Sie waren eine eingeschworene Gemeinschaft, die über die Berichterstattung der Presse Bescheid wusste. Bücker nickte und fuhr in seiner Beschwörung fort. »Um nicht noch mehr Gerüchte in die Welt zu setzen«, seine Stimme wurde ernst, nahm einen Ton an, der glasklar am Rand des Kreises noch zu vernehmen war, »die Unheil und Schwierigkeiten für unseren Verein bedeuten können, hat der Vorstand beschlossen, euch die ersten Ergebnisse der LBA-Untersuchung mitzuteilen.«

Erneut erhob sich ein Raunen an der Feuerstelle.

»Leider sind Tatjana und Ulrich bereits gefahren«, sagte er missbilligend, »aber euch bitte ich, mit den kommenden Informationen vertraulich umzugehen.«

Ein kollektives Nicken erfasste die Menge.

»Gut«, sagte Bücker zufrieden. »Nach den ersten Ermittlungen scheint ein technischer Defekt den *Mosquito* zum Absturz gebracht zu haben. Die LBA-Leute vermuten einen Fehler beim Aufrüsten. – Sie wissen nicht, wer den Vogel aufgerüstet hat. Wir schon!«

Wieder legte er eine kleine Pause ein, um auch dem letzten in der Gruppe Zeit zu geben, die Bedeutung dieser Information richtig einzuschätzen.

»Man kann Ulrich dafür nicht verantwortlich machen«, setzte er von neuem an, »jeder Pilot ist selbst dafür verantwortlich, die Maschine vor dem Start richtig zu checken. – Lasst euch das eine Lehre sein. – Für die LBA-Leute ist es allerdings ein Rätsel, dass das Höhenruder über eine Stunde gehalten hat. Meiner Meinung nach hätte das Höhenruder auch noch die Landung überstanden, wäre heute nicht Tatjana mit ihrem harten Flugstil der Schlepppilot gewesen. Jeder von euch weiß, dass unsere Segelflieger im Schlepp am verwundbarsten sind. Ihr kennt ja meine Meinung, was sie betrifft. – Aber ich will keinem eine Schuld zusprechen«, lächelte er gutmütig, »wir müssen in den kommenden Tagen zusammenhalten. Das heißt, wenn euch jemand fragt, was heute passiert ist, dann antwortet ihr, dass die Untersuchung noch läuft, dass höchstwahrscheinlich jedoch menschliches Versagen zu diesem Unglück geführt hat. In Zukunft werden alle Flugzeuge von zwei Mitgliedern gecheckt, damit so etwas nicht noch mal vorkommt.«

Die Menge nickte.

»Hat man das fehlende Stück schon gefunden?« warf Wulf ein.

»Nein«, antwortete Bücker scharf, »das hat man noch nicht gefunden.«

»Was für ein Stück?« wollte Mike wissen.

»Ein Teil vom Höhenruder«, beschwichtigte Bücker. »Nicht weiter wichtig.«

Damit schien die Frage geklärt zu sein. Bücker nickte Wilms zu, der daraufhin das Wort ergriff.

»Voraussichtlich wird es noch eine Weile dauern, bis die Staatsanwaltschaft die Leiche Jakobs freigibt. Wenn sie es tut, dann wäre es gut, wenn wir sehr zahlreich auf der Beerdigung erscheinen.«

Wieder eine allgemeine Zustimmung.

»Es ist zwar nicht üblich«, fuhr Wilms fort, »aber es wäre sicherlich in Jakobs Sinn, wenn wir heute Abend einen auf ihn trinken. Der Vorstand gibt eine Runde.«

Damit war die inoffizielle Mitgliederversammlung beendet. Schweigend strömten die Mitglieder dem Tresen entgegen.

»Meinst du, das war eine gute Idee?« fragte Wilms verlegen.

»Du meinst das Freibier?« Bücker sah ihn nachdenklich an.

»Ja«, nickte Wilms.

»Ich denke schon«, antwortete Bücker. »Jeder Flieger weiß, dass er einmal so enden kann. Und wir trauern am besten um ihn, wenn wir genau das tun, was wir immer tun.«

Bücker stand auf.

»Lass uns zu den anderen gehen«, er klopfte Wilms auf die Schulter. »Wir haben heute eine Menge für den Verein getan.«

»Wirklich?« staunte Wilms.

»Sicher«, lächelte Bücker. »Jetzt müssen wir nur Ulrich und diese Tatjana noch in den Griff kriegen.«

8

Hauptkommissar Pfeiffer einmal ohne seinen schwergewichtigen Schatten Werner Holzbaum anzutreffen, das war schon etwas außergewöhnlich. Irgendwie fehlte dem Hauptkommissar dadurch das nötige Bühnenbild, vor dem er sich ansonsten wie ein viktorianischer Schauspieler tummelte. Etwas unbeholfen, obwohl mit Tristans Wohnung bestens vertraut, wagte Pfeiffer einen Schritt in die Küche. Marlowe, der den Mann von der Mordkommission seit Beginn ihrer Bekanntschaft nicht leiden konnte, sträubte seinen Kamm und flatterte wild mit den Flügeln. Pfeiffer blieb abrupt stehen und fixierte den weißen Vogel, wobei seine rechte Hand, instinktiv bei einer Bedrohung, zu seiner Dienstwaffe strebte.

»Lass gut sein«, schimpfte Tristan seinen Schützling und bat Pfeiffer Platz zu nehmen.

»Möchten Sie etwas mitessen?« fragte Helga freundlich und wartete eine Antwort erst gar nicht ab, sondern stellte ihm gleich eine Tasse, Messer, Gabel und Brettchen hin.

»Was führt Sie zu uns?« fragte der Detektiv und reichte Pfeiffer die Kaffeekanne.

»Der Unfall auf dem Segelfluggelände«, antwortete der Hauptkommissar trocken und füllte seine Tasse mit Kaffee. »Der riecht aber gut«, bemerkte er mit einer viel freundlicheren Stimme.

»Hochland-Kaffee aus Mexiko«, antwortete Helga, »unbehandelt und aus ökologischem Landanbau.«

Pfeiffer probierte.

»Gut, sehr gut«, lächelte er.

»Reine Arabicasorte«, erklärte Helga weiter, »naturmild und dennoch etwas stärker als der Handelskaffee.«

»Wo bekommt man so etwas?« hakte Pfeiffer nach und nahm einen weiteren Schluck.

»Im Dritte-Welt-Laden in Weidenau«, antwortete Helga zufrieden.

»Aber deshalb sind Sie sicherlich nicht zu uns gekommen«, brummte Tristan ungehalten.

»Nein«, Pfeiffer wurde wieder ernst, »wie ich sagte, der Grund meines Besuches ist der Unfall auf dem Segelfluggelände an diesem Berg ...«

»Sie meinen den Berg Eisernhardt« ergänzte Tristan.

»Richtig«, nickte Pfeiffer und nahm sich eine Scheibe Brot. »Sie waren bei dem Unfall anwesend.«

»Woher wissen Sie denn das schon wieder?« schnaufte der Detektiv.

»Man hat seine Quellen«, grinste Pfeiffer und schmierte Butter auf das Brot.

»Richtig, ich war mit Helga am Flugplatz«, gestand Tristan. »Bin ich jetzt verhaftet?«

»Nein«, antwortete Pfeiffer und überlegte, ob er Käse oder Wurst nehmen sollte. »Aber es ist kein Flugplatz, sondern nur ein Segelfluggelände. Ein Flugplatz ist größer, so wie der Siegerland-Flughafen.«

»Danke für diese Aufklärung«, Tristans Ohren verfärbten sich rot.

Kein gutes Zeichen, bemerkte Helga, die einen Streit nach einem solchen Tag nicht mehr ertragen wollte.

»Jetzt fangt nicht an zu streiten«, warnte sie entschieden. »Herr Pfeiffer, Tristan ist geflogen.«

»Sie sind geflogen?« staunte der Polizist. »In diesen kleinen Dingern?! Ich dachte, Sie wären nicht selbstmordgefährdet.«

»Fliegen ist nicht gefährlich«, entgegnete Tristan.

»Nun«, grinste Pfeiffer, der glaubte, einen Punkt gemacht zu haben, »das dürfte nach dem heutigen Unfall, wenn es denn einer war, etwas anders gesehen werden.«

»Sie haben einige Informationen mehr als ich«, musste Tristan zugestehen. »Weshalb glauben Sie, dass es kein Unfall war?«

»Mein Instinkt«, lächelte Pfeiffer. »Er sagt mir, dass da oben auf diesem Gelände etwas nicht mit rechten Dingen abgelaufen ist.«

»Aber sonst haben Sie keine Beweise«, höhnte Tristan, der Pfeiffers Instinkt so viel zutraute wie einer Claudia Schiffer als Bergführerin im Himalaja.

»Nun«, tat Pfeiffer geheimnisvoll, »es gibt berechtigte Zweifel.«

»Woran?« Tristan lehnte sich zurück und fixierte den Hauptkommissar.

»An dem Unfall natürlich«, antwortete er ärgerlich. »Die ersten Ergebnisse des LBA zeigen, dass etwas mit dem Höhenruder nicht in Ordnung war.«

»Sie wissen ja nicht einmal, was ein Höhenruder ist«, reizte Tristan.

»Als langjähriger Flieger«, erwiderte Pfeiffer, »ist Ihnen das Höhenruder natürlich bestens vertraut.«

»Meine Herren«, warnte Helga, »es gibt keinen Anlass, einen Streit vom Zaun zu brechen.«

»Richtig«, nickte Pfeiffer. »Deshalb bin ich nun wirklich nicht gekommen.«

»So«, zischte Tristan und erntete Helgas feurigen Blick, sozusagen als Warnsignal, nicht in einen unkontrollierten Flugzustand zu wechseln.

»Ich bin nur gekommen«, sagte Pfeiffer etwas versöhnlicher, »weil Sie vielleicht einige Informationen haben, die mir bei den Ermittlungen weiterhelfen könnten.«

»Es gibt Ermittlungen?« staunte Tristan erneut.

»Ein Mensch ist ums Leben gekommen«, sagte Pfeiffer ernst, »da gibt es immer Ermittlungen. Der Staatsanwalt und der Polizeidirektor haben sich ebenfalls am Unfallort ...«

»... Tatort«, warf Tristan provozierend ein.

»... am Tatort eingefunden.«

»Interessant«, stöhnte der Detektiv.

»Wissen Sie eigentlich«, Pfeiffer lehnte sich gelassen zurück, »wer das Opfer war?«

Das wusste Tristan nicht. Zwar kannte er den Vornamen, aber nähere Informationen über die verunglückte Person besaß er noch nicht.

»Jakob Krüger«, begann Pfeiffer mit dem sicheren Gefühl, den zweiten Punkt zu landen, »war Beamter. Er arbeitete für die Stadt Siegen, und nun raten Sie mal, in welchem Geschäftsbereich?«

»Nun sagen Sie´s schon«, bat Tristan, der an diesem Abend die eindeutig schlechteren Karten in der Hand hielt.

»Jakob Krüger arbeitete im Fachbereich 3 des Geschäftsbereiches 3 der Siegener Stadtverwaltung«, strahlte Pfeiffer.

»Und was verbirgt sich hinter diesem Fachbereich?« wollte Helga wissen.

»Die Finanzen«, antwortete Tristan bedrückt.

9

Ulrich, der Werkstattleiter, ging in Gedanken nochmals ganz genau den Aufbau des Segelflugzeuges *Mosquito* durch. Er war auf dem Weg vom Segelfluggelände in Richtung Stadt. Die Nähe seiner Vereinskameraden war für ihn momentan unerträglich, da er in ihren Blicken einen leichten Vorwurf zu sehen glaubte.

Seit er zum Werkstattleiter aufgestiegen war, befand er sich in einem ständigen Kampf mit dem Vorstand. Hätte es eine personelle Alternative für den Verein gegeben, er wäre nie vom Vorstand in diese Funktion berufen worden. Ähnlich wie bei Tatjana sprach seine fachliche Kompetenz eine deutliche Sprache, und ohne einen qualifizierten Werkstattleiter konnte der Verein Reparaturen, Flugzeug-Überholungen und Nachprüfungen nicht selbstständig ausführen. Die Segelflugvereine waren darauf angewiesen, die meisten Instandsetzungsarbeiten eigenständig auszuführen, um damit erhebliche Kosten zu sparen. Das gesparte Geld machte ein relativ kostengünstiges Fliegen möglich. Denn entgegen der allgemeinen Meinung, fliegen sei teuer, traf dies bei der Segelfliegerei nicht zu. Ein kleiner Geldbeutel reichte in den meisten Fällen schon aus, um sich den wunderbaren Sport leisten zu können. Ein Jahresabonnement in einem gut ausgestatteten Fitnessstudio war bereits teurer als eine Mitgliedschaft in einem Segelflugverein – inklusive Flugstunden. Allerdings verlangte der Segelflugsport von seinen Anhängern ein großes Engagement, das sich in zahlreichen Arbeitsstunden während der Winterpause und in aktiver Teilnahme während der Flugsaison widerspiegelte. Ohne Teamarbeit kam nun mal kein Segelflugzeug in die Luft. Anders als beim Motorflug brauchte man bei einem Segelflugstart mindestens eine Person, die an der Fläche mitlief, ein Schleppflugzeug oder eine Winde, die beide ebenfalls gesteuert werden mussten. Im günstigsten Fall konnte man also mit drei Vereinsmitgliedern einen Flugbetrieb aufziehen, wobei nur einer von den dreien als Segelflugpilot sich in die Lüfte schwingen durfte. Nicht gerade eine zeitgemäße Freizeitgestaltung, die bei den heute üblichen Aktivitäten das Individuum in den Mittelpunkt stellt. Segelfliegen war nur möglich, wenn man sich aufeinander einstellte und gewisse Regeln befolgte, die je nach Verein mal locker, mal streng befolgt wurden. Freiheit gab es nur nach dem Start, wenn man für eine Stunde mit Hilfe einer Naturgewalt über das Land dahinschwebte.

Ulrich liebte die Gemeinschaft auf dem Segelflugplatz und war bereit, eine Menge eigener Energie in das Vereinsleben einzubringen, doch man konnte noch so viel Engagement zeigen, wenn es den Vereinsführern nicht passte, dann ist aller Einsatz vergebens. Lange bevor man das Wort Mobbing in den Medien benutzte, gab es diese gemeine Form des Gegeneinanders bereits in dem Verein. Neid und Missgunst bildeten den Treibstoff für diesen Mobbing-Motor, der desto besser lief, je weniger man das Opfer offen angriff.

Das wusste Ulrich, und er würde diesen schleichenden Zerstörungsprozess seines Ansehens im Verein nur beenden können, wenn ihn bei diesem Unglück keine Schuld traf. Er spürte, wie hinter seinem Rücken bereits die ersten Hassminen vergraben wurden. Irgendwann trat er auf eine, und dann rückte er dem Ende ein Stück näher. Kampflos wollte er den Bananenköpfen der Vereinsführung das Feld nicht überlassen. Denn nicht jeder ließ sich im Verein manipulieren.

Da waren der junge Mike, Tatjana und eine Menge anderer Vereinsmitglieder, die begannen, sich gegen gewisse Methoden aufzulehnen. Und wenn er recht überlegte, dann war Jakob eine der zentralen Figuren in diesem Prozess der Erneuerung. Er musste sich die Ereignisse des Vormittags genau in Erinnerung rufen, sonst würde es ein böses Ende geben.

Der Werkstattleiter rollte die Leimbachstraße hinunter, bog in die St.-Johann-Straße und dann auf die Spandauer Straße nach einigen hundert Metern setzte er nochmals den Blinker, fuhr die Löhrstraße hinauf, war kurz vor seinem Ziel, als ein Opel Omega forsch aus der Zaungasse herausgeschossen kam, in die er gerade einbiegen wollte.

»Dieser Idiot«, schimpfte Ulrich und fuhr hinter die Marienkirche.

Erleichtert sah er Tristans Borgward-Cabriolet vor der Kirche parken.

Helga und Tristan waren gerade dabei, den Tisch abzudecken, als es an diesem Abend zum zweiten Mal an der Haustür klopfte.

»Es ist offen«, rief Tristan durch das Küchenfenster.

Wenige Augenblicke später begrüßte Ulrich das Paar in der Küche. Marlowe musterte den Werkstattleiter und erkannte ihn schließlich wieder. Mit einem Satz hob er von der Stuhllehne ab und flog direkt auf Ulrichs Schulter. Hätte er den Vogel nicht schon auf dem Giller kennen gelernt, dann wäre dieser spontane Luftangriff nicht ohne Blessuren ausgegangen. Marlowe mochte jedoch diesen Mann und zeigte es, indem er vorsichtig an Ulrichs Ohrläppchen zu knabbern begann.

»Das kitzelt«, raunte Ulrich.

»Schubs ihn weg«, meinte Tristan, »wenn es zu sehr stört.«

»Nein, nein«, wehrte Ulrich ab, »das geht in Ordnung. Ist nur etwas ungewohnt.«

»Möchtest du einen Kaffee trinken?« fragte Helga, die gerade feststellte, dass die Kanne noch nicht leer war.

»Gerne«, nickte Ulrich und fügte hinzu: »Fast wäre ich eben noch mit einem Irren zusammengestoßen.«

»Vor ein paar Minuten?« hakte Tristan nach und setzte sich zu Ulrich an den Tisch.

»Ja«, nickte der Werkstattleiter.

»Hauptkommissar Pfeiffer«, sagte Tristan überzeugt.

»Polizei?« staunte Ulrich. »Hier? Was wollte er?«

»Mich nach dem Unfall ausfragen«, antwortete Tristan und zog eine Pfeife aus seiner Strickjackentasche. »Er glaubt nicht an einen Unfall.«

»Da liegt er wahrscheinlich daneben«, sagte Ulrich ernst, obwohl ihm das angesichts Marlowes Aktivitäten recht schwer fiel.

»So?« staunte auch Helga und stellte ihm eine Tasse Kaffee hin.

»Ich bin mir nicht mehr ganz sicher«, begann Ulrich zu erzählen, »ob wir heute morgen beim Zusammensetzen des *Mosquitos* keinen Fehler gemacht haben.«

»Warum müsst ihr eigentlich diese Segelflieger immer wieder zusammenstecken?« wollte Tristan wissen.

»Aus Platzgründen«, antwortete Ulrich. »Die Flieger haben eine Spannweite, also von Flügelspitze zur Flügelspitze, von 15 Metern und mehr. Der Hallenplatz ist begrenzt, und da wir mehr Flugzeuge haben, als zusammengesteckt – wir nennen das übrigens *aufgerüstet* – in der Halle Platz finden, muss nach einem Flugtag *abgerüstet* werden. Die Segelflugzeuge sind so konstruiert, dass dieser Vorgang, also aufrüsten und abrüsten, in wenigen Minuten bewerkstelligt werden kann. Motorflugzeuge, auch Motorsegler, sind in den meisten Fällen nicht für das Abrüsten konstruiert. Diese Flugzeuge müssen also komplett in der Halle abgestellt werden. Bei uns werden der Doppeldecker, unsere andere Schleppmaschine, der Motorsegler sowie die beiden Doppelsitzer nicht abgerüstet. Mit einem bist du ja heute geflogen. Jetzt ist in unserer Halle schon kaum noch Platz. Wir haben noch einige ältere aus Holz bestehende Segelflugzeuge, davon haben wir eins unter die Decke gezogen und die anderen ebenfalls aufgerüstet in die Halle gestellt. Wir schachteln die Flugzeuge so eng ineinander, dass man sie nur mit mehreren Vereinsmitgliedern vorsichtig wieder herausbekommt.«

Ulrich nippte kurz an der Kaffeetasse, kraulte Marlowe, der mittlerweile aufgehört hatte, an seinen Ohrläppchen zu knabbern, und fuhr fort.

»Unsere Hochleistungssegler sind alle aus modernen Produktionen und daher bestens geeignet, abgerüstet in ihren Hängern verstaut zu werden. Mit nur drei Mann lässt sich innerhalb weniger Minuten so ein Kunststoffsegelflugzeug aufrüsten.«

»Da muss man wahrscheinlich immer höllisch aufpassen«, bemerkte Tristan, »damit alles ineinander passt.«

»Ja«, nickte Ulrich. »Die Konstrukteure haben sich aber was einfallen lassen. So werden die

Rudergestänge in den Tragflächen automatisch in die Verbindungen des Rumpfs geführt. Man kontrolliert diese Verbindungen und sichert sie. Dies geschieht automatisch beim Aufrüsten. Später wird das Flugzeug nochmals genau gecheckt und diese Verbindungen ebenfalls genauestens überprüft. Schließlich hängt an diesen Verbindungen ein Menschenleben. Ganz besonders muss man die Verbindung des Höhenruders mit dem Seitenruder kontrollieren. – Ich denke, wenn wir einen Fehler gemacht haben, dann ist er uns am Höhenruder unterlaufen.«

»Kann man das nicht kontrollieren?« fragte Tristan. »Ich meine an den Bruchstücken?«

»Das hatte ich gehofft«, seufzte Ulrich, »doch gerade das Verbindungsstück zwischen Höhenruder und Seitenruder ist nicht aufzutreiben.«

»Also sieht es so aus«, meinte Tristan, »als wäre beim Aufrüsten diese Verbindung zwischen Höhen- und Seitenruder nicht richtig hergestellt worden.«

»Ja«, nickte Ulrich.

»Konnte man das nicht vor dem Start checken?« wollte Helga wissen.

»Ja und nein«, antwortete Ulrich.

Tristan sah Ulrich überrascht an.

»Das hört sich aber nicht gerade vertrauenserweckend an«, meinte Helga und schüttelte sich.

»Es ist kompliziert und hängt mit der Konstruktion des Leitwerkes zusammen«, erklärte Ulrich.

Helga sah ihn verwirrt an.

»Das Leitwerk ist der hintere Teil eines Flugzeuges. Dort befinden sich das Seitenruder, dies ist die senkrecht vom Rumpf aufragende flache Flosse am Ende des Flugzeuges, und das Höhenruder. Das Höhenruder kreuzt das Seitenruder. Und hier liegt der Unterschied, denn das Höhenruder kreuzt je nach Typ das Seitenruder nahe am Rumpf, dann nennt man es ein Standard-Leitwerk, oder aber es befindet sich am oberen Ende des Seitenruders, dann nennt man es ein T-Leitwerk. Seitenruder und Höhenruder bilden ein T, daher der Name. Übrigens haben die Passagierjets meist ein Standard-Leitwerk, während die modernen Segelflugzeuge immer mehr mit einem T-Leitwerk ausgestattet sind.«

Marlowe wurde es langweilig. Er flatterte plötzlich mit den Flügeln und flog in das Wohnzimmer.

»Ich hoffe, ihr könnt mir noch folgen«, sagte Ulrich und nahm einen weiteren Schluck Kaffee zu sich.

Tristan hatte den Ausführungen aufmerksam zugehört und sagte: »Ich denke, du willst uns auf die Befestigungsarten aufmerksam machen.«

»Ja«, nickte Ulrich. »Das Standard-Leitwerk wird in den meisten Fällen mit einem Bolzen befestigt, den man problemlos durch eine Öse des Höhenruders in ein Gewinde am Rumpf festschrauben kann. Diese Bolzen sind nicht sehr lang und man merkt sofort, wenn der Bolzen nicht richtig sitzt.

Beim T-Leitwerk haben wir zwei Besonderheiten. Erstens ist das Höhenruder durch die Höhe des Seitenruders schwierig zu justieren, und dann liegen die Verbindungsösen zwischen Höhenruder und Seitenruder innerhalb des Höhenruders. Ihr könnt euch das in etwa wie bei einem Türbeschlag vorstellen: Beide Teile, Türbeschlag und Rahmenbeschlag, müssen übereinander gesetzt werden, dann schiebt man den Bolzen durch. Bloß dass beim Flugzeug die Beschläge innerhalb des Höhenruders liegen. Beim Segelflugzeug justieren Führungsteile die beiden Ösenhälften übereinander, so dass man den Bolzen durchschieben kann. Dieser Bolzen ist ca. 30 cm lang mit einem Gewinde am Ende. Er wird quer durch das Höhenruder geschoben und von vorne festgeschraubt. Man kann nur durch heftiges Rütteln am Höhenruder feststellen, ob der Bolzen sitzt.«

Ulrich machte eine Pause.

»Leider«, sagte er schließlich, »kann es unter bestimmten Umständen vorkommen, dass der Bolzen sich irgendwie verhakt und es so aussieht, als sei er fest verschraubt. Als Werkstattleiter kenne ich natürlich die Probleme und Schwierigkeiten, und deshalb schaue ich genau nach an solchen Stellen. Wenn man an dem Bolzen alleine rüttelt, kann man genau diesen Fehler feststellen.« Ulrich machte eine Pause und sah Tristan mit schuldigen Augen an. »Leider habe ich dies heute morgen nicht gemacht.«

10

Tatjana wohnte gegenüber dem Siegener Bahnhof, in einer Häuserreihe, die unmittelbar an die Fußgängerzone der Bahnhofstraße grenzte. Mit ihrem Auto musste sie ständig die Fußgängerzone und den Scheiner-Platz kreuzen, um überhaupt bis zu ihrer Haustüre zu gelangen. Durch eine Erneuerung der Siegbrücke nahe Reichwalds Ecke führte zu allem Überfluss auch noch der Verkehr über den bis dato beschaulichen Rest der offenen Bahnhofstraße. Um dem Feierabendverkehr in der Innenstadt gerecht zu werden, verwandelten die Verantwortlichen die Koblenzer Straße sowie die Sandstraße von einer zweispurigen Fahrbahn in eine einspurige Fahrbahn mit jeweils einer Linksabbiegerspur. Die Folge waren lange Staus in beiden Richtungen. Wer das Kölner Tor mit dem Auto meiden wollte, bog rechtzeitig auf die HTS ab und fuhr nahe der City-Galerie wieder ab.

Für Tatjana gab es diese Alternative nicht. Sie fuhr über die Koblenzer Straße und reihte sich in die Linksspur ein. Ihre Gedanken verweilten bei Jakob. Seit gut zwei Stunden grübelte sie alleine vor sich hin. Sie hatte das Segelfluggelände verlassen und war stundenlang mit dem Auto durch die Gegend gefahren, bis sie schließlich irgendwo im Sauerland durch das Blinken der Benzinleuchte zum Tanken gezwungen wurde. Danach hatte sie sich auf den Nachhauseweg gemacht.

Sie bog links auf den Scheiner-Platz ein und dann direkt wieder rechts in den Siechhausweg. Als sie das vertraute Haus sah, war sie froh, dass Jakob immer darauf bestanden hatte, nicht bei ihr einzuziehen. So blieb ihre Wohnung ein Ort, an den sie sich zurückziehen konnte. Die gemeinsame Zeit hatten die beiden in Jakobs Wohnung zugebracht, was sie jetzt vor schmerzlichen Erinnerungen schützte. Die Pilotin stellte den Wagen in einer für sie freigehaltenen Parknische ab und schleppte sich zur Haustür.

Es war mittlerweile dunkel geworden. Die ersten Sterne leuchteten schwach am Firmament. Die Stadt schien von der Hitze des Tages immer noch wie gelähmt, denn die vertrauten Geräusche des Bahnhofsviertels blieben aus.

Ihr sollte es recht sein.

Müde und zerschlagen suchte sie ihren Haustürschlüssel am Schlüsselbund und öffnete die Tür.

Ihre Wohnung befand sich im zweiten Stock des dreistöckigen Gebäudes. Die dunklen Holzböden der Treppe knarrten leise, als sie müde die ersten Treppenstufen erklomm. Nach und nach führte sie die gewundene Treppe in den zweiten Stock. Es gab dort zwei gegenüberliegende Wohnungen, deren Haustüren durch den Treppenaufstieg getrennt wurden. Glücklicherweise wohnte Pitti, eigentlich Regine Müller, ihr gegenüber. Pitti war so etwas wie eine Seelenverwandte. Tatjana vermutete, dass die Freundin bei diesem warmen Wetter irgendwo in einem der vielen Biergärten der Stadt saß und den Abend genoss. Gerne hätte sie mit ihr gesprochen, doch der Parkplatz, wo normalerweise Pittis alter BMW stand, war leer, und das Motorrad würde Pitti niemand anderem anvertrauen als sich selbst.

Sie lächelte, als ihr eine Szene mit Jakob und Pitti in Erinnerung kam, wo Jakob mal versucht hatte, Pitti die Maschine abzuluchsen. Es endete damit, das Jakob als Co mitfahren durfte und nach der Fahrt beschloss, nie wieder ein Motorrad zu besteigen. Plötzlich schreckte ein klirrendes Geräusch Tatjana aus ihren Gedanken. Sie war nur noch wenige Treppenstufen von ihrer Wohnungstür entfernt. Vorsichtig näherte sie sich der Tür, die einen Spalt offen stand.

»So ein Mist«, fluchte sie, und aller Kummer verwandelte sich in Wut.

Sie zog eine kleine Spraydose Tränengas aus ihrer Lederjacke und schlich vorsichtig an der Wand entlang, geradewegs auf die Wohnungstür zu.

Es schepperte aus der Wohnung, was Tatjana jeweils mit einem Zucken quittierte, während sie in Gedanken durchging, was dieser Einbrecher gerade wohl auf den Boden geworfen hatte. Diese Vorstellungen steigerten Tatjanas Wut weiter, so dass sie ohne weitere Überlegungen in die Wohnung schlich. Der Einbrecher nutzte das Straßenlampenlicht der Bahnhofstraße. Tatjana grinste teuflisch und folgte dem Einbrecher ins Wohnzimmer, wo er gerade dabei war, eine Kommode auseinander zu nehmen.

Na warte, dachte sie und drückte den Lichtschalter.

Das überraschte den Einbrecher, der neben einer schwarzen Jeans und einer schwarzen Bomberjacke noch eine schwarze Skimütze trug. Tatjana sprang dem Einbrecher mit wildem Geschrei entgegen. Völlig aus seinem Konzept gebracht, stand der maskierte Mann einen Moment hilflos herum. Erst der stechende Schmerz in seinen Augen weckte die Reflexe. Mit Geschick verteidigte er sich und traf Tatjana am Kopf. Taumelnd fiel die Pilotin nach hinten und schlug mit dem Hinterkopf gegen eine herausgezogene Schublade. Der Einbrecher floh, dann verlor sie das Bewusstsein.

3. Im Osten stieg ...

Montag

Im Osten stieg langsam die Sonne auf, die von Finken, Meisen und Spatzen mit lautem Zwitschern und Schnattern begrüßt wurde. Es war erstaunlich, wo sich überall die kleinen Piepmätze in der Altstadt ein Zuhause gesucht hatten. Die alten Kastanien vor Tristans Haus beherbergten an diesem Morgen eine ganze Vogelkolonie. Mit der Vitalität eines Bienenstockes hüpften die Vögel zwischen den Ästen hin und her. Jede Richtungsänderung schien mit einer Oper von Singlauten signalisiert zu werden.

Die Gesetze der Himmelsmechanik hoben die gelbe Sonnenscheibe über die Ausläufer des Rothaargebirges. Ihre warmen Sonnenstrahlen trafen auf die Dächer der Altstadt, fielen in die schmalen Gassen und wurden von Windschutzscheiben geparkter Autos abgelenkt. Einer dieser Sonnenstrahlen traf den Spiegel auf Tristans Schlafzimmerkommode, warf ihn zum Kopfende des Bettes und blendete Tristan. Mit blinzelnden Augen wachte der Detektiv auf, nahm als Erstes das hitzige Trillern der Vögel wahr, gähnte gelassen und streckte sich. Dann zog eine dunkle Wolke durch seine Gedanken. Der Unfall des Vortages war wieder präsent.

Es beunruhigte ihn, dass Ulrich sich nicht mehr sicher war, keinen Fehler beim Aufrüsten des Segelflugzeuges begangen zu haben. Sollte der

Staatsanwalt einer ähnlichen Überlegung folgen, dann würde Ulrich mit einer Anklage wegen fahrlässiger Tötung rechnen müssen. Keine besonders angenehme Vorstellung an einem Montagmorgen, der mit blauem Himmel und schönstem Sonnenschein die neue Woche begrüßte.

Tristan ließ Helga ausschlafen und schlich leise hinunter ins Badezimmer. Nach einer ausgiebigen Morgentoilette betrat er das Wohnzimmer, wo ihn Marlowe mit einem lauten Krächzen willkommen hieß und auf seine Schulter flog. Tristan schlich mit ihm in die Küche, schaltete ein kleines Radio an und setzte Marlowe auf eine Stuhllehne ab. Draußen schlug die Glocke der Marienkirche acht Mal, und Tristan sah aus dem Küchenfenster, wie Erich aus der Sakristei über den kleinen Hof auf ihn zukam. Das Lokal-Radio berichtete im Hintergrund etwas zum Unfall auf dem Segelfluggelände, was Tristan aufmerksam verfolgte. Dann folgte der Wetterbericht, der für den Wochenanfang Temperaturen über dreißig Grad vorhersagte.

»Wir bekommen heute tropische Hitze«, sagte Tristan zu Marlowe, »das wird vielen Siegerländern den Schweiß aus den Poren treiben.«

Es klopfte an der Haustür. Tristan, der schon rufen wollte, die Tür sei offen, erinnerte sich, dass Helga die Haustür abgeschlossen hatte, und ging die Tür aufschließen.

»*Gemoarje*«, sagte Erich deprimiert, als Tristan ihm die Haustür öffnete.

»*Gemoarje*«, erwiderte der Detektiv. »Was machst du für ein Gesicht bei diesem schönen Wetter. Was ist los?«

»Ach«, stöhnte der Diakon. »Mich quält diese Einladung.«

»Na, komm erst mal rein«, tröstete Tristan. »Ich hab Kaffee aufgesetzt.«

Die beiden Freunde gingen in die Küche, wo Erich sich müde auf die Eckbank fallen ließ.

»Dieses Dilemma«, brummte er. »Mir ist immer noch keine Lösung eingefallen.«

»Hast du mit Sina gesprochen?« wollte Tristan wissen, während er den Tisch zu decken begann.

»Nein«, stöhnte Erich. »Das hab ich noch nicht.«

»Dann hast du auch noch nicht mit dem Bischof geredet«, stellte Tristan fest.

Erich nickte.

»Irgendwann musst du mit einem der beiden reden«, meinte Tristan.

»Wenn nicht noch ein Wunder geschieht«, sagte Erich, »wird mir nichts anderes übrig bleiben.«

»Was würdest du denn gerne machen?« Tristan setzte sich zu seinem Freund. Die Kaffeemaschine gurgelte im Hintergrund.

»Ich weiß es selbst nicht«, antwortete Erich. »Diese Hochzeit wird der wichtigste Tag in Sinas Leben werden.«

»Du würdest gerne nach Rom fahren«, sagte Tristan, der die Gedanken seines alten Freundes las.

»Die Reise hat ihren Reiz«, gestand Erich. »Aber wenn ich wieder da bin, dann muss ich irgendwann in Sinas Augen blicken.«

»Vielleicht siehst du das alles viel zu ernst«, meinte der Detektiv und sah nach der Kaffeemaschine.

»Meinst du?« fragte Erich, erleichtert für einen Augenblick.

»Solange du nicht mit Sina gesprochen hast«, sagte Tristan ernst, »wirst du nicht wissen, was sie von dieser Situation hält.«

»Sie wird sagen, dass ich fahren soll«, stöhnte Erich wieder. »Du kennst sie doch. Sie würde nicht darauf bestehen, dass ich hier bleibe und sie traue. Aber letztendlich würde es sie doch verletzen, wenn ich es nicht tue. – Frauen!«

»Ein wirkliches Dilemma, in dem du da steckst.« Tristan zog die Kaffeekanne aus der Maschine und schenkte Erich ein.

Marlowe wippte unterdessen ungeduldig auf der Rückenlehne des Küchenstuhls hin und her. Die angespannte Stimme Erichs beunruhigte Marlowe. Der Kakadu hatte eine feine Antenne und nahm Stimmungsschwankungen genauso sicher wahr wie Schokoladenkekse in Helgas Einkaufstasche. Er flatterte plötzlich mit den Flügeln und krächzte: »Wer andern gar zu wenig traut, / Hat Angst an allen Ecken; / Wer gar zu viel auf andere baut, / Erwacht mit Schrecken.«

Tristan und Erich sahen den weißen Vogel überrascht und für einen Augenblick völlig sprachlos an. Dann lachten die beiden Männer laut auf.

»Da muss uns ein Vogel den Vogel zeigen«, schmunzelte Erich, und mit einem Mal verflog die düstere Stimmung.

»Ich wecke mal Helga«, sagte Tristan und rückte seine Halbbrille zurecht. Auf dem Weg aus der Küche gab er Marlowe einen liebevollen Stups und sagte: »Du bist schon einer.«

Er setzte gerade den linken Fuß auf die erste Treppenstufe, als es zum zweiten Mal an diesem Morgen heftig gegen die Haustür pochte.

»Die Woche fängt ja schon gut an«, murmelte der Detektiv und öffnete die Haustür.

»Gut, dass du schon auf bist«, rief Ulrich, noch bevor ein überrascht dreinschauender Tristan Irle guten Morgen sagen konnte. »Es ist was Schlimmes passiert. – Darf ich reinkommen?«

»Sicher«, nickte der Detektiv und führte ihn in die Küche. »Das ist Erich, Diakon der Marienkirche und guter Freund.«

Die beiden Herren gaben sich die Hand, dann musterte Ulrich den Diakon und es schien, als störte ihn der Mann. Tristan bemerkte das leichte Zögern und erklärte: »Du kannst ruhig reden. Erich ist sozusagen meine Geheimwaffe. Er hilft mir.«

»Geheimwaffe«, erwiderte der Diakon entrüstet. »Ich bin ein Mann Gottes und sicherlich keine Waffe.«

»Na«, grinste Tristan und verwirrte den aufgeregten Ulrich völlig, »wenn ich an den dicken Wanderstock denke, den du gerne mal schwingst.«

»Selbstverteidigung«, erklärte Erich. »Hören Sie nicht auf diesen Mann«, wandte er sich schnell an Ulrich, »der erzählt Ihnen die tollsten Märchen.«

»Also«, fragte Tristan, »was ist passiert?«

»Tatjana ist überfallen worden«, stöhnte Ulrich und ließ sich auf einen Stuhl fallen.

2

Der Bürgermeister betrat sein Büro im Rathaus und blickte auf einen hölzernen Stuhl, der mächtig hinter einem Schreibtisch hervorragte. Von Amts wegen stand dem Bürgermeister ein repräsentativer Amts-Sitz zu. Dagegen hatte der mehrheitlich gewählte Führer der Stadt nichts einzuwenden, bloß: Musste es dieser geschnitzte Folterstuhl sein, der hinter einem breiten, eichenen Schreibtisch stand und gegenüber jedem und allem und ganz besonders gegenüber Bequemlichkeit puren Trotz signalisierte? Schon damals zu Beginn seiner Amtszeit war ihm beim ersten Anblick klar geworden, dass es kein Vergnügen würde, auf diesem Stuhl zu sitzen. Doch der Bürgermeister gehörte nicht zu den Leuten, die beim Heranziehen der ersten Schwierigkeiten das Weite suchen. Mit dem Optimismus einer Motte, irgendwo in der trüben Nacht ein Leuchten zu finden, hatte er sich an die

Arbeit gemacht. Die Realität sah erschreckender aus, als sich das ein pelziges Nachttierchen vorstellen konnte. Irgendwann lagen die Bücher der Stadtkasse offen auf dem Tisch, und danach hätte er selbst das schwache Glimmen eines Strohhalmes in der Nacht für eine wundervoll helle Erscheinung gehalten.

Er wusste zwar nicht wie, aber bis zum heutigen Tage seiner Amtszeit hatte er es geschafft, einen drohenden Stadtbankrott abzuwenden.

»Eisenhart«, stieß er aus und blickte auf das hölzerne Folterinstrument, das ihm wieder den Hintern wund reiben würde.

In sein Schicksal ergeben, schritt er um den Schreibtisch, warf seine schmale Aktentasche daneben, nahm seine Lesebrille zur Hand und betrachtete den Haufen Papier vor sich.

Auf dem Schreibtisch lagen eine Menge Akten, doch an diesem Morgen interessierte er sich zu erst für die Berichterstattung in den Tageszeitungen, ganz besonders über die gestrige Museumseröffnung. Seine Pressesprecherin, Katrin Becker, hatte bereits die wichtigsten Artikel aus den vier Tageszeitungen der Stadt Siegen herausgesucht. Zuerst musterte er die abgedruckten Fotos, fand, dass er vielleicht doch etwas Sport treiben sollte, um den langsam auffällig werdenden Bauch wieder in seine ursprüngliche Position zurückzudrängen. Sah dann jedoch, dass der Ministerpräsident mit seinem Eulengesicht auch nicht besser aussah und kam zu der Entscheidung, dass diese Zeitungsbilder sowieso immer ein schlechtes Bild von einem abgaben. Also begann er die Texte zu lesen. Nach den ersten paar Zeilen wurde ihm klar, dass die Artikel alle mehr oder weniger positiv über den Eröffnungstag berichteten. Kritik war ausgeblieben, was ihn erleichtert aufatmen ließ. Besser gelaunt, schlug er die Zeitungen zusammen und wollte sie gerade zur Seite legen, als ihm eine Nachricht ins Auge sprang.

»Flugzeugabsturz auf dem Segelfluggelände«, zitierte er. »Mit Entsetzen beobachteten am gestrigen Tag Besucher, wie aus noch ungeklärten Ursachen ein Segelflugzeug vom Typ *Mosquito* während der Landung aus dreißig Metern Höhe abstürzte. Der Pilot Jakob K. (32) verstarb noch am Unfallort an seinen Verletzungen. Er galt als erfahrener Pilot ... «

Der Bürgermeister lehnte sich zurück, quetschte sich augenblicklich einen Rückenwirbel, schoss erneut nach vorne und griff zum Telefon, um seiner Sekretärin mitzuteilen: »Frau Bender, bitte rufen Sie den Stadtkämmerer Goldmann.«

Rainer Goldmann stand einige Minuten später unruhig vor dem Schreibtisch des Bürgermeisters. Mit schnellen Schritten war er die Treppen zum Amtszimmer hinauf geeilt und bei den außerordentlich hohen morgendlichen Temperaturen ins Schwitzen geraten. Kleine Schweißperlchen glänzten versprenkelt auf seiner Glatze. Trotz der Hitze hatte er sich ein Jackett angezogen, unter dem langsam das Hemd feucht wurde.

»Gut, dass Sie so schnell gekommen sind«, begann der Bürgermeister direkt. »Setzen Sie sich.«

Goldmann tat, wie ihm befohlen wurde, was seine innere Anspannung steigen ließ.

»Haben Sie das schon gelesen?« fragte der Bürgermeister ernst und legte ihm die Zeitungsmeldung vor.

Goldmann überflog die Meldung und wurde mit jedem Wort, das er las, eine Nuance blasser.

»Eine Katastrophe«, stöhnte er schließlich auf. »Davon habe ich nichts gewusst.«

»Das habe ich mir gedacht«, nickte der Bürgermeister. »Was werden wir jetzt machen?«

»Die Presse darf nichts davon erfahren«, sagte Goldmann hastig und legte das Zeitungsblatt vorsichtig auf den Schreibtisch zurück.

»Sie weiß bereits«, korrigierte der Bürgermeister ungehalten, »dass der Mann tot ist.«

»Ich meine«, erklärte Goldmann ungeduldig, »an was Krüger gearbeitet hat.«

Der Bürgermeister fixierte den Stadtkämmerer und schwieg einen Moment. Goldmann fühlte sich wie ein Käfer unterm Brennglas. Schließlich sagte der Bürgermeister: »Es wird Ihre Aufgabe sein, den Verlust möglichst unauffällig zu ersetzen.«

»Ja, selbstverständlich«, antwortete Goldmann, »doch es wird nicht so leicht sein.«

»Wieso?« stieß der Bürgermeister ungehalten aus. »Es gibt eine Menge Arbeitslose da draußen.«

»Sicher«, nickte Goldmann, »aber wir brauchen einen Spezialisten.«

Der Bürgermeister lehnte sich gereizt zurück, was er sofort bereute. Der Stadtkämmerer interpretierte den wütenden Gesichtsausdruck seines Chefs falsch, was dem Bürgermeister nur gelegen kam.

»Sie finden einen Mann«, fauchte der Bürgermeister und beendete das Gespräch, indem er zum Telefonhörer griff.

Der Stadtkämmerer verstand und erhob sich. Eilig verließ er das Amtszimmer. Draußen wehte eine laue Brise durch das Treppenhaus, streichelte entlang der erhitzten Haut und kühlte für einen Augenblick den auf Hochdruck geratenen Kreislauf. Goldmann entledigte sich seines Jacketts und griff in die Hosentasche, aus der er ein nicht mehr ganz so frisches Taschentuch herausholte.

»Wo um Gottes Willen«, murmelte er, während er sich die Glatze mit dem Taschentuch abwischte, »bekomme ich so schnell einen IT-Spezialisten her?«

3

Morgenspaziergänge liebte der Detektiv. Allerdings hasste er Gewaltmärsche, auch wenn sie nur einige Meter quer durch die Innenstadt und in diesem Fall glücklicherweise bergab führten. Ulrich lief nervös neben Tristan die Kölner Straße hinunter. Immer wieder fasste er sich an seinen Kopf, rieb mit der flachen Hand seine Stirn, als zwicke ihn dort ein böser Gedanke. Schließlich sagte er: »Ich hätte Tatjana gestern Abend nicht allein lassen sollen.«

»Du kannst nichts für den Überfall«, entgegnete Tristan, der erkannte, dass Ulrich sich für Tatjana verantwortlich fühlte.

»Ich hätte so etwas ahnen müssen«, antwortete der Werkstattleiter betrübt.

»Wieso?« Tristan sah ihn mit großen Augen an. »Ist das bei eurem Verein üblich?«

»Tatjana war Jakobs Freundin«, stieß Ulrich aus.

»Das ist mir bekannt«, sagte Tristan, »deshalb verstehe ich aber immer noch nicht, weshalb du dir jetzt Vorwürfe machst.«

»Jakob gehörte im Verein einer Gruppe an«, erklärte Ulrich, »die sich für Veränderungen einsetzt.«

»An sich nichts Schlechtes«, bemerkte der Detektiv.

»Nicht in unserem Verein.« Ulrich seufzte und blickte zu Boden. »Bei uns werden Veränderungen grundsätzlich negativ betrachtet.«

»Was hatten Jakob und Tatjana damit zu schaffen?« Tristan begann zu schwitzen, die morgendliche Hitze vertrug sich nicht mit der dünnen Strickjacke, die er über ein kurzärmeliges Hemd gestreift hatte.

»Jakob war der Wortführer dieser Gruppe«, Ulrich sah Tristan eindringlich an. »Ich glaube, einige Leute sind ganz froh über diesen Unfall.«

»Du meinst doch nicht ...«, Tristan blieb stehen.

»Nein«, wehrte Ulrich ab. »Ich glaube nicht, dass irgendjemand aus dem Verein nachhelfen würde. – Aber die Situation ist günstig, dieser Gruppe jetzt entgegenzutreten. Ich glaube, dass der Überfall eine Art Denkzettel für Tatjana und die anderen sein sollte.«

»Sie hat gerade ihren Freund verloren«, entsetzte sich Tristan, der Ulrichs Ausführungen nur schwer glauben konnte. »Welches kranke Gehirn könnte denn auf eine solche Idee kommen?«

»Oh«, seufzte Ulrich zum zweiten Mal, »da fallen mir gleich ein paar Namen ein.«

»Das ist ja echt kaputt«, rief Tristan und ging weiter.

Tatjana hielt einen Eisbeutel an ihren Hinterkopf. Neben ihr stand Pitti, die mit unterlaufenen Augen müde zu ihrer Freundin schaute. Tristan und Ulrich begutachteten das durchwühlte Wohnzimmer. Pitti hatte sie hereingelassen und mit ein paar knappen Sätzen über die Situation informiert.

»Die Wohnung sieht schlimm aus«, sagte Tatjana sarkastisch zu ihren Gästen. »Ich hatte leider noch keine Zeit, aufzuräumen.«

»Schon gut«, meinte Ulrich. »Wie geht es dir?«

»Abgesehen von einer dicken Beule am Hinterkopf«, antwortete sie wütend, »einem toten Freund und einer durchwühlten Wohnung – ganz prächtig!« Sie sah Ulrich an und fauchte hilflos: »Was sollte dieser Überfall?«

»Jetzt beruhige dich«, antwortete Ulrich und spürte an Tatjanas Blick, dass er sich in Zukunft solche Sätze sparen sollte. »Ich habe Tristan Irle mitgebracht«, fügte er schnell hinzu. »Er ist Privatdetektiv und kann uns vielleicht helfen.«

Tristan reichte Tatjana die Hand und sagte: »Ich habe Sie gestern auf dem Flugplatz fliegen sehen. Den Unfall habe ich miterlebt. Es tut mir Leid um Ihren Freund.«

Tatjana erwiderte den Gruß.

»Schön, das Sie gekommen sind«, antwortete sie erschöpft. »Ich glaube, etwas Hilfe könnte ich gebrauchen.«

Tristan nickte.

»Könnte ich mich umsehen?« fragte er.

»Bitte, viel mehr Durcheinander können Sie nicht machen«, lächelte Tatjana gequält.

»Haben Sie die Polizei benachrichtigt?« fragte der Detektiv.

»Nein«, antwortete Tatjana. »Daran habe ich noch nicht gedacht.«

»Sie hatte noch gar keine Zeit dazu«, mischte sich Pitti ein. »Als ich sie vor einer Stunde halb bewusstlos vorfand, habe ich mich erst um sie gekümmert. Ich dachte zuerst, sie hätte sich aus irgendeinem Grund besoffen.«

Tristan sah sie überrascht an. Vor ihm stand eine junge Frau mit einem kurzen Haarschnitt. Ihre Augen zeugten von einer durchwachten Nacht. Ihre Kleidung, die aus einem kurzen Lederrock, einem dunklen Oberteil und einer

Lederjacke sowie Motorradstiefeln bestand, verstärkte Tristans Vermutung.

»Ich habe die Nacht nicht in meiner Wohnung verbracht, habe aber aus dem Radio erfahren«, erklärte eine müde Stimme, »dass es einen Unfall auf dem Segelfluggelände gegeben hatte. Man nannte den Vornamen und den ersten Buchstaben des Nachnamens. Den Rest konnte ich mir denken. Als ich dann nach Hause kam, Tatjanas Wohnungstür offen vorfand und dann die Unordnung sowie eine niedergestreckte Freundin in dem ganzen Gemüll liegen sah«, Pitti sah Tatjana an, »da dachte ich erst, du hättest dir die Kante gegeben.«

»Verstehe«, nickte Tristan und fragte nachdenklich: »Ist etwas gestohlen worden?«

»Keine Ahnung«, antwortete Tatjana. »Ich habe noch nicht nachgeschaut.«

»Wieso hast du mich angerufen?« fragte Ulrich plötzlich.

»Ich kann dir vertrauen«, antwortete Tatjana fest.

»Weißt du«, Ulrich wurde sichtlich nervös, »ich könnte an dem Tod Jakobs schuld sein.«

Tatjana nahm den Eisbeutel vom Kopf und sah Ulrich ernst an.

»Vielleicht hast du beim Aufrüsten einen Fehler gemacht«, sagte sie ruhig. »Aber wenn, dann nicht mit Absicht. Dieser Überfall war absichtlich.«

»Aber weshalb?« murmelte Tristan. »Was suchte er in dieser Wohnung?«

»Wenn ich das wüsste«, stöhnte Tatjana angeschlagen. »Ich besitze nichts Wertvolles.«

»Lebte Jakob mit Ihnen zusammen?« hakte Tristan nach.

»Nennen Sie mich Tatjana«, antwortete sie, »dieses „Sie" verursacht ja Kopfschmerzen.«

»Gerne«, lächelte der Detektiv, »und ich heiße Tristan.«

Tatjana grinste, und für einen Augenblick schimmerte ihre Lebensfreude durch den verschleierten Blick ihrer braunen Augen.

»Jakob hat eine eigene Wohnung«, sagte Tatjana, »*hatte* eine eigene Wohnung.«

»Mysteriös«, brummte Tristan. »Du solltest die Polizei verständigen.«

»Muss das sein?« wehrte Tatjana ab.

»Ich denke, bei dem Schaden hier«, ergänzte Ulrich, »will die Versicherung eine Polizeianzeige sehen.«

»Welche Versicherung?« stöhnte Tatjana. »Dafür habe ich kein Geld. Du weißt doch, wofür ich mein ganzes Geld ausgebe. Sicherlich nicht für eine Versicherung.«

»Ich fände es trotzdem besser«, mischte sich Tristan ein, »wenn die Polizei verständigt würde.«

Tatjana schnaufte: »Polizisten stellen Fragen, und ich habe keine Lust, Antworten zu geben.«

»Ich finde auch, die Polizei ist überflüssig.« Pitti ergriff das Wort. »Ich will auch nichts mit denen zu schaffen haben.«

Tristan runzelte die Stirn, sah sich die beiden jungen Frauen an und grinste schließlich. »Ihr möchtet nicht nach euren Lebensumständen befragt werden.«

»Wir studieren«, entgegnete Pitti rasch. »Das kann jeder wissen.«

»Verstehe«, nickte Tristan. »Das Bafög ist heutzutage so reichlich bemessen, dass man sich davon eine Wohnung, einen Flugschein, ein Auto oder Motorrad sowie alles andere zum Leben Notwendige leisten kann.«

»Wir bekommen kein Bafög«, erwiderte Pitti und bemerkte ihren Fehler sofort.

»Keine Sorge«, beruhigte Tristan. »Ich bin nicht euer Feind. Also keine Polizei.«

»Danke«, sagte Tatjana, »dann will ich mal nachschauen, ob etwas fehlt.«

4

Werner Holzbaum zerfloss in der Hitze, die ihm entgegenschlug, als er das klimatisierte Abteil des ICE verließ. Der schwergewichtige Kommissar mit dem liebenswürdigen Bulldoggengesicht hielt einen kleinen Koffer in der linken Hand, während die rechte in seine Hosentasche griff, um ein Taschentuch hervorzuziehen.

Holzbaum kam aus Hagen und stand vor dem Siegener Hauptbahnhof. In Hagen hatte Pfeiffer ihn mit einem Telefonat nach Siegen gelockt. Eigentlich war Holzbaum nämlich im Urlaub, um seinem Vater bei der Heuernte zu helfen.

Dass er gerade heute in der Dienststelle auftauchte, lag an einem Untersuchungstermin durch den Polizeiarzt. Dieser Termin stand schon lange vor Verteilung des Urlaubs fest. Es war deshalb kein Zufall, dass gerade heute der Hauptkommissar Pfeiffer beim Polizeiarzt anrief und Holzbaum mit einigen kurzen, aber sehr intensiven Worten dazu bewegen konnte, nach Siegen zu kommen. Keine zwei Stunden später stand er nun in der glühenden Hitze des frühen Vormittags auf dem Bürgersteig und wartete auf seinen Chef. In der flimmernden Luft lag der Geruch von Frittenfett, der vom benachbarten Fast-Food-Laden ausströmte und sich mit den Dieselabgasen des Busbahnhofes, gleich gegenüber, zu einer Gasmischung verband, die sicherlich unter die Genfer Konvention fiel.

Holzbaum versuchte flach einzuatmen, um dem Gestank halbwegs zu entkommen. Leider reagierte sein Körper auf den einsetzenden Sauerstoffmangel mit erhöhtem Blutdruck, was seinen eh schon anfälligen Kreislauf einen Schritt näher zum Kollaps führte. Liebend gern hätte er den Platz verlassen, hatte jedoch mit Pfeiffer ausgemacht, dass er ihn direkt vor dem Bahnhof abholen sollte. Holzbaum blieb im Moment nichts anderes übrig, als darauf zu hoffen, dass eine leichte Brise die gefährliche Gasmischung entführte.

»Wenn Pfeiffer nicht bald kommt«, flüsterte Holzbaum, »dann gibt es hier bald eine Menge hektisch herumlaufender Leute.«

Sein Oberhemd verfärbte sich unter den Achselhöhlen mit jeder Minute dunkler. Der Kommissar spürte jede einzelne Schweißperle, die seinen Körper verließ und wusste, dass irgendwann das Baumwollhemd die Feuchtigkeit nicht mehr aufnehmen würde. Ihm grauste vor diesem Moment, wenn der Schweiß in kleinen Rinnsalen den breiten Rücken hinunterlief. Es war an der Zeit, dass Hauptkommissar Pfeiffer erschien.

Der war unterwegs. Wie üblich wollte Hauptkommissar Pfeiffer von der Sandstraße über die Hindenburgbrücke zum Bahnhof fahren. Da aber die Brücke zur Zeit modernisiert wurde, stand ein großer Zaun quer zur Hindenburgstraße und riegelte diesen Weg ab. Der Hauptkommissar war mit überhöhter Geschwindigkeit unterwegs und schoss in die Abzweigung zur Hindenburgstraße, ohne auf die angebrachten Straßenschilder und Absperrungszeichen zu achten. Ein schwerer Bagger beendete die forsche Fahrt – trotz Vollbremsung – und löste in Pfeiffers Dienstwagen den Airbag mit einem lauten Knall aus.

»Na, Klasse«, schnaufte Pfeiffer und quetschte sein Gesicht am aufgeblasenen Airbag vorbei ins Freie.

»Alles o.k.?« fragte eine sympathische Frauenstimme durch das offene Fenster.

»Alles o.k.«, antwortete Pfeiffer ohne aufzublicken.

»Wirklich?«

»Danke, sehr freundlich, aber es ist nichts passiert«, erwiderte der Hauptkommissar und bog seine Brille zurecht, die durch den Aufprall des Luftkissens etwas verbogen war.

»Da haben Sie aber noch mal Glück gehabt«, sagte die Frau in einem leicht vorwurfsvollen Ton.

»Ja, ja«, gab Pfeiffer von sich, dem die attraktive Frau langsam auf den Nerv ging, da er sich momentan mehr Sorgen um den Dienstwagen machte.

»Zum Glück haben Sie keinen Fußgänger erwischt«, meinte die Frau gelassen.

Pfeiffer stieg aus und betrachtete den Schaden. Erleichtert stellte er fest, dass die Stoßstange zwar etwas verbogen war, aber Motorhaube und Frontscheinwerfer überlebten den Zusammenstoß, ohne Schaden zu nehmen.

Mittlerweile standen der Baggerführer sowie einige Bauarbeiter ebenfalls neben Pfeiffer und ließen ihre Wut über den rasanten Fahrstil des PKW-Fahrers aus. Pfeiffer wurde dieser Menschenauflauf zu viel. Er griff an das Armaturenbrett und schaltete das Signalhorn an. Sofort verstummte die Menge und starrte den kleinen Mann mit Nickelbrille an.

»Alles in Ordnung«, sagte Pfeiffer, nachdem er das Horn wieder ausgestellt hatte. »Ich bin von der Polizei. Wenn Sie mich jetzt in Ruhe lassen könnten? Es ist nichts passiert.«

»Das hätten Sie gleich sagen können«, sagte die Frau freundlich. »Mein Name ist Katrin Becker, Pressesprecherin der Stadt Siegen.«

»Oh«, stutzte Pfeiffer und musterte die junge Frau gleich aus einer anderen Perspektive. »Norbert Pfeiffer, Hauptkommissar, Morddezernat Hagen.«

»Oh«, wiederholte Katrin, »hat es einen Mord gegeben?«

»Heute noch nicht«, antwortete Pfeiffer freundlich. Der Ärger um den kleinen Auffahrunfall verdampfte in der heißen Morgensonne.

»Was machen Sie dann hier in Siegen?« hakte Katrin nach und inspizierte Pfeiffers männliche Attribute.

»Ich wollte einen Kollegen vom Bahnhof abholen«, antwortete Pfeiffer, dem in diesem Moment Holzbaum einfiel. »Oh, ich sollte in der Zentrale Bescheid geben, dass jemand anderes ihn abholt.«

»Er kann doch mit einem Taxi fahren«, lächelte Katrin, die Gefallen an dem durchtrainierten Mann fand.

»Sicher«, stammelte Pfeiffer, »aber ich weiß nicht, ob er auf diese Idee kommt.«

»Sicher«, wiederholte Katrin und fügte forsch hinzu: »Lassen Sie uns einen Kaffee trinken.«

5

Tatjana stellte fest: Es fehlte nichts Wichtiges. Zusammen mit Pitti, Tristan und Ulrich hatten sie die Wohnung so weit wieder hergerichtet, dass

Tatjana sich nun zufrieden in einen Sessel fallen ließ und sagte: »Danke!«

»Nichts zu danken«, antwortete Pitti, »der Kühlschrank ist doch nicht geleert worden, oder?«

»Nein«, grinste Tatjana, »nimm dir, was du brauchst.«

»Danke«, nickte die Freundin, »ich habe nämlich noch nichts gefrühstückt.«

»Da haben wir was gemeinsam«, scherzte Ulrich.

»Du hast auch noch nichts gegessen?« Tatjana richtete sich auf. »Und du, Tristan?«

»Danke«, sagte Tristan, »aber lasst euch durch mich nicht stören.«

»Gut«, Tatjana stand auf. »Lasst uns in die Küche gehen.«

Die Gruppe stand auf und folgte Pitti in die Küche.

»Oh«, bemerkte sie, »da haben wohl noch ein paar Mägen mehr geknurrt.«

»Keine Angst«, lächelte Ulrich, »wir lassen dir den Vortritt.«

»Da bin ich aber beruhigt«, antwortete sie und untersuchte ein Glas Marmelade.

»Keine Angst«, sagte Tatjana streng, »die Sachen sind alle noch im Haltbarkeitsdatum.«

»So!« grinste Pitti, »bei mir lohnt es sich schon mal, auf das Datum zu gucken.«

»Ich bin nicht du«, gab Tatjana als Antwort und setzte sich.

»Wo finde ich Kaffee?« fragte Ulrich, der sich nützlich machen wollte.

»Ist alle«, stöhnte Tatjana, »mach Tee. Der ist im Schrank über der Spüle.«

Tristan setzte sich neben Tatjana und sah dem Treiben der beiden anderen gelassen zu. Nach einer Weile fragte er Tatjana:

»Was machte dein Freund beruflich?«

»Er ist ... er war bei der Stadt angestellt.«

»Ja«, sagte er, »das habe ich bereits von Hauptkommissar Pfeiffer erfahren.«

»Die Polizei ermittelt?« stieß Ulrich überrascht aus.

»Ja«, nickte Tristan, der sich schämte, Ulrich nicht schon früher darauf hingewiesen zu haben. »Noch weiß er nicht so richtig, wo er anfangen soll. Bei Hauptkommissar Pfeiffer keine Seltenheit. Ich kenne ihn schon etwas länger. Aber sobald er mit seinem Mitarbeiter Kommissar Holzbaum zusammentrifft, dann wird er sehr schnell unangenehme Fragen stellen.«

»Die Polizei glaubt, es sei Mord?« Tatjana sah den Detektiv an, als hätte er soeben einen Zaubertrick vorgeführt.

»Pfeiffer glaubt nicht an einen Unfall«, antwortete Tristan, »das ist alles. Aber da so viele Dinge bei diesem Unfall noch ungeklärt sind, wird er sehr bald in seiner These bestärkt werden, und dann wird dieser Unfall von der Polizei anders behandelt.«

»Da kann ja noch etwas auf uns zukommen«, meinte Pitti und öffnete zum vierten Mal den Kühlschrank, um noch eine Wurstdose auf den Tisch zu stellen.

»Was hat dein Freund genau bei der Stadt gemacht?« Tristan half, Geschirr und Lebensmittel auf dem Tisch zu verteilen.

»Jakob war Computer-Experte«, antwortete Tatjana, »sein Boss war der Stadtkämmerer Goldmann. Was er genau da oben im Rathaus gemacht hat, weiß ich nicht. Wir haben über die Arbeit nicht sehr oft gesprochen. Die Fliegerei stand bei uns im Mittelpunkt.«

»Könnte ich mir mal seine Wohnung ansehen?« Tristan sah Tatjana über den Rand seiner Halbbrille an. Er klopfte die Strickjacke nach seiner Pfeife ab, fand sie und steckte sie in den Mund, ohne sie anzuzünden. »Ich vermute, dass sie ebenfalls durchsucht wurde.«

»Wieso das!« rief Tatjana entsetzt, als glaubte sie in einen Strudel zu geraten, der niemals aufhören würde.

»Ich denke«, erklärte Tristan am Mundstück vorbei, während er aus einer anderen Tasche einen Beutel Tabak herauszog, »wenn der gestrige Unfall bewusst herbeigeführt wurde, dann hatte man es aus irgendeinem Grund auf Jakob abgesehen. Der Einbrecher hat bei dir etwas gesucht, was er vermutlich in Jakobs Wohnung nicht gefunden hat.«

»Aber«, sagte Ulrich überrascht, »das würde ja bedeuten, dass ich beim Aufrüsten keinen Fehler begangen habe.«

»Ja«, nickte Tristan und stopfte Tabak in den Kopf seiner Pfeife.

Die drei sahen ihm dabei skeptisch zu.

»Keine Angst«, lächelte Tristan, »die zünde ich erst nach eurem Frühstück an.«

»Aber weshalb«, sagte Tatjana, »sollte man Jakob umbringen? Er hat doch keiner Menschenseele etwas getan.«

»Welche Aufgaben hatte er im Verein?« Tristan steckte den Tabaksbeutel zurück in die Strickjacke, die bei der steigenden Hitze langsam überflüssig wurde.

»Keine besonderen«, antwortete Ulrich. »Die Funktionsträger ...«

Tristan sah ihn verwundert an.

»... so nennen wir die Mitglieder, die für den Flugbetrieb notwendig sind«, erklärte der Werkstattleiter, »also, zu diesen Funktionsträgern gehören Tatjana als Schlepppilotin, ich als Werkstattleiter und einige andere.«

»Hat Jakob nicht mit Computern im Verein zu tun gehabt?« fragte Tristan überrascht.

»Nein«, antwortete Tatjana, »nicht das ich wüsste.«

»Hatte nicht unserer Schatzmeister und Flugleiter Frank Dietermann neulich ein Problem mit dem Vereinscomputer?«

Tatjana überlegte und nickte schließlich. »Ja, richtig, Ulrich, das ist gerade mal eine Woche her.«

»Vielleicht hat er etwas entdeckt«, meinte Ulrich.

»Was könnte er denn entdeckt haben«, sagte Tristan, »das einen Mord rechtfertigt?«

»Keine Ahnung«, brummte Ulrich, »aber momentan sind die Finanzen des Vereins nicht die besten. Das war schon mal anders.« Er sah Tatjana und Tristan an. Pitti konzentrierte sich auf ihr Frühstück und hörte passiv zu.

»Ein paar von uns«, erzählte Ulrich weiter, »haben sich ihre Gedanken gemacht. Vor einiger Zeit hatten wir noch volle Kassen.«

»Aber die haben uns doch gesagt«, erwiderte Tatjana, »dass zu wenig geflogen worden sei und deshalb die Kosten nicht hereingekommen sind. Und dann war da noch der Motorschaden an unserer anderen Schleppmaschine.«

»Dem Doppeldecker?« fragte Tristan.

»Nein«, antwortete Tatjana, »an dem Hochdecker.«

»Das sagen sie uns«, entgegnete Ulrich. »Aber ob es die Wahrheit ist, kann ich nicht und du auch nicht sagen.«

»Du vermutest Geldunterschlagung«, sagte Tristan nachdenklich.

»Vielleicht«, meinte Ulrich. »Ich habe mit Jakob darüber gesprochen. Vielleicht hat er bei unserem Schatzmeister etwas entdeckt, was er nicht hätte sehen sollen.«

»Ich hab gestern einen Streit mitbekommen«, sagte Tatjana kalt. »Kurz bevor er gestartet ist.«

Die drei sahen sie überrascht an.

»Hast du erkannt, mit wem er sich gestritten hat?« fragte Ulrich aufgeregt.

»Nein«, musste Tatjana zugeben. »Ich habe nur Wortfetzen mitbekommen. Ich stand in der Halle, während Jakob und die andere Person in der Werkstatt stritten. Die andere Person sprach leise, so dass ich nur Jakob in seiner sehr lauten Art hörte. Aber ich habe ganz deutlich ein Wort verstanden, das ständig wiederholt wurde.«

»Und?« Ulrich rutschte unruhig hin und her.

»Diskette«, antwortete sie und sah Tristan eindringlich an.

»Wenn er verdächtige Dateien von diesem Vereinscomputer heruntergeladen hat«, sagte plötzlich Pitti, »dann wissen wir, wonach dieser Einbrecher hier gesucht hat.«

»Ja«, nickte Tristan.

Die vier sahen sich schweigend an. Und in die momentane Stille schlich aus der Höhe über der Stadt das dumpfe Brummen eines Flugzeugmotors in die Küche.

6

Das Aufrüsten der Segelflugzeuge war bei der morgendlichen Hitze ein Schweißakt. Dennoch beteiligten sich die Vereinsmitglieder mit freudiger Erwartung auf den kommenden Tag. Der Flugwetterbericht versprach ausgesprochen starke Thermik. Der gestrige Unfall steckte zwar noch einigen im Bewusstsein, aber gegen aufkommende Flugängste half am besten Fliegen. Dies wusste Fluglehrer Bücker und trieb deshalb Flugschüler wie Piloten an, möglichst schnell mit dem Flugbetrieb zu beginnen. Er hoffte nur, dass ihn sein Chef, der Stadtkämmerer, nach dem Verlust von Jakob in Ruhe ließ.

»Was macht ihr denn da?« rief Bücker über den Platz, als er Mike und Wulf bei ungewöhnlichen Verrenkungen an einem Segelflugzeug beobachtete.

»Wir checken den Flieger durch«, rief Mike zurück.

»Indem ihr in den Rumpf klettert!« Bücker lief über den Platz zu den beiden hin. »Was wollt ihr denn so kontrollieren?«

»Mike hat Angst«, erklärte Wulf, »dass die Verschlüsse nicht richtig verriegeln.«

Bücker schüttelte den Kopf.

»Mike«, sagte er väterlich, »die Verschlüsse verriegeln automatisch.«

»Ich dachte nur«, antwortete Mike beschämt. »Es wäre besser, mal nachzuschauen.«

»Du kannst die Verschlüsse an den Rudern kontrollieren«, erklärte der Fluglehrer. »Rüttle fest an den Rudern, während ein anderer den Knüppel festhält.«

Mike nickte mit dem Kopf.

»Jetzt lasst euch durch den Unfall nicht aus der Ruhe bringen.« Bücker sah sie streng an. »So etwas passiert nicht zwei Mal hintereinander, klar!«

»Klar«, sagte Wulf, »ich fand es auch übertrieben.«

»Gut«, meinte Bücker. »Wenn ihr fertig seid, dann mach dich fertig, Mike. Wir fliegen gleich als Erstes, o.k.«

Das hob Mikes Stimmung. Bücker verließ die beiden.

»Hab ich dir ja gleich gesagt«, hetzte Wulf. »Du kannst einem Scheininhaber schon glauben. Der Fluglehrer weiß auch nicht alles.«

»Ist ja gut«, zischte Mike. »Es war ja dein Vetter. Aber es scheint dir nicht viel auszumachen.«

»Lass diese dummen Sprüche«, fauchte Wulf zurück. »Es macht mir was aus. Aber jeder Pilot weiß, dass so was passieren kann. Mir tut es sehr leid, aber ich kann nichts ändern. Klar!«

»Schon gut«, beruhigte Mike, »war nicht so gemeint.«

»Dann überleg, bevor du dumme Sprüche reißt.«

Wulf ließ Mike allein an dem Segelflugzeug zurück. Jakobs Vetter trug einen modischen Ziegenbart, den er sorgfältig pflegte. Durch die ständigen Flugplatzaufenthalte hatte seine Haut einen gesunden braunen Teint, der seine sportliche Figur betonte. Der Mittzwanziger achtete sehr auf sein äußeres Erscheinungsbild. Seine ausgefallenen Shorts und eng anliegenden Hemden unterschieden ihn schon von weitem vom Rest der Piloten. Darüber hinaus zählte er zu den wenigen Leistungsfliegern des Vereins, die es schafften, mit ihren Segelflugzeugen Strecken von mehr als 500 km zurückzulegen.

Wulf sah sich auf dem Platz um, er wollte mit Bücker vertraulich reden. Seit der Bericht der LBA-Leute bekannt war, machte er sich Gedanken über das fehlende Stück des Höhenruders. Solange dieses Teil verschwunden blieb, konnte keiner so genau sagen, weshalb der *Mos-*

quito abstürzte. Wulf hatte eine Idee, wie man das fehlende Teil vielleicht aufspüren konnte. Um diese Idee umzusetzen, brauchte er das O.k. des Vorstandes. Er hoffte, Bücker in der Kantine zu finden und machte sich auf den Weg.

Unterdessen rollte die Schleppmaschine mit Pierre-Olaf Anderdeck an den Start. Wulf hätte es lieber gesehen, wenn Tatjana in der Maschine gesessen wäre, aber im Schleppplan für den Lehrgang war heute Pierre-Olaf eingetragen. Er sah seinem Fliegerkameraden einen Augenblick zu, wie er den Motor auf Touren brachte und suchte erneut nach Bücker. Der Fluglehrer hielt sich immer noch nicht auf dem Platz auf, also beschloss Wulf, in der Kantine nach ihm zu sehen.

»Da bist du ja«, rief Wulf zufrieden, als er Bücker hinter der Theke mit dem Telefon in der Hand vorfand.

Bücker legte den Hörer auf und sagte: »Was gibt's, Wulf? Habt ihr die Maschine gecheckt?«

»Ja«, antwortete Wulf und setzte sich auf einen Barhocker, der vor dem Tresen stand. Dann begann er mit einigen Bierdeckeln zu spielen, während er sagte: »Jörg, ich habe mir überlegt, wie wir an das fehlende Teil des Höhenruders herankommen könnten.«

»So?« Bücker zog seine Augenbrauen nach oben und schenkte Wulf seine ganze Aufmerksamkeit.

»Ja«, führte Wulf weiter aus, »ich denke, wenn dieses fehlende Teil gefunden würde, dann ginge es uns allen besser, oder?«

»Vielleicht«, warf Bücker ihm so gelassen wie möglich hin. »Was hast du dir denn ausgedacht?«

»Also«, lächelte Wulf und warf die Bierdeckel auf die Theke. »Dieses Teil dürfte ja nicht sehr groß sein.«

Bücker nickte.

»Es ist also sehr schwierig«, sagte Wulf ernst, »das Stück aus der Luft ausfindig zu machen.«

»Fast unmöglich«, ergänzte Bücker, »bei den vielen Bäumen und Sträuchern.«

»Das habe ich mir auch gedacht«, nickte Wulf, »aber man könnte doch eine Simulation durchführen.«

»Eine was?« Bücker wurde zunehmend unruhiger. Er hatte gar kein Interesse daran, das fehlende Teil zu finden.

»Eine Simulation«, wiederholte Wulf.

Bücker sah ihn verwirrt an.

»Ich erklär's dir«, sagte Wulf aufgeregt. »Wenn man zum Beispiel mit unserer Schleppmaschine genauso anfliegt wie gestern Jakob mit dem *Mosquito,* und man dann in etwa der gleichen Höhe ein ähnlich großes und schweres Teil rauswirft wie das, was wir suchen, dann wüssten wir, wo wir suchen müssten.«

Bückers graue Zellen begannen fieberhaft zu arbeiten. Sie versuchten sich das Szenario vorzustellen. Schließlich grinste er und sagte: »Das funktioniert nicht.«

»Wieso?« entgegnete Wulf hastig.

»Na, überleg mal«, sagte der Fluglehrer, mit sich zufrieden. »Wer soll denn das herabfallende

Teil mit den Augen verfolgen? Die in der Schleppmaschine fliegen ja vor dem fallenden Teil, und vom Boden aus sehen wir genauso viel wie gestern, so gut wie gar nichts.«

»Ein Pilot aus dem Motorsegler, der neben der Schleppmaschine herfliegt, könnte den Fall verfolgen«, antwortete Wulf sicher.

»Ja«, nickte Bücker und wirkte einen Moment verstört, »aber es funktioniert trotzdem nicht.«

Wulf zuckte mit den Schultern.

»Nun, denk mal an die Wetterverhältnisse«, erklärte Bücker. »Gestern hatten wir einen leichten Ostwind, heute kommt er stark aus Westen. Im Übrigen wäre ein solcher Versuch viel zu gefährlich. Wir hatten ja gestern schon Glück«, schnaufte der Fluglehrer, »dass dieses Teil nicht auf der Autobahn gelandet ist. Ich will mir gar nicht erst vorstellen, was alles hätte passieren können.«

Wulf ließ sich die Argumente durch den Kopf gehen.

»Ja«, nickte er und wirkte enttäuscht, »du hast Recht, an die Windverhältnisse habe ich nicht gedacht. Eine Simulation ist zu gefährlich.«

»Lass gut sein«, Bücker klopfte ihm auf die Schulter. »Es tut mir leid um deinen Vetter. Es war ein Unfall, ein menschliches Versagen. Man hätte die Befestigung richtig checken müssen.«

Wulf glitt vom Barhocker.

»Ich wollte nur helfen«, sagte er. »Wenn wir es genau wissen würden, wären einige Vereinskameraden beruhigter.«

»Wir haben keine Maschine in unserem Flugzeugpark, die eine ähnliche Befestigung hat«, antwortete Bücker ernst. »Deshalb kann dieser Unfall sich nicht wiederholen.«

»Ja, das ist wahr«, nickte Wulf und verließ die Kantine.

Kaum war Bücker alleine im Schankraum, da klopfte er mit der Faust auf den Tresen.

»Auf eine solche Art von Hilfe«, zischte er, »kann der Verein gut verzichten.«

Er griff zum Telefonhörer.

7

Holzbaum rief schließlich ein Taxi, denn ansonsten hätte er den Mittag nicht überlebt. Nach einer kurzen Fahrt erreichte er die Polizeistation in der Weidenauer Straße. Erleichtert atmete er auf, als er in das klimatisierte Gebäude eintrat.

»Ist Pfeiffer im Haus?« fragte er an der Wache, die sich direkt neben dem Eingang befand.

»Weiß nicht«, antwortete der Kollege und griff zum Telefon. »Er ist auf dem Weg«, sagte er schließlich. »Es hat einen kleinen Unfall gegeben«, grinste der Kollege.

»So?« antwortete Holzbaum, »das ist ja nichts Neues.«

Der Kommissar verabschiedete sich und ging einen Stockwerk höher in ein Büro, das die beiden Beamten der Mordkommission benutzten, wenn sie in Siegen ermittelten. Erschöpft ließ er sich auf einen Bürostuhl fallen und stellte den kleinen Koffer neben den Schreibtisch. Für den Augenblick war er froh, keinen Menschen um sich zu haben.

Doch die Freude währte nicht lange. Mit dem Elan eines Stierkämpfers stürzte Staatsanwalt Büdenbender in das Büro.

»Guten Tag, Herr Holzbaum«, begann er mit der Stimme eines Mannes, der daran gewöhnt war, dass man ihm zuhörte. »Wo ist Pfeiffer?«

Holzbaum zuckte mit den Achseln.

»Ach egal«, schnaufte Büdenbender, »hören Sie zu.«

Das tat Holzbaum bereits, aber irgendwie schienen Menschen wie Büdenbender immer davon auszugehen, dass man taub sei oder an einem besonders schlimmen Tinnitus leiden würde. Der Kommissar lächelte und legte den Blick *Du-kannst-mich-mal-ich-bin-freundlich* auf, was Büdenbender veranlasste, die Stimme ein wenig zu senken und mit einer gewichtigen Geste endlich zu beginnen:

»Richten Sie Pfeiffer aus, dass es nach dem Bericht der LBA-Leute ...«

Holzbaum sah ihn verständnislos an.

»... betrifft den Unfall auf dem Segelfluggelände«, erklärte der Staatsanwalt kurz. »Aber es kann nicht hundertprozentig ausgeschlossen werden, dass der Pilot durch eigenes Verschulden zu Tode gekommen ist. So wie es aussieht, Herr Holzbaum, könnte es auch ein absichtlich herbeigeführter Unfall sein.«

Das nennt man wohl Anschlag, dachte Holzbaum und wartete auf Büdenbenders Erklärung.

»Man könnte daher auch sagen«, dozierte der Staatsanwalt selbstgefällig, »dass es sich bei diesem Ereignis um einen Anschlag handeln könnte.« Büdenbenders Augen leuchteten auf, als habe ein wichtiger Gedanke in der Netzhaut einen Blitz gezündet. »Und vermeiden Sie bitte das Wort „Attentat". Diese Bezeichnung, so liest man im Wörterbuch, steht ausschließlich für einen politisch motivierten Mord. Was im Falle dieses Jakob Krüger ganz bestimmt nicht zutrifft.«

Holzbaum nickte. Er war viel zu erschlagen, um auf diese Bemerkung noch irgendetwas zu antworten.

»Alles verstanden!« rief Büdenbender.

Holzbaum nickte erneut und hatte nicht einmal mehr den Willen, den Blick *Du-kannst-mich-mal-ich-bin-freundlich* zu vollenden. Irgendwo zwischen *mich* und *mal* schlafften die Gesichtsmuskeln ab. Der Staatsanwalt ignorierte diesen Ausdruck, sofern er ihn überhaupt wahrnahm, und begab sich zur Bürotür. Und wie es sich für einen Mann in seiner Führungsposition gehörte, sagte er, während die Tür mit einer kraftvollen Handbewegung geöffnet wurde: »Sie vergessen es auch nicht!«

Diese Hitze, dachte Holzbaum und spürte, wie die eigenen Schweißperlen langsam im kühlen Luftzug der Klimaanlage verschwanden, macht die Menschen sonderlich.

Sonderlich, das traf bei Pfeiffers Verhalten voll ins Schwarze. Mochte es an den südländischen Temperaturen liegen oder einfach an einer Überreizung der Haut durch massive UV-Bestrahlung dank eines blauen Himmels. Pfeiffers Gefühlszustand befand sich jedenfalls in einem tiefen Graben und baggerte, mit der größten ihm zur Verfügung stehenden Charme-Schaufel, an Katrin Beckers Aufmerksamkeit.

Die beiden saßen im Café des „Cine Star" und plauderten über den mörderischen Beamtenalltag. Pfeiffer lächelte Katrin mutig an und beschrieb ausführlich, wie er tags zuvor die Dinge auf dem Segelflugplatz in die Hand genommen hatte und nun einem mysteriösen Übeltäter auf der Spur war.

»Das ist so aufregend«, sagte Katrin begeistert. »Ganz anders als meine Arbeit.«

»Aber Sie begeben sich nicht täglich in unmittelbare Lebensgefahr.« Pfeiffer fühlte sich in seinem Element. Sein wacher Verstand neigte schon immer zu übertriebenen Geschichten, die plötzlich durch Katrins Anwesenheit mit einer Mischung aus überhitzter Fantasie und verloren gegangener Perspektive eine ganz neue Dimension annahmen.

»Sie haben doch eine Waffe«, fragte Katrin, »um sich und andere zu schützen?«

Pfeiffer nickte. »Möchten Sie sie sehen?«

»Oh, nein«, wehrte die Pressesprecherin ab. »Ich könnte womöglich noch einen versehentlichen Schuss abgeben.«

»Keine Sorge«, lächelte Pfeiffer, »die Waffe ist gesichert.«

»Dennoch, nein«, sagte sie sanft.

»Ist vielleicht auch besser«, nickte Pfeiffer. »Es würde die Leute erschrecken, wenn ich hier eine Waffe ziehe.«

Katrin sah sich um. »Wir sind alleine.«

»Oh«, Pfeiffer sah sich um, »das habe ich gar nicht bemerkt.«

Der Kellner trat an ihren Tisch und fragte, ob es noch etwas sein dürfte.

»Danke, nein«, antwortete Katrin und sah auf die Uhr.

Der Kellner verschwand.

»Sie müssen los?« fragte Pfeiffer traurig.

»Ja«, nickte Katrin verlegen. »Es wird Zeit.«

Pfeiffer rührte unruhig im Kaffeesatz.

Dann entstand jener Moment, in dem das Universum einer schwarzen Masse glich, die entweder explodierte oder aber für immer tote Materie blieb.

Es explodierte.

»Kann ich Sie anrufen?« fragte Katrin.

Pfeiffers Gedanken schwebten in Bereichen, die sich weit über den Straßen befanden, was zu einer Verstopfung des Straßenverkehrs führte, da Pfeiffers Fuß das Gaspedal so gut wie gar nicht berührte. Die Verdauungsprobleme des Siegener Stadtverkehrs lösten sich jedoch dank eines kurzen Weges, den Hauptkommissar Pfeiffer im Schneckentempo von Reichwalds Ecke bis zur Polizeistation zurücklegte, schnell auf.

Mit einem verklärten Gesichtsausdruck betrat Pfeiffer schließlich das Büro, in dem Holzbaum auf ihn wartete.

»Ah«, sagte Holzbaum etwas säuerlich, »da bist du ja.«

»Bin aufgehalten worden«, antwortete Pfeiffer gelassen und ließ sich in einen Bürostuhl fallen. »Was für ein herrliches Wetter«, stöhnte er zufrieden, »ist das Leben nicht schön?« Der Hauptkommissar begann mit dem Bürostuhl Karussell zu spielen.

»Alles in Ordnung?« fragte Holzbaum besorgt. Ein solch kindisches Verhalten seines Chefs war dem Kommissar äußerst suspekt. Der angestaute Ärger transformierte in blankes Staunen, das den Hauch eines Entsetzens in sich trug.

»Mir geht es bestens«, rief Pfeiffer und stieß sich erneut vom Schreibtisch ab.

»Staatsanwalt Büdenbender war hier«, sagte Holzbaum in der Hoffnung, Pfeiffer aus diesem merkwürdigen Zustand herauszuholen.

»Schön für ihn«, lächelte der Hauptkommissar. »Wusstest du, dass die Stadt Siegen eine bezaubernde Pressesprecherin hat?«

»Nein«, stotterte Holzbaum, der Pfeiffers Gedankensprung überhaupt nicht verfolgen konnte. »Was hat diese Frau mit Büdenbender zu tun?«

»Ich hoffe gar nichts«, zischte Pfeiffer und hielt an. »Ich habe sie heute kennen gelernt.«

»Wen?« Holzbaum begann wieder unter den Achseln zu transpirieren. Ein sicheres Zeichen von Stress, ausgelöst durch eine Situation, die der gutmütige Bauernsohn mit seinem scharfen Verstand einfach nicht begriff.

»Na, die Pressesprecherin«, erklärte Pfeiffer und grinste, als hätte er gerade den Oskar gewonnen.

»So«, Holzbaum lehnte sich zurück, sah seinen Chef nachdenklich an, und schließlich platzte es aus ihm heraus: »Du hast mich nach Siegen gebeten, um einen Fall aufzuklären, der sich noch nicht als Fall darstellt. Ich bin gekommen! Du wolltest mich am Bahnhof abholen, doch ich stand schwitzend in der Sonne, nahm mir ein Taxi und fuhr hierher, wo ich gleich noch mit Büdenbender zusammentraf. Ich habe alles ruhig über mich ergehen lassen. – Aber wenn du jetzt nicht bald mit verständlichen Informationen rausrückst, dann, sage ich dir, gehe ich wieder in Urlaub! Klar!«

»Jetzt beruhige dich«, antwortete Pfeiffer, als wäre Holzbaums Wutausbruch eine warme Sommerbrise. »Ich war ja auf dem Weg zum Bahnhof. Leider hatte ich einen Unfall. Zum Glück nichts Schlimmes. Da habe ich Katrin getroffen.«

»Katrin?« stöhnte Holzbaum verzweifelt, »du bist verliebt!«

»Quatsch«, knurrte Pfeiffer überhaupt nicht freundlich. »Ich kenne sie ja kaum.«

»Aber du benimmst dich«, Holzbaum stand auf und zupfte sein Hemd von der Haut, »als wärst du es.«

»Ich finde sie attraktiv«, gab Pfeiffer zu, »aber deshalb bin ich doch noch nicht verliebt.«

»Schon gut«, Holzbaum gab auf. »Willst du jetzt hören, was Büdenbender gesagt hat oder nicht?«

»Na, dann schieß los«, antwortete Pfeiffer und schwebte in Gedanken wieder weit über der Stadt.

8

Jakobs Wohnung befand sich in dem idyllischen Dorf Ölgershausen, das zwischen Netphen und Eckmannshausen lag. Dieses Dorf war typisch für die Dörfer des Siegerlandes. Es lag in einer ausgedehnten Senke, die, umgeben von fruchtbaren Weiden, genügend Nahrung für Schafe und Rinder bot. Das Straßennetz des Dorfes umfasste die Hauptstraße, die gleichzeitig auch die Verbindungsstraße zwischen Netphen und Eckmannshausen war, sowie eine Handvoll kleiner, schmaler, geteerter Nebenstraßen. Die vorwiegende Architektur des Dorfes bestand aus Fachwerkhäusern, die hier und da verschiefert waren. Nicht selten befand sich neben einem alten Fachwerkhaus auch eine Scheune. War der Besitzer noch als Nebenerwerbslandwirt tätig, fand man vor der Scheune ganz sicher einen Misthaufen. Die meisten Besitzer hatten jedoch ihre Scheunen zu Wohnungen ausgebaut und vermietet. Die Wohnungen waren geräumig und hatten dank der alten Bauweise eine ganz besonders angenehme Atmosphäre. Eine dieser umgebauten Scheunen hatte Tatjanas Freund gemietet.

Tristan und Ulrich folgten im offenen Borgward-Cabriolet Tatjana und Pitti, die in einem alten Ford alle Fensterscheiben geöffnet hatten, um bei den mittlerweile überschrittenen dreißig Grad nicht einzugehen.

»Tolles Auto«, lobte Ulrich, als sie die Hauptstraße verließen und in eine kleine Nebenstraße einbogen.

»Danke«, sagte Tristan, »ich stecke jedes Jahr eine Menge Geld in die Erhaltung des Autos. Es lohnt sich.«

»Die Steuer dürfte eine Riesensumme ausmachen«, dachte Ulrich laut, »und der Sprit? Was frisst der Motor?«

»Super plus mit einer Beimengung«, erklärte der Detektiv, »aber so oft bin ich ja nicht mit ihm unterwegs. Die meisten Wege kann ich in der Stadt zu Fuß erledigen.«

Vor ihnen verlangsamte Tatjana den Ford und bog in eine zwischen Hecken versteckte Einfahrt ein.

»Ich glaube, wir sind da«, meinte Ulrich.

Tristan nickte und folgte den Frauen auf einen kleinen Hof. Die ehemalige Scheune besaß eine eigene Zufahrt und wurde von einer weiteren Hecke vom Haupthaus getrennt.

»Sehr idyllisch«, bemerkte Tristan, »und sehr abgelegen.«

»Mensch, diese Hitze«, schwitzte Pitti, als sie zusammen vor der Haustür standen. »Da lobe ich mir doch mein Motorrad.«

»Was ist mit der Ledermontur?« lächelte Tatjana.

»Nur wenn man steht«, grinste Pitti, »kann es etwas unangenehm werden.«

Tristan sah sich in dem Hof unterdessen ein wenig um. Er musterte gerade die Fachwerkkonstruktion, als ihm etwas auffiel.

»Das ist interessant«, rief er den anderen zu.

Sofort traten sie zu dem Detektiv.

»Seht ihr dort den Rhododendron entlang der Fensterfassade?« Tristan ging auf die Stelle zu. »Hier hat sich jemand einen Weg gebahnt.«

Der Strauch war niedergetrampelt und das darüber liegende Fenster eingeschlagen.

»Ich denke«, sagte der Detektiv, »jemand war vor uns in der Wohnung.«

Tatjana nickte und beeilte sich, die Haustür zu öffnen. Was sie vorfanden, sah schlimmer aus, als es ihnen lieb sein konnte.

Die Wohnung bestand aus einem großen Raum, der Küche und Wohnzimmer vereinte und bis zu den Dachbalken offen war. Der Besitzer hatte das Schlafzimmer über dem Bad angelegt. Eine offene Treppe führte auf eine kleine Empore, wo Jakob eine Arbeitsecke eingerichtet hatte, und schließlich zum Schlafzimmer. Das Bad erreichte man durch eine Tür, die ganz geschickt unter der Treppe angelegt war. Der Blick empor zum Arbeitsplatz verriet, dass dort oben jemand heftig gewütet hatte. Der Bildschirm des Computers lag zerstört auf dem Treppenabsatz, und eine Menge Disketten waren auf dem Boden im ganzen Wohnzimmer verstreut. Zwischen den Disketten lagen ausgekippte Schubladen, eine Menge zerstörtes Porzellan und viel Papier.

»Oh, mein Gott«, flüsterte Tatjana. »Was haben die gesucht?«

Tristan ging vorsichtig durch das Wohnzimmer zur Treppe. Ulrich folgte ihm, während Tatjana und Pitti nach noch erhaltenen Teilen in dem Chaos suchten. Der Detektiv schritt die Treppe hoch und sah das ganze Ausmaß der Verwüstung. Der Einbrecher zerstörte nicht nur den Bildschirm, sondern auch Tastatur und Computergehäuse.

»Da wollte einer ganz sicher gehen«, sagte Tristan und griff nach der Tastatur.

»Was ist mit den Fingerabdrücken?« fragte Ulrich besorgt.

»Ich denke, dass er keine hinterlassen hat«, murmelte der Detektiv. »Dennoch sollten wir vorsichtig sein und so gut wie nichts anpacken.«

»Habt ihr gehört«, rief Ulrich zu den Frauen hinunter. »Denkt an die Fingerabdrücke!«

Tristan sah sich den zerstörten Computer genau an.

»Ich verstehe zwar nicht so viel von diesen Dingern«, sagte er, »aber hier hat jemand etwas gewaltsam entfernt.«

Ulrich blickte über Tristans Schulter und sagte: »Die Festplatte, vermute ich.«

»Wir müssen die Polizei rufen.« Der Detektiv blickte hinunter zu den Frauen.

Tatjana nickte.

9

Der Stadtkämmerer wusste mit Problemen umzugehen, solange es sich um Probleme handelte, die auf der Basis der Buchführung zu einer Lösung führten. Personelle Angelegenheiten auf die Schnelle zu erledigen, gehörte nicht zu seinen Stärken. Er wusste um das riesige Spinnennetz der Verwaltung mit seinen klebrigen Bestimmungen, an denen man hängen bleiben und zum Futter des Stadtrates verkommen konnte. Der Stadtkämmerer stöhnte und blickte sich um.

Goldmann stand im Rechenzentrum der Stadtverwaltung. Ein bescheidener Raum, in dem zwei Schreibtische und eine Menge Technik aufgestellt waren. Aus einem offenen Nachbarraum drang ein leises Summen. Dort standen der Zentralrechner und einige Server, die die vielen Arbeitsplätze der Stadtverwaltung mit dem Hauptcomputer verbanden. Eigentlich hätten ihm gleich zwei freundliche Gesichter einen guten Tag wünschen sollen, aber jetzt waren beide Arbeitsplätze verlassen.

Nun rächte sich das schmale Budget für die Personalausgaben. Statt der zwei notwendigen

IT-Spezialisten war nur einer eingestellt worden, und der hatte nichts Besseres zu tun, als sich mit seinem Segelflugzeug in den Boden zu rammen.

Er schnaufte und betrachtete Jakobs Schreibtisch, der eine riesige Menge Papier tragen musste. Der Schreibtisch gegenüber fiel durch seine Leere auf. Dort hatte Jakob nur einige Nachschlagewerke säuberlich in Reihe aufgestellt. Es wunderte den Stadtkämmerer, dass Jakob den freien Platz nicht nutzte. Irgendetwas musste Goldmann einfallen, um den notwendigen Datenverkehr aufrechtzuerhalten. Es musste unbedingt ein IT-Spezialist her. Nachdenklich stromerte er durch den Raum und blieb vor Jakobs Schreibtisch stehen. Sein Blick fiel auf einen großen, kaum übersehbaren Terminkalender. Einem inneren Impuls folgend nahm er den Kalender in die Hand. Jakob hatte seinen zweiwöchigen Urlaub rot markiert und die betreffende Woche seiner geplanten Rückkehr aufgeschlagen. Goldmann blätterte zurück.

»Jakob hatte eine Menge Termine in der letzten Woche«, flüsterte er und zählte die Eintragungen zusammen. »Nicht schlecht«, staunte er, »dreiundvierzig.«

Ihm fiel auf, dass dort des Öfteren eine Firmenbezeichnung auftauchte, und er fragte sich, was das wohl für eine Firma war. Er griff zum Telefon und rief seine Sekretärin an.

»Hallo, Frau Simon«, sagte er gelassen, »wissen Sie, was die Firmenbezeichnung MoNEy bedeutet?«

»Einen Moment bitte«, antwortete die freundliche Stimme von Frau Simon.

Es raschelte im Hörer, dann sagte seine Sekretärin: »Es handelt sich um eine EDV-Firma, die uns bei der Umstellung behilflich ist.«

»Ha, danke, Frau Simon«, sagte Goldmann und legte den Hörer auf. »Vielleicht können die uns weiterhelfen«, sprach er in den Raum.

Er notierte sich eine Telefonnummer und einen Namen, die Jakob beim ersten Termineintrag hinzugefügt hatte und legte den Kalender zurück. Mit einer kleinen Hoffnung, die so beschwingend wirkte wie das zuversichtliche Lächeln eines Kardiologen nach der Narkose, verließ er das Herz der Siegener Stadtverwaltung. Er glaubte fest daran, einen Infarkt abwenden zu können.

10

Pfeiffer gefiel die Fahrt durch das sonnige Siegerland. Holzbaum ärgerte sich derweil, ein frisches Hemd angezogen zu haben. Der Hauptkommissar jagte mit Blaulicht durch die grünen Landschaften des Siegerlandes und verursachte bei seinem Kollegen, trotz der funktionierenden Klimaanlage, einen Schweißausbruch nach dem anderen. Holzbaum hasste schnelles Autofahren und verkrampfte sich jedes Mal, wenn Pfeiffer die Tachonadel klettern ließ.

Die beiden Beamten waren kurz vor Ölgershausen, wo sie Tristan Irle erwartete.

Der Name des Privatdetektivs, stellte Holzbaum zufrieden fest, vertrieb bei Pfeiffer sämtliche *Ich-schweb-auf-Wolke-sieben-Gefühle.* Er war jetzt wieder der bekannte Chef, und das gefiel Holzbaum weitaus besser als der verträumte Romeo mit Polizeimarke. Allerdings wünschte er sich sehnlichst, dass sie bald ihr Ziel erreichen würden. Der Wunsch wurde ihm erfüllt. Ein Streifenwagen wies Pfeiffer den Weg. Sie erreichten Ölgershausen.

Tristan erwartete die Beamten bereits im Hof.

»Na, wenn das nicht eine Überraschung ist«, rief Pfeiffer kalt, während er aus dem Wagen stieg. Seine Haltung erinnerte an Szenen aus alten Hollywood-Filmen, in denen Geschichten aus der Bibel nachgespielt wurden.

»Guten Tag, Herr Pfeiffer, Herr Holzbaum«, begrüßte Tristan die Herren freundlich.

Holzbaum nickte Tristan zu.

»Sie sind wieder fleißig«, stichelte der Hauptkommissar und breitete die Hände aus, als wolle er das Rote Meer teilen.

»Man tut, was man kann«, erwiderte der Detektiv salomonisch. »Drinnen wartet Tatjana Maus, die Freundin des verstorbenen Jakob Krüger, auf Sie.«

»Schön«, nickte Pfeiffer mit dem Selbstverständnis eines Führers, der gerade seine Schutzbefohlenen vor dem Pharao rettete. »Dann lassen Sie uns mal reingehen.«

Beamten der Spurensicherung begannen ihre Arbeit, während die Kommissare zusammen mit Tristan zu der kleinen Gruppe um Tatjana gingen.

»Das sind Hauptkommissar Pfeiffer und Kommissar Holzbaum«, stellte Tristan die beiden Herren vor.

Es folgte ein eifriges Händeschütteln, dann wussten Pfeiffer und Holzbaum, mit wem sie es zu tun hatten.

»Sie habe ich doch gestern auf dem Segelfluggelände gesehen«, sagte er kritisch zu Ulrich.

»Ja«, nickte der Werkstattleiter.

Pfeiffer sah sich um. »Hier hat aber einer gewütet.«

»Deshalb haben wir Sie gerufen«, bemerkte Tristan.

»Was gestohlen worden?« fragte Holzbaum.

»Ja«, antwortete Tristan, »die Festplatte des Computers.«

»Interessant.« Pfeiffer blickte zur Empore. »Sie haben sich also schon mal gründlich umgesehen.«

»Ein wenig«, nickte Tristan und lächelte mit dem Gesicht eines Kindes, das sich vor Bestrafung sicher fühlte.

Pfeiffer ließ sich nicht provozieren. Er sah Tatjana, dann Ulrich an und sagte: »Was suchten Sie hier?«

»Sachen«, antwortete Tatjana gelassen.

»Sachen?« wiederholte Pfeiffer.

»Sie wissen doch«, mischte sich Tristan ein, »dass Jakob Krüger gestern umgekommen ist. Da ...«

»Richtig«, unterbrach der Hauptkommissar und wandte sich an Tatjana, »Sie sind seine Lebensgefährtin?«

Tatjana nickte.

»Weshalb klaut man seine Festplatte?« fragte Pfeiffer in den Raum.

»Keine Ahnung«, antwortete Tristan, »deshalb haben wir Sie gerufen.«

»Wirklich«, lachte Pfeiffer. »Das glaube ich nicht.«

Er musterte den Detektiv und ließ keinen Zweifel daran, dass er ihm nicht weiter trauen würde, wie er einen Findling werfen konnte. Also keinen einzigen Millimeter weit.

»Wir denken«, sagte Ulrich plötzlich, »dass Jakob einem Anschlag zum Opfer fiel.«

»So?!« rief Pfeiffer. »Weil man ihm die Festplatte aus dem Computer geklaut hat?«

»Unter anderem«, sagte Tristan und sah verärgert zu Ulrich.

»Na, das mit dem Anschlag«, grinste der Polizist, »das war mir schon gestern klar. Jetzt heißt es herauszubekommen, weshalb?«

»Sie haben eine Spur?« fragte Tatjana.

»Vielleicht«, antwortete Pfeiffer delphisch.

»Dann haben Sie mehr als wir«, meinte Tristan ungläubig.

»Nun«, Pfeiffer räusperte sich, »vielleicht ist der Begriff „Spur“ etwas irreführend.«

»Sie meinen, *Ahnung* trifft es besser«, ergänzte Tristan.

Pfeiffer kniff die Augen zusammen und sagte: »Wenn Sie nicht immer so selbstsicher wären, könnte ich Sie vielleicht leiden. – Der Bericht des LBA«, fügte er hinzu, »weist einige Unstimmigkeiten auf.«

Tristan erschrak. Diese Art von Offenheit entwaffnete jeden.

»Inwiefern?« wollte er wissen.

»Es fehlt ein entscheidendes Teil«, antwortete Pfeiffer trocken.

»Wir vermuten«, sagte Tatjana ernst, »dass jemand aus dem Verein etwas vertuschen will.«

»So!« nickte der Hauptkommissar, »das dachte ich ebenfalls.«

Holzbaum, der das Gespräch in seinem Notizblock festhielt, sah auf. »Der Staatsanwalt hat interessanterweise das gleiche Gefühl.«

»So?« Ulrich wurde bleich im Gesicht.

11

Die Sonne versank im Westen, und immer noch zeigte das Thermometer an Tristans Hausfassade über zwanzig Grad an. Marlowe flog durch den Hof, während Helga einen Korb voll Strickzeug auf den Boden stellte und es sich auf der Bank gemütlich machte. Im Haus saßen Ulrich und Tristan. Die Ergebnisse des Nachmittags entsprachen nicht den Erwartungen des Detektivs. Wie es aussah, hatten sie eine Menge Ahnungen, aber keine richtigen Hinweise.

»Der Staatsanwalt verdächtigt mich«, sagte Ulrich angespannt.

»Noch verdächtigt dich niemand«, sagte Tristan nachdenklich.

»Wenn die Beamten auf dem Platz anfangen, Fragen zu stellen«, Ulrich sah Tristan verängstigt an, »dann werden die Herren dort oben schon einige nette Hinweise ausplaudern.«

»Es gibt kein Motiv«, meinte Tristan sicher.

Ulrich stand auf und lief unruhig in der Küche umher.

»Was ist los?« fragte Tristan, dem Ulrichs Verhalten übertrieben vorkam.

»Du hast doch gehört, was Tatjana sagte«, begann Ulrich vorsichtig.

Tristan verstand nicht direkt, worauf Ulrich hinaus wollte.

»Ich meine den Streit, den sie erwähnte«, erklärte der Werkstattleiter.

»Ja«, nickte Tristan, »kurz vor dem Start am Sonntag.«

»Richtig«, stöhnte Ulrich und gestand. »Ich habe mich mit ihm gestritten.«

»Was?« rief Tristan bestürzt. »Weshalb?«

»Es ging um seine Überheblichkeit«, erklärte Ulrich. »Jakob sollte aufhören, den großen Macker zu spielen.«

Tristan verstand nicht. Er zog die Augenbrauen hoch und sah Ulrich mit einem Blick an, den Touristen aufsetzen, wenn sie nach stundenlanger Fahrt die Orientierung verloren haben und ein Einheimischer von der schönen Landschaft schwärmt, während man sehnlichst auf einen Hinweis wartet, der zurück auf die Hauptstrecke führt.

»Jakob machte mit seiner Art jedem klar«, führte Ulrich aus, »dass er der Größte war und dass man sich nicht mit ihm anlegen sollte. Das hat auch etwas mit Tatjana zu tun. Sie ist eine Reizfigur. – Ich meine im ursprünglichen Sinne.«

»Du meinst«, Tristan wirkte nachdenklich, »es würden gerne noch ein paar andere Mitglieder Tatjana als Freundin haben.«

»Du drückst das sehr harmlos aus. Die gesamten Singles würden lieber heute als morgen mit ihr ausgehen, und darüber hinaus wünscht sich der eine oder andere verheiratete Mann etwas Verbotenes.«

Tristan nickte.

»Hat er dir gegenüber die Diskette erwähnt?« fragte er hart.

»Ich weiß es nicht mehr«, antwortete Ulrich verlegen. »Ich kann mich nicht erinnern.«

4. Eine leichte Brise ...

Dienstag

Eine leichte Brise wehte Pfeiffer angenehm ins Gesicht. Das Wetter meinte es mit den Siegerländern gut, was die meisten von ihnen mit einem grimmigen Blick zum blauen Himmel quittierten. Sie quälte die Sorge, eventuell doch noch eine zweite kurze Hose kaufen zu müssen. Für Anhänger des vorherrschenden Pietismus die reinste Geldverschwendung.

Für die anderen wurde das Thermometer das liebste Messinstrument, da bereits am frühen Morgen die Quecksilbersäule die 20-Grad-Markierung überschritt. Der Hauptkommissar saß auf einem der Bordsteine, die das geteerte Vorfeld vom Rest des Segelfluggeländes abgrenzten. Auf dem Vorfeld, das die Fläche vor der Halle bezeichnete, wimmelte es von jungen und alten Vereinsmitgliedern, die ständig irgendwelche Kommandos riefen und ein Flugzeug nach dem anderen aus der Halle herausholten. Die beiden Beamten wurden nicht beachtet. Es kam oft vor, dass Passanten während des Ausräumens am Rand des Vorfeldes zusahen.

»Ist das nicht schön«, stöhnte Pfeiffer und knöpfte den Kragenknopf seines Polohemdes auf.

Holzbaum nickte und antwortete nichts. Er begann bereits zu schwitzen und sah sich nach Schatten um.

Pfeiffer beobachtete wieder die Mannschaft, die auf geheimnisvolle Weise ein eingespieltes Team darstellte.

»Ob ich mal mitfliegen könnte?« fragte er eher zu sich, als zu jemand Bestimmtem.

»Aber sicher«, antwortete die kalte Stimme des Fluglehrers Bücker. »Wann immer Sie möchten.«

»Oh«, Pfeiffer stand auf. »Wir haben uns noch nicht kennen gelernt.«

»Nein«, sagte Bücker, »aber ich habe Sie am Sonntag gesehen. Sie sind Polizist.«

»Ja«, nickte Pfeiffer, »Hauptkommissar Pfeiffer«, stellte er sich vor. »Das ist Kommissar Holzbaum. Und wer sind Sie?«

»Jörg Bücker«, lächelte der Fluglehrer. »Ich bilde Piloten aus.«

»Sie sind Fluglehrer«, sagte Holzbaum, der den Mann in roter, kurzer Hose und weitem T-Shirt mit ausgetretenen Latschen an den Füßen kritisch musterte.

»Richtig«, grinste Bücker. »Was kann ich für Sie tun?«

»Momentan?« fragte Pfeiffer.

»Ja?« nickte Bücker.

»Nichts«, lächelte Pfeiffer, »wir warten auf Frau Maus und Herrn Hundt.«

»So?« Bücker blickte zu seinen alten Turnschuhen. »Die beiden müssten jeden Moment kommen.« Der Fluglehrer ging auf die Halle zu, drehte sich noch einmal zu den beiden um und sagte: »Wenn Sie fliegen möchten, Sie sind eingeladen.«

»Danke«, nickte Pfeiffer, »ich werde auf das Angebot zurückkommen.«

»Wirst du?« hakte Holzbaum nach, als Bücker außer Hörweite war.

»Warum nicht«, antwortete Pfeiffer, »muss ein irres Gefühl sein.«

»Es ist gefährlich«, meinte Holzbaum und hätte gerne einen weiteren Knopf an seinem Hemd geöffnet, aber dann lief er Gefahr, Ärger mit der Sitte zu bekommen. Im Gegensatz zu Pfeiffers ästhetisch straffen Körperpartien zog die Schwerkraft bei Holzbaum eine Menge Kohlenhydrate in die falsche Richtung.

»Nicht gefährlicher als Autofahren«, entgegnete Pfeiffer. »Da kommt die Maus.«

Holzbaum reagierte bei der Hitze so langsam wie ein hängen gebliebener Computer, deren Mikroprozessoren es lieber kühl haben. Verdutzt sah er seinen Chef an.

»Na«, Pfeiffer deutete auf den Parkplatz am Rand des Segelfluggeländes, »die Fliegerin!«

Der Kommissar folgte Pfeiffers Handzeichen und nickte.

Derweil erreichte Tatjana das Vorfeld. Sie trug eine rahmenlose Sonnenbrille, die dank einer Popsängerin in Mode gekommen war. Unter ihrem engen Top glitzerte ein Piercing, das den Bauchnabel zum Hin-Gucker adelte. Die abgeschnittene Jeans saß straff und stammte modisch gesehen aus den 80ern. Die braun gebrannten Beine endeten in ein paar bequemen Sportschuhen.

»Morgen«, begrüßte sie die beiden Beamten. »Schon so früh bei der Arbeit?«

»Man tut, was man kann«, erwiderte Pfeiffer und gab Tatjana die Hand.

Holzbaum begnügte sich mit einem Nicken. Er wollte mit seinen schweißgetränkten Händen keinen berühren.

»Dann weisen Sie uns mal ein«, forderte Pfeiffer auf. »Wenn Ihre Vermutung richtig ist, dann werden einige Männer auf diesem Platz es nicht gerne sehen, wenn wir miteinander reden.«

»Ein gefährliches Spiel«, sagte Tatjana gelassen.

Pfeiffer nickte, und Tatjana hatte das Gefühl, dass dieses Spiel dem Hauptkommissar gefiel.

Sie sah sich kurz um und zeigte auf Bücker. »Das ist unser Fluglehrer und die graue Eminenz am Platz.«

»Der hat sich schon vorgestellt«, grinste Pfeiffer, »und mich zu einem Rundflug eingeladen.«

»Na, so was«, murmelte sie, »dann nehmen Sie das Angebot mal an. Es wird interessant werden, was er von Ihnen will.«

Die hünenhafte Gestalt des Vereinsvorsitzenden Wilms trat aus dem Schatten der Halle und gesellte sich zu Bücker.

»Das ist Patrik Wilms«, erklärte Tatjana, »er ist der Boss im Verein.«

Wieder nickte Pfeiffer, der sich an den Mann erinnerte.

»Da hinten an der Schleppmaschine ...«

»... links oder rechts?« fragte Pfeiffer.

»... links von der Schleppmaschine bewegt sich Wulf Specht«, ergänzte sie. »Jakob war sein Vetter. Wulf gehört zu den Platzmatadoren. Er spürt die Thermik in seinem Hintern und fliegt wie kein anderer am Platz. Auf der anderen Seite steht Mike, ein Flugschüler.«

»Wer ist der Mann in der Schleppmaschine?«, fragte Holzbaum, der etwas tun musste, um sich von der Hitze abzulenken.

»Das ist Pierre-Olaf Anderdeck, ein Schlepppilot wie ich.« Tatjana sah in die Halle, wo gerade der Doppeldecker bewegt wurde. »Wie es aussieht, will er heute noch mit dem Doppeldecker fort.«

»Er sitzt aber in der anderen Maschine«, Holzbaum sah Tatjana lächelnd an.

»Ich bin heute mit dem Schleppen dran«, erklärte sie.

»Am Sonntag wurde doch mit dem Doppeldecker geschleppt«, sagte Pfeiffer nachdenklich.

»Wir hatten Probleme mit der anderen Maschine«, Tatjana zog ein Hütchen aus der Po-Tasche ihrer Jeans, »deshalb haben wir mit dem Doppeldecker geschleppt.«

»Jetzt ist alles wieder in Ordnung?« fragte Holzbaum beunruhigt.

»So wie es aussieht«, nickte sie.

Ein weiterer Mann eilte über das Vorfeld und trug einen gelben Kasten, auf dem eine Antenne montiert war.

»Das ist unser Flugleiter Frank Dietermann«, Tatjana rückte das Hütchen zurecht, »er ist für die

Sicherheit während des Flugbetriebes zuständig.«

Sie blickte nochmals über das Vorfeld.

»Ich denke, jetzt kennen Sie die wichtigsten Personen«, meinte sie, »die anderen, besonders die Jungen, die da an den Segelflugzeugen hantieren, sind einfache Mitglieder, meist Flugschüler. Ach, da fällt mir noch jemand ein, den Sie kennen lernen sollten.«

Tatjana grinste. »Das ist unser Fritz. Sie finden den Pionier der Luftfahrt in der Kantine. Er gehört zu den Menschen, die nie etwas anderes in ihrer Freizeit gemacht haben, als sich um die Fliegerei zu kümmern. Fritz hat diesen Verein nach dem Krieg mit aufgebaut und betrachtet ihn als sein Eigentum. Jeder Verein hat so einen „Fritz". Er kennt eine Menge interessanter Geschichten, besonders aus der glorreichen Zeit.«

Pfeiffer verstand nicht und fragte: »Glorreichen Zeit?«

»Ja, damit ist der Zweite Weltkrieg gemeint«, antwortete Tatjana bitter, »bevor die Piloten reihenweise abgeschossen wurden.«

»Er war Jagdflieger?« sagte Holzbaum anerkennend.

»Nein«, lächelte Tatjana, »er hat wahrscheinlich die Fahrwerke geschmiert. Keiner weiß so genau, was er wirklich gemacht hat. Wenn er aber über diese Zeit spricht, dann hört es sich immer so an, als habe er die englische Air-Force über den Kanal getrieben. Echte Veteranen sprechen anders vom Feuerhagel, dem sie ausgesetzt waren. Da klingt es meist viel nachdenklicher.«

»Gut«, nickte Pfeiffer und steckte sich eine Zigarette an, »dann stürzen wir uns mal ins Gefecht.«

2

Rainer Goldmann machte seinem Namen alle Ehre. Ein besonderes Gespür für Einnahmen und zwar solche, die es noch gar nicht gab, wurde ihm in die Wiege gelegt. Ein Mittagsspaziergang durch die Stadt, und er erkannte an jeder Ecke eine sprudelnde Steuerquelle. Warum sollten zum Beispiel Handwerksfahrzeuge im Dienst kostenlos in der Stadt parken, wenn sich eine Parkplakette verkaufen ließ? So verdiente die Stadt gleich zwei Mal an den Handwerkern. Einmal durch die Einnahmen der Gewerbesteuer und dann direkt durch Parkgebühren, die während der Arbeitzeit anfielen. Das lohnte sich, denn die Wagen standen meist den ganzen Tag in der Stadt. Und weil er ein gründlicher Mensch war, unterteilte er die Stadt gleich in mehrere Parkzonen, natürlich mit unterschiedlich hohen Parkplakettengebühren. Ein anderes Beispiel sollte die Gaststättenbesitzer schröpfen, die sich mit ihren Bistrotischen in der Fußgängerzone ausgebreitet hatten. Statt einer kleinen Nutzungsgebühr wurde pro Quadratmeter eine satte Miete verlangt. Er bedachte als Beamter wahrscheinlich nicht, dass diese Miete bei den schwindenden Besucherzahlen ein solches Geschäft in der Oberstadt unrentabel machte. Es gab Schwierigkeiten, diesen Vorschlag umzusetzen, aber er hatte bereits eine weitere Quelle aufgetan.

Ein schlechtes Gewissen kannte Goldmann nicht. Schließlich machte er nur Vorschläge, die anderswo entschieden wurden. Das entlastete das Gewissen und machte es frei, neue Einnahmequellen aufzustöbern.

Der kahlköpfige Stadtkämmerer trat mit frischem Optimismus in sein Büro. Frau Simon, eine nette Mittvierzigerin, begrüßte ihn freundlich und reichte ihm die Tageszeitung.

»Der Bürgermeister hat schon zweimal angerufen«, teilte sie ihm mit. »Er lässt nachfragen, wie weit Sie in der Sache Krüger fortgeschritten sind.«

»Oh«, stöhnte der Stadtkämmerer, und ein großer Teil seiner guten Laune verpuffte in dem kleinen Vorzimmer. Er brauchte Hilfe. Die ganze Arbeit alleine zu machen, dafür wurde er nun wirklich nicht bezahlt. »Wo steckt denn eigentlich Bücker?«

»Der hat Urlaub«, antwortete Frau Simon. »Sie wissen doch, das Fliegerlager.«

»Dort werde ich ihn wohl nicht erreichen können«, murmelte Goldmann depressiv.

»Schlecht«, stimmte sie zu. Frau Simon wusste, wie sehr es Bücker hasste, auf dem Segelflugplatz angerufen zu werden.

»Ja«, seufzte Goldmann, »dann muss ich mich mal selbst um die Sache Krüger kümmern.«

Er ging in Richtung Bürotür, blieb kurz davor stehen und meinte: »Frau Simon, stellen Sie mich doch bitte zu dieser Firma, die mit diesem komischen Namen ...«

»Sie meinen MoNEy«, half sie ihm.

»Ja, genau ... stellen Sie mich mal zu denen durch«, sagte er und verschwand in seinem Büro. »Alles muss man selbst machen«, schimpfte er und warf die Zeitung auf den Schreibtisch.

Liebend gern hätte er Bücker vom Flugplatz in sein Büro zitiert, aber so etwas konnte sich böse rächen. Bücker, das wusste Goldmann, gehörte nicht zu der Sorte Mann, die sich herumkommandieren ließen. Er brauchte eine gewisse Freiheit, die Goldmann ihm gerne gab. Schließlich war Bücker eine seiner Stützen, auf die man sich verlassen konnte. Bücker hatte den Fachbereich 3/Finanzen voll im Griff. Auf die Loyalität dieses Mannes wollte er nicht verzichten, dafür lohnte es sich auch mal, selbst die niedrigeren Arbeiten auszuführen. Außerdem war der Urlaub auch für Bücker einmal zu Ende.

Das Telefon klingelte.

»Goldmann.«

»Ich habe die Firma MoNEy am Apparat«, sagte Frau Simon freundlich.

»Gut«, murrte er, »stellen Sie durch.«

Es knarrte ein wenig in der Leitung, dann hörte er eine Frauenstimme – und was für eine Frauenstimme – die sagte: »Guten Tag, Sie sind mit

MoNEy verbunden. Mein Name ist Claudia Schäfer, was kann ich für Sie tun?«

Wow, schoss es Goldmann durch den Kopf. Seine Hörnerven brannten eine direkte Leitung in das limbische System, und nur mit Mühe gewann der Rest seines Großhirns die Kontrolle über anschwellende Körperteile zurück.

»Guten Tag«, stöhnte Goldmann, »mein Name ist Goldmann, Stadt Siegen, ich hätte gerne Herrn Santes gesprochen.«

»Oh«, hauchte es ihm ans Ohr. »Herr Santes ist eigentlich Frau Santes.«

»Oh«, wiederholte Goldmann, »bitte um Entschuldigung.«

»Keine Ursache«, gibbelte es durch die Leitung. »Möchten Sie mit Frau Santes verbunden werden?«

»Bitte, ja«, antwortete Goldmann und musste sich konzentrieren.

Es knarrte wieder in der Leitung, was dem Großhirn des Stadtkämmerers Gelegenheit verschaffte, das limbische System für einen Moment zu neutralisieren, dann klang es erneut sanft aus der Hörmuschel: »Hallo, ist da wer?«

Oh mein Gott, dachte Goldmann, was ist das für ein Laden? Und beeilte sich zu antworten: »Goldmann, Stadt Siegen, spreche ich mit Frau Santes?«

3

Tristan öffnete alle Fenster im Erdgeschoss seines Hauses. Jedenfalls versuchte er es. Hier und da klemmte ein Fensterflügel, der seit Jahren nicht mehr bewegt worden war. Mit purer Kraft zog Tristan an den Griffen, stemmte sich an der Wand ab, blieb hartnäckig, bis der Fensterrahmen den Flügel freigab.

Jetzt, wo die Oberstadt noch etwas im Schatten lag, nutzte der Detektiv die Gelegenheit, ein wenig Frische in die vier Wände zu bekommen. Marlowe sah dem komischen Treiben seines Herrchens amüsiert zu, so jedenfalls interpretierte Ulrich Marlowes Kopfverrenkungen, die in verschiedenen Winkeln von rechts nach links einer geheimen Choreografie folgten. Schließlich hatte Tristan alle Fenster geöffnet. Der Schweiß lief ihm die Stirn herunter.

»Jetzt könnte ich eine Dusche gebrauchen«, sagte Tristan erschöpft. »Diese Hitze!«

»Es wird noch heißer werden«, antwortete Ulrich. »Ein guter Tag zum Segelfliegen. Allerdings hat der Flugwetterbericht auch Gewitter für den späten Nachmittag vorhergesagt.«

»Mir würden zehn Grad weniger noch warm genug sein«, stöhnte der Detektiv.

Marlowe gefiel das Wetter. Er hob von seiner Kletterstange ab und flog geradewegs durch eines der offenen Fenster hinaus in den Hof.

»Ich staune immer wieder«, sagte Ulrich, »dass du keine Angst hast, dass dir der Vogel davonfliegt.«

»Oh, nein«, schüttelte Tristan den Kopf, »du weißt ja nicht, dass Marlowe zu einer Rasse von

Vögeln gehört, die ganz genau wissen, wo sie es gut haben.«

»Dein Ernst?« Ulrich spielte mit seinem Thermikhütchen.

»Kakadus sind monogam«, erklärte der Detektiv. »Er weiß, wo er hingehört, und solange er in einer gewohnten Umgebung ist, findet er immer wieder zurück. Hier in der Stadt kennt er sich aus. Er fliegt hoch zum Schloss und wieder zurück. Kein Problem, solange er nicht verletzt wird.

Wenn er in eine fremde Gegend kommt, würde er mich beim Fliegen nie aus den Augen lassen. Kakadus erkennen einen akzeptierten Menschen aus Hunderten heraus. Weißt du, Marlowe gehört zu der Sorte von Tieren, die sich den Menschen anschließen, und er würde sterben, wenn ich ihn im Stich lassen würde, zum Beispiel irgendwohin abgeben würde.«

»Das hast du ja wohl nicht vor!« rief Helga aus dem Flur heraus. Sie kam aus der Stadt zurück, wo sie einige Dinge eingekauft hatte.

»Noch nicht«, lächelte Tristan.

»Morgen, Ulrich«, Helga stellte zwei Einkaufstaschen ab. »Seit wann bist du da?«

»Eben gekommen«, antwortete Ulrich.

»Was gibt es Neues?« Helga ging in die Küche und nahm sich eine kalte Flasche Wasser aus dem Kühlschrank.

»Wir werden gleich zum Segelfluggelände hinausfahren«, sagte Tristan. »Willst du mitkommen?«

»Was soll ich da oben?« Sie füllte ein großes Glas.

»Du könntest dich in die Sonne legen«, antwortete Ulrich. »Eine gute Gelegenheit, braun zu werden.«

Helga grinste spöttisch. »Als ob ich nichts Besseres zu tun hätte.«

»So?« Tristan folgte Helgas Beispiel und schenkte sich ebenfalls ein großes Glas Wasser ein.

»Was glaubst du eigentlich, was ich den ganzen Tag lang mache?« In Helgas Stimme schwang ein Ton mit, der etwas von einer brennenden Zündschnur hatte.

»Ich dachte nur«, lächelte Tristan und löschte etwaige Brandgefahren.

»Danke nein«, sagte sie freundlich und gab Tristan einen Kuss.

»Ich bleibe hier im Schatten und sehe mir die Bücher an«, sie stellte das Glas zurück. »Die Steuer ist fällig. Frag doch Erich, ob er Lust hat, mitzukommen?«

»Gute Idee«, nickte Tristan, »das bringt ihn auf andere Gedanken.«

»Hat er mit Sina gesprochen?« Helga griff die Einkaufstaschen und stellte sie auf den Küchentisch.

»Keine Ahnung«, gestand Tristan. »Gestern hatte er noch mit keinem der beiden geredet.«

»Ich weiß zwar nicht, worüber ihr redet«, mischte sich Ulrich ein, »aber wir sollten uns langsam auf den Weg machen. Dieser Pfeiffer dürfte bestimmt schon oben am Platz herumfragen.«

»Ja«, nickte Tristan, »der Hauptkommissar ist sicherlich schon am Herumstöbern.«

»Wirst du Erich fragen?« Helga begann die Taschen zu leeren.

»Ich seh' mal nach, ob er da ist.«

Erich nahm die Einladung, das Segelfluggelände zu besuchen, dankend an. Ulrich folgte Tristans Borgward mit seinem eigenen Auto. Der Werkstattleiter würde den Tag über auf dem Platz verbringen. Tristan öffnete das Verdeck mit Erichs Hilfe. Als die Persenning über dem zusammengeklappten Dach befestigt war, setzten sich die beiden ins Auto. Erich schob den Beifahrersitz zurück und streckte seine langen Beine aus, während Tristan den Wagen startete. Dann verließen sie den Hof hinter der Marienkirche.

»Was hast du bis jetzt herausbekommen?« fragte er und genoss den warmen Sonnentag.

Der Borgward schwebte durch die Oberstadt.

»Eigentlich bin ich genauso schlau wie gestern«, musste Tristan gestehen. »Weißt du, Ulrich und Tatjana glauben an einen Anschlag.«

»Du nicht?« hakte Erich nach und staunte über Tristans verhaltene Reaktion.

»Ich weiß es nicht«, antwortete Tristan.

Sie fuhren den Kampen hinunter und bogen auf die Sandstraße ab.

»Wem gehörte das Flugzeug?« fragte Erich.

Tristan sah seinen Freund von der Seite an und grinste. »Danach habe ich noch gar nicht gefragt.«

»So?« Erich krempelte sein schwarzes Hemd auf. »Du wirst alt.«

»Wirklich«, lächelte der Detektiv. »Da ist noch eine andere Sache. Ulrich hat sich kurz vor dem Start mit Jakob gestritten. So wie mir Ulrich gestern Abend berichtete, gehörte dieser Jakob zu dem Typ Mann, der gerne zur Schau stellte, was er hat.«

»So?« Erich nickte, als kenne er diese Sorte Mann.

»Du hast Tatjana noch nicht gesehen«, sagte Tristan. »Sie ist genau der Typ von Frau, den Männer gerne zur Schau stellen. Zudem gehörte Bescheidenheit nicht gerade zu Jakobs hervorstechendsten Eigenschaften.«

»Hört sich nach einem richtig netten Typen an.« Erich grinste. »Einem, dem man gerne eine Abreibung gönnt.«

»Ja«, nickte Tristan, »das wird Pfeiffer auch feststellen. – Was mich nur stutzig macht, ist, dass Tatjana ebenfalls einen Streit mitanhörte, leider aber den Streitpartner nicht erkannte. In diesem Streit fiel das Wort Diskette des Öfteren.«

Sie überquerten Kochs Ecke.

»Hat Ulrich mit Jakob über Computer gestritten?« fragte Erich neugierig.

»Da beginnt für mich das Problem«, antwortete Tristan und setzte den Blinker, um in die Leimbachstraße einzubiegen. »Ulrich kann sich nicht daran erinnern, dass Jakob von Disketten sprach.«

Erich räusperte sich.

»Jetzt hast du ein Problem mehr«, sagte er schließlich.

»Ja«, seufzte Tristan und sah in den Rückspiegel, ob Ulrich ihnen noch folgte. »Entweder Ulrich verschweigt mir etwas, oder es hat an diesem Morgen zwei Streitgespräche gegeben.«

Erich sah seinen Freund zufrieden an. »Na, deine grauen Zellen scheinen ja doch noch richtig zu arbeiten.«

Sie verließen die Stadt.

4

Pfeiffer betrachtete die Flügelkonstruktion des Doppeldeckers mit einem skeptischen Blick.

»Und das hält?« fragte er, während seine Finger vorsichtig über den bespannten Tragflügel glitten.

»Bis heute, ja«, antwortete Wulf, der sich seit einer halben Stunde ausgiebig mit Pfeiffer und Holzbaum beschäftigte.

»So wie das aussieht«, bemerkte Holzbaum, »ist das nur Sperrholz mit einer Leinwand überzogen.«

»Richtig«, lobte Wulf. »Die Fläche besteht aus einer Holzkonstruktion.« Er klopfte auf den Flügel. »Dort, wo es dumpf klingt, ist Holzbeplankung, und dort, wo es hell klingt ist, unter der Bespannung nur die Rippe. – Ebenfalls aus Holz.«

»Dass man damit fliegen kann?« murmelte Holzbaum und wandte sich dem Rumpf zu.

Wulf bemerkte dies und sagte: »Der Rumpf ist nicht aus Holz. Der besteht aus einer Stahlkonstruktion.«

»Das hört sich doch schon viel besser an.« Holzbaum klopfte vorsichtig gegen den Rumpf. »Ist er auch bespannt?«

»Ja«, nickte Wulf und kletterte auf die untere Tragfläche, um die Einstiegsklappen zu öffnen. »Sie können sich mal reinsetzen.«

»Nein danke«, antwortete Holzbaum.

»Ich möchte aber schon«, sagte Pfeiffer forsch und sah Wulf fragend an. »Wie komme ich da rein?«

»Zuerst treten Sie vorsichtig auf den Flügel, hier, wo ich stehe, und dann schwingen Sie sich mit einem Bein herein.«

»Kann ich auf den Sitz treten?« fragte Pfeiffer, der sein linkes Bein so vorsichtig auf die Tragfläche stellte, als trete er auf Eier.

»Ja«, nickte Wulf.

Pfeiffer stand nun auf der Fläche und schwenkte ein Bein in das offene Cockpit. Er trat auf den Sitz und zog das andere Bein nach. Etwas unbeholfen stand er mit beiden Füßen im Sitz.

»Auf was kann ich mich stellen?« fragte er nach, während sein Blick das Innere nach einer Unterlage absuchte, die sein Gewicht tragen würde, ohne gleich mit den Füßen durch die Bespannung zu rauschen.

»Da sind links und rechts Bodenbretter«, erklärte Wulf.

»Ha«, rief Pfeiffer begeistert, »ich sehe sie.«

Vorsichtig lenkte er einen Fuß auf das Bodenbrett und belastete ihn langsam. Als er festen Halt spürte, lächelte der Hauptkommissar, stellte den anderen Fuß auf das andere Bodenbrett und ließ sich langsam in den Sitz gleiten.

»Wow«, strahlte Pfeiffer, »das ist ja ein irrer Anblick.«

»Warten Sie erst mal ab«, sagte Wulf erwartungsvoll, »bis Sie damit fliegen.«

»Kann man das denn?« fragte Pfeiffer, heiß auf einen Flug.

»Ich denke schon«, grinste Wulf, dem Pfeiffers Begeisterung gefiel.

»Bücker hat mir einen Flug angeboten.« Pfeiffer betrachtete die vielen Instrumente, die an einem Holzbrett montiert waren.

»Jörg darf Motorflugzeuge nicht fliegen«, sagte Wulf nachdenklich. »Sicherlich hat er einen Segelflug gemeint. Er ist Segelfluglehrer, da dürfen Sie sogar vorne sitzen, wenn er mitfliegt.«

»Wer darf diesen hier fliegen?« fragte Holzbaum, der mit den Fingern die Verspannungsdrähte der Tragflächen entlangfuhr.

»Den dürfen von den heute hier Anwesenden nur Pierre-Olaf und Tatjana fliegen«, erklärte Wulf und fügte mit einem schelmischen Gesichtsausdruck hinzu: »Wenn Sie richtig Spaß haben wollen, dann sollten Sie mit Tatjana fliegen.«

»Wieso?« fragte Pfeiffer und lugte aus dem Cockpit hervor.

»Sie beherrscht den Doppeldecker am besten«, antwortete Wulf.

»Sie meinen, Tatjana macht Kunstflug mit mir.« Pfeiffer fuhr mit der Hand über den Knüppel.

»Wenn Sie wollen«, lächelte Wulf.

»Ich weiß nicht«, antwortete Pfeiffer unsicher. »Kann man nicht rausfallen?«

»Sie sollten angeschnallt sein«, meinte Wulf. »Sonst könnte es bei einem Looping passieren, dass Sie rausfallen.«

Pfeiffer suchte den Gashebel.

»Welcher von den Griffen ist der Gashebel?«

Wulf beugte sich zu ihm über das Cockpit und deutete auf einen Griff, der links angebracht war.

»Und die Bremse?« fragte Pfeiffer.

»Wie meinen Sie das?« Wulf verstand im ersten Augenblick nicht, was Pfeiffer meinte.

»Wie kann ich in der Luft bremsen?« wiederholte der Hauptkommissar.

»Überhaupt nicht«, antwortete Wulf mit einem Lächeln, das nur Flieger aufsetzen können, wenn sie einen Laien in die Geheimnisse der Fliegerei einweisen. »In der Luft bremst man nicht«, begann er zu erklären.

»Das gefällt mir«, nickte Pfeiffer.

»Wenn Sie abbremsen möchten, dann nehmen Sie das Gas heraus oder ziehen den Vogel nach oben.«

»Interessant«, Pfeiffer zog vorsichtig an dem Knüppel. »Das funktioniert immer.«

»Nein«, schüttelte Wulf den Kopf, »wenn Sie landen wollen, kann das mit dem Nach-oben-Ziehen falsch sein.«

Pfeiffer überlegte. »Klar, wenn ich ziehe, steigt die Maschine, und ich will ja nach unten bei der Landung.«

»Sie verstehen schnell«, lobte Wulf schmeichlerisch. »Wenn Sie landen, dann müssen Sie bei jedem Flugzeug eine ganz bestimmte Geschwindigkeit einhalten.«

»Das dürfte ihm schwerlich gelingen«, hänselte Holzbaum.

Wulf blickte irritiert zu dem am Boden stehenden Holzbaum, merkte, dass es sich um einen Insiderwitz handeln musste und entschied, nicht weiter darauf einzugehen.

»Wenn Sie das nicht tun«, warnte Wulf, als hätte er einen Flugschüler vor sich, »dann schießen Sie mit Überfahrt über den Platz, und die Landebahn wird immer kürzer, während Sie noch fliegen.«

Das konnte Pfeiffer sich vorstellen.

»Wenn Sie zu schnell sind und aufsetzen, kann das das Fahrwerk zerstören«, ergänzte Wulf. »Das trifft übrigens auf alle Flugzeuge zu. Deshalb sollte man mit der richtigen Aufsetzgeschwindigkeit landen.«

»Das gilt auch für Segelflugzeuge?« fragte Pfeiffer.

»Ja«, nickte Wulf. »Der Doppeldecker wird dank seines hohen Widerstandes von alleine langsam, obwohl er keine Klappen hat.«

»Klappen?« Pfeiffer hatte genug gesehen und stand auf.

»Landeklappen oder Störklappen«, erklärte Wulf, »die verringern die Fahrt und erhöhen das Sinken.«

»Das hört sich kompliziert an«, meinte Pfeiffer und trat vorsichtig auf die Fläche, um das Cockpit zu verlassen.

»Fliegen kann jeder«, antwortete Wulf, »das ist kinderleicht. Bloß, starten und landen, das muss man lernen.«

Pfeiffer hatte wieder festen Boden unter seinen Füßen.

»Was hielten Sie eigentlich von Ihrem Vetter?« fragte Holzbaum unerwartet.

Wulf sah den Kommissar bitter an und stieg ebenfalls von der Tragfläche.

»Er war mein Vetter«, antwortete Wulf vorsichtig.

»Was mein Kollege meinte«, Pfeiffer kramte eine Zigarettenschachtel aus seiner Hosentasche, »hatte jemand einen Grund, sich über den Unfall zu freuen?«

»Sie ticken ja nicht richtig«, schoss es aus Wulf heraus. »Niemand würde sich über den Absturz eines Fliegerkameraden freuen.«

»Entschuldigung«, Pfeiffer steckte sich eine Zigarette in den Mund. »Sie glauben also an einen Unfall?«

»Ja«, erwiderte Wulf energisch. »Ulrich hat beim Aufrüsten einen Fehler gemacht, da bin ich mir sicher.«

»Ulrich?« Holzbaum hatte unbemerkt sein Notizbuch gezückt. »Ulrich Hundt, der Werkstattleiter?«

»Ja«, nickte Wulf. »Ich will ihm keinen Vorwurf machen, denn letztendlich hätte Jakob die Maschine richtig checken müssen, aber er hatte es eilig – wie immer.«

»Wie immer?« Pfeiffer zündete die Zigarette an.

»Jakob konnte schon mal ganz schön ungeduldig sein«, erklärte Wulf. »Das gehörte leider zu seinen schlechten Angewohnheiten.«

»Ziemlich leichtsinnig, so etwas«, sagte Holzbaum.

5

Tristan stellte den Borgward im Schatten der Bäume neben dem Segelfluggelände ab. Am Waldrand hatten die Teilnehmer des Fliegerlagers einige Zelte aufgebaut und Wohnwagen abgestellt. Ulrich parkte neben Tristans Oldtimer.

»Das sind Zelte der Jugendlichen, und die Wohnwagen gehören ein paar älteren Vereinsmitgliedern«, sagte Ulrich.

»Du schläfst zu Hause?« fragte Tristan.

»Mir ist mein Bett lieber«, lächelte Ulrich. »Außerdem kommt man so nicht in die Verlegenheit, ein Bier zu viel zu trinken.«

»Noch nichts los«, bemerkte Erich.

»Das dürfte sich gleich ändern«, antwortete Ulrich und deutete auf eine Gruppe junger Männer, die sich um Bücker versammelten.

»Was besprechen die?« fragte Erich.

»Das ist unser Fluglehrer«, erklärte Ulrich. »Er bespricht mit allen Teilnehmern die heutige Wetterlage. Damit kann sich jeder der Schüler und Piloten ordentlich auf seinen Flug vorbereiten.«

»Lobenswert«, sagte der Diakon.

»Ja«, nickte Ulrich, »manchmal haben die Vereinsbosse auch gute Ideen.«

Sie verließen den Waldrand und gingen zur Kantine. Dort war Mike damit beschäftigt, die Reste des Frühstücks von den Tischen einzusammeln.

»Morgen«, rief er den Männern zu, als sie in die Kantine eintraten. »Wenn ihr Kaffee wollt, in der Küche ist noch eine ganze Kanne voll.«

»Danke, Mike«, antwortete Ulrich, »wir haben schon gefrühstückt. Hast du Tatjana gesehen?«

»Sie ist an der Schleppmaschine.« Mike balancierte einen Stapel Teller zur Spülmaschine.

»Was sagt man sonst noch?« Ulrich sah Mike freundlich an.

»Das Übliche«, antwortete der Schüler. »Ich würde auf Jörg und Patrik aufpassen.«

»So?«

»Man erzählt Dinge.« Mike verstaute das schmutzige Geschirr in der Spülmaschine. »Du kennst das ja.«

»Danke für die Warnung, hast was bei mir gut.« Ulrich setzte seine Sonnenbrille auf, zog das

Thermikhütchen aus der Gesäßtasche und verließ mit Erich und Tristan die Kantine. »Dann wollen wir mal.« Er atmete schwer aus.

Die Gruppe um Bücker löste sich auf. Einige der jungen Leute marschierten zielstrebig zu den beiden Doppelsitzern, während die älteren gemütlich zur Feuerstelle hinter der Kantine wanderten. Sie kamen direkt auf die drei Neuankömmlinge zu.

»Morgen«, begrüßte Ulrich die Vereinskameraden.

»Morgen«, wurde hier und da erwidert. Man schien noch nicht ganz frisch zu sein, denn die meisten setzten sich müde auf die Bänke und schlossen die Augen.

»Das war wohl eine harte Nacht«, hänselte Ulrich.

»Sprich nicht so laut«, sagte ein braun gebrannter Mann, »es ist sehr, sehr spät geworden.«

Ulrich nickte, und sie ließen die müden Krieger im Schatten der Kantine zurück.

»Wo ist Tatjana?« fragte Tristan.

»Sie dürfte an der Schleppmaschine sein«, antwortete Ulrich und zeigte auf einen Hochdecker, der vor der Tankstelle stand.

Die Tankstelle war nichts anderes als ein Blechschuppen, der eine Zapfsäule vor der Witterung und Unbefugten schützte. Einige alte Ölfässer und Ölkanister lagerten ebenfalls in dem Blechschuppen. Darüber hinaus stellte man auch schon mal eine Schubkarre oder sonstiges Grabwerkzeug dort ab.

Sie gingen über das Vorfeld auf die Tankstelle zu. Erich verfolgte dabei, wie die Jugendlichen einen Doppelsitzer an den Start schoben.

»Der Flieger sieht filigran aus«, meinte er.

Tristan blickte ebenfalls zum Start und sagte: »Mit dem bin ich gestern geflogen.«

»Du meinst mitgeflogen«, korrigierte ihn Erich.

»Mitgeflogen«, wiederholte der Detektiv und sah seinen Freund grimmig an.

»Wo steckt Pfeiffer?« fragte Ulrich besorgt, während er das Vorfeld und den Platz nach dem Hauptkommissar absuchte. »Eigentlich hätte er doch schon längst da sein sollen.«

»Keine Sorge«, meinte Tristan und lächelte. »Der ist bestimmt schon hier.«

Sie erreichten die Tankstelle, als Tatjana mit Bauhandschuhen und einer Leiter aus der Tankstelle trat.

»Ha«, lächelte sie, »das trifft sich gut.« Sie stellte die Stehleiter bequem unter dem Tragflügel des Hochdeckers auf und huschte zurück in den Blechschuppen, um gleich darauf mit einer Zapfpistole bewaffnet zurückzukehren. »Ulrich, schaust du nach der Anzeige«, sagte sie und kletterte die Leiter hinauf. »Sag stopp, wenn die vierzig Liter erreicht sind«, rief sie Ulrich zu, der im Schuppen verschwand, wo die Zapfsäule in einer Ecke stand.

Die beiden Männer sahen ihr zu, wobei Tristan mehr von unten sah und Erich fast über die Fläche blickte.

»38, 39, 40, stopp«, rief Ulrich.

Tatjana zog den Hals der Zapfpistole aus dem Flächentank und sah sich nach jemandem um, der ihr die Zapfpistole abnehmen konnte. Sie blickte Erich direkt in die Augen und stockte.

»Wow«, rutschte es ihr heraus, »Sie sind ja riesig.«

»Danke«, antwortete Erich gelassen, »soll ich Ihnen den Zapfhahn abnehmen?«

»Gerne«, lächelte sie und reichte Erich die Zapfpistole, dann drehte sie den Tankverschluss zu und kletterte geschmeidig die Leiterstufen hinunter.

»Darf ich vorstellen, das ist Tatjana und das ist Erich Roth, ein enger Freund«, Tristan deutete abwechselnd auf die beiden Personen. »Hast du Pfeiffer schon gesehen?«

»Der ist drüben in der Halle mit Wulf«, antwortete Tatjana und nahm die Leiter, um sie unter der anderen Fläche wieder aufzustellen

»Was machen die dort?« fragte Ulrich besorgt.

»Keine Ahnung. Reichen Sie mir den Hahn?« lächelte Tatjana von oben herab.

Erich, der den Zapfhahn noch in der Hand hielt, zog den Schlauch samt Hahn an dem schweren Sternmotor vorbei auf die andere Seite.

»Danke. – Ulrich, wieder vierzig Liter«, befahl sie.

Ulrich verschwand erneut im Schuppen. Die Prozedur wiederholte sich.

»Fertig«, stöhnte Tatjana, als sie mit aller Kraft den Tankdeckel zuschraubte.

Sie hüpfte die Leiter hinunter, zog sich die Bauhandschuhe aus und strich sich durchs Haar.

»Schiebt ihr den Vogel ein Stück zurück, damit ich auf den Platz rollen kann?«

»Klar«, nickte Tristan.

»Schön«, grinste Tatjana und stieg geschwind ins Cockpit ein.

Die Männer drehten den Motorflieger zur Startbahn hin.

»Möchte jemand mitfliegen?« fragte Tatjana verschmitzt.

Die beiden Freunde sahen sich an und nickten.

»Schön«, Tatjana öffnete die rechte Bordtür. »Tristan geht besser nach hinten, währen Sie nach vorne kommen.« Ihre Stimme ließ keinen Widerspruch zu.

Die beiden folgten ihren Anweisungen.

»Wusste gar nicht«, sagte Tristan, während er mit den Anschnallgurten kämpfte, »dass diese Maschine ein Viersitzer ist.«

Tatjana half Erich vorne.

»Ist aber so«, sagte sie, »der Sternmotor hat neun Zylinder und mächtig viel Dampf.«

»Ist es auch sicher?« fragte Erich in einem Moment der Schwäche.

»Absolut«, lächelte die Pilotin und zog ihre Kabinentür zu, während Ulrich auf Erichs Seite die Türe schloss.

»Viel Spaß«, rief der Werkstattleiter.

Tatjana rollte eine flache Schräge hinunter auf den Rasenplatz. Dort erweckte sie den kraftvollen Sternmotor zum Leben. Tristan und Erich verfolgten jede Bewegung der jungen Pilotin und waren fasziniert, welche Auswirkungen der eine oder andere Hebel auf den Motor hatte.

Tatjana deutete auf Kopfhörer, die über den Sitzen an einem Haken hingen. Die beiden setzten jeweils einen auf, und nun konnten sie sich auch verständigen.

»Hört ihr mich?«, fragte sie.

»Ja«, sagte Erich und grinste.

»Ja«, wiederholte Tristan.

»Gut.« Sie trat in das rechte Pedal und gab Gas. Die Maschine drehte sich auf der Stelle.

»Wie ist das möglich?« fragte Tristan, »sie müsste doch wegrollen.«

»Bremsen«, antwortete Tatjana. »Ich bremse das rechte Rad ab und das linke nicht, damit muss sich die Maschine um das abgebremste Rad drehen.«

Die Schleppmaschine stand jetzt mit der Schnauze zur Kantine. Sie gab langsam Vollgas, und jetzt sahen die beiden, dass Tatjana mit den Fußspitzen zwei kleine Pedale drückte, die über den Seitenruderpedalen angebracht waren.

»Ich lasse den Motor warmlaufen«, erklärte sie.

Die ganze Prozedur dauerte einige Minuten. Als alle wichtigen Instrumentennadeln im grünen Bereich standen, drehte sie die Maschine in Startrichtung und betätigte die Funktaste.

»Segelflug-Boden die Delta – Echo – Mike – Whisky – Papa, wie ist die Verständigung?«

»Whisky – Papa, die Verständigung ist fünf«, krächzte es in den Kopfhörern.

»Ebenfalls fünf«, wiederholte Tatjana.

»Ist das gut oder schlecht?« fragte Erich besorgt.

»Gut«, sagte Tatjana und fügte energisch hinzu: »Jetzt bitte die Beine anziehen und den Knüppel nicht anfassen.«

»Keine Angst«, antwortete Erich schnell, »ich packe nichts an.«

»Ich kann mich zurücklegen«, sagte Tristan aus der hinteren Reihe.

»Mach es dir bequem«, meinte Tatjana und betätigte den Klappenhebel.

»Die Fläche hat sich verändert«, bemerkte Tristan, der durch die Vollverglasung der Kabine den hinteren Teil der Tragfläche beobachtete.

»Alles in Ordnung«, grinste Tatjana. »Es geht los.«

Sie schob den Gashebel nach vorn bis zum Anschlag. Der Motor heulte auf, und die Maschine beschleunigte rasant.

»Das geht etwas schneller als am Sonntag«, sagte Tatjana.

Die beiden Passagiere schwiegen und sahen die Welt an sich vorbei rauschen. In der Mitte des Platzes hob die Maschine ab, und Tatjana zog sie steil in den Himmel. Sie stiegen wie in einem Fahrstuhl. Die Baumkronen entfernten sich, und Tristan sah ins Siegtal hinab.

Plötzlich brach ein höllischer Lärm im Cockpit aus. Die Maschine zitterte, und Rauch schoss aus dem Motor empor. Erich blieb der Atem weg. Tristan starrte mit aufgerissenen Augen durch die Verglasung auf den schwarzen Qualm. Sein Gehirn wollte nicht glauben, was seine Augen an Informationen weitergaben.

Tatjana hingegen fluchte einmal kräftig und blieb ansonsten ruhig. Sie drückte den Steuerknüppel instinktiv nach vorne, und sofort senkte sich die Nase. Der höllische Krach verstummte, doch der Motor spuckte immer noch riesige Qualmwolken.

»Wir müssen runter«, sagte sie ruhig und steuerte eine Linkskurve. Eine sehr steile Linkskurve. Irgendwo bei diesem Steuermanöver blieb der Motor ganz stehen. Tatjana grinste, schloss den Brandhahn und sagte: »Jetzt sind wir ein Segelflugzeug, bloß mit schlechteren Gleiteigenschaften.«

Das war übertrieben. Die Schleppmaschine besaß einen Gleitwinkel von eins zu Plumps. Um es deutlicher zu sagen: Hätte Tatjana in diesem Moment die Wahl zwischen einem Scheunentor und der Schleppmaschine gehabt, sie hätte sich für das Scheunentor entschieden.

Der Qualm hörte nicht auf und machte ihr die Sicht nach vorne fast unmöglich. Tatjana orientierte sich am Waldrand und steuerte direkt über den Platz. Sie schafften es gerade so über die Baumreihe am Anfang der Landebahn und setzten zum Erstaunen der beiden Passagiere sanft auf.

»Was für eine Scheiße«, schrie Tatjana wütend, als sie ausstiegen, und ließ damit die angestaute Anspannung heraus.

6

Sina Santes schmunzelte und sah Goldmann unschuldig an. Der Stadtkämmerer saß in Sinas Büro und ließ sich eine Tasse Kaffee einschenken.

»Sie haben es schön hier«, begann Goldmann unsicher. Ihn irritierten Sinas leuchtend rote Haare, die dank eines unbezähmbaren Krauskopfes wie kleine Flammen vor seinem Gesicht tanzten. Er verspürte den inneren Drang, einen Eimer Wasser darüber auszukippen.

»Danke«, antwortete sie freundlich und dachte: Vor ein paar Jahren hätte ich den Glatzkopf fertig gemacht.

Sie lächelte und spürte, wie angepasst sie seit längerem lebte. »Was kann ich für Sie tun?«

»Vielleicht haben Sie es aus der Zeitung bereits vernommen«, begann Goldmann diplomatisch. Er wollte auf keinen Fall seine Karten zu früh auf den Tisch legen, »dass Jakob Krüger bei einem Flugzeugabsturz ums Leben gekommen ist.«

»Ja«, nickte Sina, »sehr tragisch. Ich habe gerne mit ihm gearbeitet.«

»Nun«, Goldmann rutschte auf seinem Stuhl hin und her. »Sie wissen, an was Krüger gearbeitet hat.«

»Natürlich«, lächelte Sina und ahnte bereits, wohin das Gespräch führen würde.

»Krügers Arbeit muss in einigen Wochen fertig gestellt sein, sonst werden wir eine Menge Probleme bekommen.« Schweißtropfen wuchsen auf Goldmanns Glatze.

Sina beobachtete sie mit Interesse. Es hatte etwas Komisches, wie der Mann vor ihr im Anzug eine gute Figur darstellen wollte und ihm auf der Glatze Schweißtröpfchen wuchsen, die im einfallenden Sonnenlicht funkelten.

» ... hätten Sie Zeit?«, endete Goldmann.

Sina sah den Stadtkämmerer verdutzt an, sortierte blitzschnell die wenigen Fakten und kam zu dem Ergebnis, dass ihr Chef sie ausleihen wollte.

»Haben Sie mit meinem Chef gesprochen?« fragte sie, und es klang, als knurrte eine Raubkatze, während sie ihre Beine übereinander schlug.

»Ja«, nickte Goldmann, und sein Blick verriet, dass Burghardt, der Firmenchef, einen hohen Stundensatz herausgeschlagen hatte.

»Wie lange benötigen Sie mich denn?« Sie lächelte, ganz ohne Zweifel, dennoch gewann Goldmann folgenden Eindruck: Es herrschte derzeit Frieden im kleinen Dorf – Frauen hängten Wäsche auf, Kinder spielten in der Sonne –, aber bald würde der Vulkan ausbrechen und Hunderte unter heißer Asche begraben.

»Wir dachten, ... so ... an ... zwei Monate«, antwortete er leise, denn Burghardt, der Chef, hatte ihn vor Sinas Temperament gewarnt.

»So!« lächelte sie immer noch.

Er hatte sich die Eruption viel lauter vorgestellt.

»Sie entschuldigen mich«, sagte sie und verschwand mit der beschleunigten Geschwindigkeit heißer Lavabrocken, die aus den Tiefen der Erde ans Tageslicht schossen.

»Das glaube ich nicht«, grollte es durch den Flur, und mit einem mächtigen Stoß flog Burghardts Bürotür auf und prallte hart gegen die Wand.

»Ist das dein Ernst?« schrie sie den Chef an.

»Jetzt beruhige dich erst mal«, versuchte Burghardt den Feuerkopf zu besänftigen, ging aber hinter seinem Schreibtisch instinktiv in Verteidigungsstellung. Er kannte Sinas rechten Haken.

»Du weißt, dass ich heiraten werde«, donnerte es aus ihr heraus. »Und danach kommen Flitterwochen. Ist das klar?!«

Wie soll man heißer Lava begegnen? fragte sich Burghardt, und Bilder des Ätnas drangen in sein Bewusstsein. Man baut Dämme!

»Dein Urlaub ist doch nur verschoben«, schüttete er aus.

»Das ist nicht perfekt«, antwortete sie. »Und du weißt, dass ich eine perfekte Hochzeit will, dazu gehören Flitterwochen!«

»Wenn du deine Hochzeit verschiebst«, Worte können sehr brüchig klingen, »dann bezahle ich dir deine Flitterwochen und lege noch einen Bonus oben drauf.«

Sina hielt inne.

»Egal, wohin ich fahre?« zischte sie.

Burghardt bekam Hoffnung, den Ausbruch lebend zu überstehen.

»Ja«, nickte er schnell, bevor sie vielleicht die Richtung wechselte.

»Maximal zwei Monate?«

Lava konnte etwas sehr Aufregendes sein.

»Maximal zwei Monate«, wiederholte der Chef, »versprochen!«

Sina wog in ihrer schnellen Denkweise alle Für und Wider ab und sagte schließlich: »In Ordnung!«

Burghardt atmete erleichtert aus.

»Dann gehe ich mal wieder zurück«, sagte Sina freundlich wie ein Kind.

Goldmann saß immer noch auf seinem Platz. Sina grinste und trat hinter ihren Schreibtisch. »Wann soll ich anfangen?«

»Oh!« Goldmann wusste nicht, ob er diese Frage beantworten sollte. Er hasste Auseinandersetzungen, aber die Zeit drängte. »Sofort?«

»Nun«, Sina sah auf ihren Schreibtisch, »einige Dinge muss ich zuvor noch klären, aber heute Mittag kann ich bei Ihnen im Rathaus anfangen.«

»Sie machen mich zum glücklichsten Menschen der Welt«, brach es aus dem Stadtkämmerer heraus. »Ich wäre verloren gewesen. Wo soll man denn heute auf die Schnelle einen IT-Spezialisten bekommen?«

»In Indien«, antwortete sie gelassen. »Hinfliegen, einsammeln und gut bezahlen.«

»Sie haben Humor«, Goldmann sah auf Sinas Schuhe. Oh, mein Gott, dachte er, wie kann man denn darin laufen?

Sie ahnte, was er dachte und erklärte: »Sie schauen auf meine Schuhe. Das sind Sohlen, was? Ein Überbleibsel meiner Sturm-und-Drang-Zeit«, lächelte sie. »Ich werde bald heiraten und weniger hohe Schuhe tragen.«

Goldmann lächelte und stand auf.

»Wir sehen uns dann heute Nachmittag«, sagte er und verabschiedete sich.

7

»Fliegen ist doch gefährlich«, brummte Erich.

»Habe nie das Gegenteil behauptet«, antwortete Tristan und wischte sich Ölspritzer aus dem Gesicht, die er beim Aussteigen von dem qualmenden Motor abbekommen hatte.

»Erst die Wohnung«, schimpfte Tatjana, »und jetzt das!«

Die drei standen vor der qualmenden Maschine und sahen sich erleichtert an.

»Wenigstens leben wir noch«, sagte Erich, »danke, Herr«, fügte er mit einem Blick nach oben hinzu.

Tristan klopfte Tatjana anerkennend auf die Schulter.

»Ich weiß zwar nicht, was du alles da oben gemacht hast«, sagte er, »aber danke, dass du uns heil runtergebracht hast.«

»Keine Ursache«, sagte sie mit Galgenhumor, »ich vermisse zwar Jakob, aber, um ihm zu folgen, dafür bin ich noch nicht bereit.«

Sie betrachteten die Schleppmaschine, die jetzt friedlich auf der grünen Wiese stand. Die Motorverkleidung war durch Öl verschmutzt. Der Ölfilm zog sich über die Windschutzscheibe den Rumpf entlang bis zum Leitwerk.

»Sieht ziemlich mitgenommen aus«, meinte Erich.

»Das kriegt man mit etwas Putzmittel wieder sauber«, antwortete Tatjana.

»Was ist passiert?« fragte Tristan.

»Keine Ahnung«, Tatjana setzte sich ins Gras. »plötzlich war der Öldruck weg, dann verloren wir Leistung, was die Fahrt reduzierte. Dann heulte die Warnanzeige für zu wenig Fahrt auf und ich drückte nach.«

»Warum hast du den Benzinhahn geschlossen?« Tristan sah sie fragend an.

»Das hast du mitbekommen?« lächelte sie.

»Ja, er bekommt so manches mit«, meinte Erich.

»Den Brandhahn habe ich geschlossen«, erklärte Tatjana, »weil ich die Benzinzufuhr zum Motor damit unterbreche.« Sie sah auf. »Wenn man nicht weiß, weshalb der Motor qualmt, dann geht man auf Nummer Sicher. Es ist nämlich nicht gut, wenn Benzin unkontrolliert im

Motorraum herumspritzt. Das kann sehr heiß werden.«

»Du hättest den Motor aber nicht mehr starten können«, erwiderte Tristan. »Ich meine ohne Benzin.«

»Weißt du«, lächelte sie, »wir waren nicht sehr hoch. Ein Versuch, den Motor wieder zu starten, wäre genau das Falsche gewesen.«

»Das hatte ich mir gedacht«, sagte Tristan und sah wie der Bergungswagen mit hoher Geschwindigkeit über den Platz fegte.

»Das sieht ganz nach Pfeiffer aus«, meinte Erich.

Und es war Pfeiffer, der zusammen mit Ulrich und Bücker aus dem Wagen sprang.

»Alles in Ordnung?« fragte Ulrich besorgt.

»Ja«, nickte Tatjana und sah Ulrich ernst an, »der Motor gab den Geist auf.«

»Wie das?« Ulrich begab sich zu der Maschine. »Da muss eine Ölleitung gebrochen sein.«

»Hallo, Herr Irle«, begrüßte sie Pfeiffer, »habe Sie ja gar nicht kommen sehen.«

»Danke, mir geht es gut«, sagte Tristan, »und Ihnen?«

»Jetzt spielen Sie nicht den Beleidigten.« Pfeiffer hob die Hände, »Sie leben ja noch.«

»Dank der guten Pilotin«, ergänzte Erich.

»Ach, Sie sind auch da«, meinte Pfeiffer.

»In voller Größe«, erwiderte Erich und stand auf. Er wirkte imposant.

»Darf ich mich vorstellen«, mischte sich Bücker ein. »Mein Name ist Bücker, ich bin der Fluglehrer. Es tut mit Leid, was hier passiert ist.«

»So, haben Sie etwas damit zu tun?« fragte Tristan scharf nach.

»Nein«, antwortete Bücker verblüfft, »wieso sollte ich?«

»Keine Ahnung«, meinte der Detektiv.

Unterdessen hatte Ulrich die Motorverkleidung abgeschraubt.

»Kommt mal her«, rief er die anderen. »Da hat einer den Ölschlauch und den Benzinschlauch angeschnitten. Sie sind gerissen.«

»Oh, Scheiße«, fluchte Tatjana.

»Der Benzinschlauch ist fast trocken«, bemerkte Ulrich. »Du hast den Brandhahn geschlossen.«

»Ja«, Tatjana sah sich den verschmierten Motor an.

»Das hat euch das Leben gerettet«, sagte Ulrich ernst und deutete auf die noch immer glühenden Auspuffrohre. »Das Benzin wäre direkt auf die Auspuffrohre gespritzt und hätte sich entzündet. Ihr wärt in der Luft explodiert.«

»Na toll«, Tatjana schüttelte den Kopf. »So macht Fliegen richtig Spaß.«

Pfeiffer sah sich ebenfalls den Motor und die zerschnittenen Schläuche an.

»Das bestätigt dann meine Theorie«, sagte er leise zu Tristan. »Hier wollte jemand Frau Maus etwas sehr Böses antun.«

»Wie konnte er wissen, dass Tatjana fliegen würde?« fragte Erich.

»Ich war eingeteilt«, sagte sie.

Bücker fühlte sich nicht wohl. Er spürte, wie die Situation aus dem Ruder lief.

»Das kann doch nicht sein«, sagte er entsetzt. »Niemand aus dem Verein würde so etwas machen.«

»Irgendjemand hat es gemacht«, sagte Ulrich kalt. »Wir müssen die Maschine in die Werkstatt bringen.«

»Kannst du sie wieder reparieren?« fragte Tatjana.

»Wenn kein Kolben festgebrannt ist«, antwortete Ulrich, »ja.«

»Nein, das denke ich nicht«, meinte Tatjana, »der Motor ging vorher aus.«

Mittlerweile waren Mike, Wulf und andere Vereinsmitglieder mit einem zweiten Bergungswagen ebenfalls am Ende des Platzes eingetroffen. Sie holten einige alte Schleppseile aus dem Kofferraum und banden diese am Fahrwerk der Schleppmaschine fest.

»Fahr langsam an«, warnte Ulrich Mike, der den Motorflieger zurückziehen sollte.

Mike nickte, und der kleine Schleppzug, flankiert von Wulf und einigen anderen Vereinsmitgliedern setzte sich in Bewegung.

»Dann kann ich meinen Flug wohl vergessen«, meinte Pfeiffer gelassen zu Bücker.

Der Fluglehrer schaute nachdenklich dem Motorflugzeug hinterher und wirkte einen Moment etwas verwirrt.

»Möchten Sie denn immer noch fliegen?« fragte er überrascht.

»Ja, wenn's noch geht«, lächelte Pfeiffer todesmutig.

»Sicher«, nickte Bücker, »wir haben ja noch den Doppeldecker.«

»Ich dachte«, mischte sich Tatjana ein, »damit will Pierre-Olaf weg?«

»Das kann er vergessen«, antwortete Bücker scharf. »Wir haben Fliegerlager, und da sollte auch geflogen werden. Wer will mit mir zurückfahren?«

»Ich gehe«, sagte Tristan, dem sich Erich und Tatjana anschlossen.

»Gut, bis gleich«, lächelte Bücker und fuhr mit Ulrich und Pfeiffer zurück.

»Eins muss man euch lassen«, sagte Tristan zu Tatjana, »hier oben ist immer was los.«

»Auf diese Art Action«, erwiderte Tatjana, »kann ich gut und gerne verzichten.«

8

Der Bürgermeister öffnete den Kragen seines Hemdes und löste die Krawatte. Die Hitze in seinem unklimatisierten Büro schien mit jedem Blick auf das kleine Thermometer, das an der Wand angebracht war, zu steigen. Die Büroarbeit quälte ihn. Er liebte es, mit Menschen zu arbeiten und kein trostloses Papier von einem Stapel auf einen anderen umzuschichten. Außerdem taten ihm vom vielen Lesen die Augen weh.

Er stand auf, schob den Amtssitz nach hinten und reckte sich. Sein Blick fiel auf den großen Spiegel, und der warf ihn frech zurück.

Das kantige Gesicht wirkte eingefallen. Ringe unter den Augen verstärkten den abgekämpften Eindruck. Dabei hatte er nichts weiter als gelesen! Das Haar, ordentlich zurechtgemacht, konnte sich in seiner Farbe nicht entscheiden, ob es die guten Männerjahre zurücklassen oder ins grau-weiße Zeitalter vorstoßen sollte.

Ich sehe nicht gut aus, dachte der Bürgermeister und wandte sich dem Spiegelbild zu.

Es klopfte an der Tür.

»Herein«, rief er, um ganz sicher zu gehen, dass man ihn hinter den dicken Wänden auch verstand.

Die Tür wurde aufgestoßen und eine gut gelaunte Pressesprecherin trat ein.

»Guten Tag, Bürgermeister«, zwitscherte sie und schritt durch das Amtszimmer.

Der Bürgermeister wölbte die Stirn und rieb sich die Augenbrauen.

»Hallo, Frau Becker«, antwortete er und musterte Katrin.

Katrin hielt vor dem Schreibtisch, fixierte ihren Chef und sagte: »Verzeihen Sie mir, Herr Bürgermeister, aber Sie sehen schrecklich aus.«

»Danke«, stöhnte er. »Das kann ich jetzt gebrauchen, diese Art von Aufmunterung.«

Katrin reagierte nicht, sondern versprühte gute Laune.

»Machen Sie für heute Schluss und legen Sie sich in die Sonne«, sagte sie und legte einen Stapel Papiere auf seinen Schreibtisch, die alle mit einem kleinen Stempelabdruck „EILT" in netter blauer Tinte versehen waren.

Der Bürgermeister stöhnte. Katrin versprühte jene Art von guter Laune, die so passend war, wie einem Ertrinkenden eine Bloody Mary anzubieten.

»Ihnen geht es heute besonders gut«, sagte der Bürgermeister, um das Gespräch an sich zu reißen. Wer weiß, was Katrin sonst noch von sich gab.

»Danke«, sie strahlte, »ja!«

»Sie lieben diese Hitze?« Es war gut, wenn man den Angeklagten nicht zur Ruhe kommen ließ.

»Nein«, überlegte die Pressesprecherin kurz, »eigentlich ist es viel zu heiß.«

»So?« Manchmal unterschätzte man seinen Gesprächspartner.

»Und Sie, wie gefällt Ihnen das Wetter?« übernahm sie.

»Ich?!« Ihm war das Wetter eigentlich egal. Als Machtmensch interessierte er sich mehr für Dinge, die er verändern konnte. Dazu gehörte das Wetter nicht, also warum sich darüber Gedanken machen?

»Ist es Ihnen nicht zu heiß?« fragte sie, und ihr glänzendes Lächeln ließ ihm keine Wahl.

Wie Gespräche manchmal ihren Lauf nehmen, dachte der Bürgermeister, und sah Katrin verdutzt an.

»Mir ist heiß«, antwortete er schließlich. Seine Geduld vertrocknete unter den gleißenden

Blicken. »Was macht Sie heute eigentlich so gut gelaunt?«

Katrin erstarrte einen Moment, dann grinste sie und sagte: »Es liegt was in der Luft ...«

Weiter kam sie nicht, da jemand eifrig gegen die Bürotür klopfte und es nicht abwarten konnte, ins Innere zu gelangen.

Stadtkämmerer Goldmann eilte herein.

»Gute Nachricht«, sprudelte es aus ihm heraus. »Ich habe einen Ersatz gefunden.«

Der Bürgermeister drehte sich zu Goldmann um, schielte an ihm vorbei auf die Tür. Dort stand der Alptraum eines jeden konservativ denkenden Menschen, der zudem noch eine Tochter im gebärfähigen Alter hatte: eine junge Frau mit feuerroten Haaren, einem viel zu knappen Oberteil – ohne BH! – einem Rock, der nach seinem Empfinden so gut wie gar nichts gekostet haben musste, wenn er nach verarbeitetem Stoff berechnet worden war, und Schuhen, die eine Mischung aus Turnschuhen und einer dicken, aber wirklich dicken Korkplatte waren.

»Was ... « der Bürgermeister korrigierte sich blitzschnell, »wer um Gottes Willen ist das?«

»Gott hat damit überhaupt nichts zu tun«, antwortete Sina gelassen und trat in das Zentrum der Siegener Stadtverwaltung. »Ich bin der Ersatz.«

Der Bürgermeister wechselte besorgte Blicke mit Goldmann und Katrin. Seine rechte Hand fuhr instinktiv zum Kopf, rieb die Schläfe, dann hatte er alle Sinne wieder beisammen.

»Wirklich?« fragte er Goldmann.

Der Stadtkämmerer nickte. »Der erste Blick täuscht«, fügte er schnell hinzu. »Sie ist eine IT-Spezialistin. Absolute Spitzenklasse.«

Katrin reagierte nüchtern. Sie fand an den Haaren nichts weiter auszusetzen, das Top schien die richtige Antwort auf die Hitze zu sein, und der Rock, das sah die Pressesprecherin sofort, dürfte ein kleines Vermögen gekostet haben. Während sich die Herren von seiner Kürze irritieren ließen, erkannte Katrin anhand des Schnittes und des seidenweich schimmernden Stoffes, dass es sich um ein Original Gucci oder Louis Ferrand handeln musste.

»Gucci?« fragte sie spontan.

»Nein Louis Ferrand«, lächelte Sina.

»Wow«, stieß Katrin aus.

»Hat Heidi Klump in Mailand getragen«, sagte Sina stolz.

»Muss ein Vermögen gekostet haben«, murmelte Katrin.

»Es ging«, antwortete Sina.

Der Bürgermeister und Goldmann, die so viel Ahnung von Mode hatten, wie es der heimische Herrenausstatter zuließ, reagierten erleichtert. Denn die Marke Gucci und das Modell Klump waren Begriffe, die sie zweifellos mit Qualität verbanden.

Eine Qualität, die nicht billig war, schoss es dem Bürgermeister durch den Kopf.

»Wir können uns das ... Sie ... leisten?« fragte er Goldmann.

»Für zwei Monate schon«, antwortete der Stadtkämmerer.

Der Bürgermeister nickte und trat auf Sina zu.

»Herzlich willkommen.« Er reichte der IT-Spezialistin die Hand, sah auf ihre Schuhe und fragte: »Wie können Sie darin laufen?«

»Indem ich einen Fuß vor den anderen setze«, lächelte sie.

9

Die defekte Motormaschine stand auf dem Vorfeld. Die Motorverkleidung lag neben dem Fahrwerk, und Ulrich stand auf einer Trittleiter, um auch alles genau zu inspizieren. Einige Vereinsmitglieder, darunter auch Wilms, schauten Ulrich schweigend zu. Etwas abseits stand Tatjana und half, den Doppeldecker für den Schlepp vorzubereiten. Tristan und Erich saßen auf der Wiese und beobachteten das Treiben auf dem Platz. Niemand hatte etwas Verdächtiges beobachtet.

Das war zu erwarten, dachte Tristan.

»Was hältst du von der Sache?« fragte Erich.

»Keine Ahnung«, gestand der Detektiv.

»Ist mir ein Rätsel, wie die wissen konnten, dass du fliegen würdest«, sagte Erich nachdenklich.

»Der Anschlag galt nicht mir«, antwortete Tristan überzeugt. »Er galt Tatjana.«

»Bist du sicher?« Erich streckte seine Beine aus und legte sich ins Gras. »Das habe ich oft in Afrika gemacht.«

»So«, schmunzelte Tristan. »Was haben die Schlangen dazu gesagt?«

»Du würdest dich wundern«, grinste Erich, »wie wenig Schlangen in manchen Gegenden zu Hause sind. Die waren nie eine Gefahr. – Du meinst also, dass der Anschlag Tatjana galt?«

»Ja«, nickte Tristan. »Es stand fest, dass sie heute schleppen würde. Ulrich betonte es gestern, die Funktionsträger werden eingeteilt. Tatjana war heute dran.«

»Das würde bedeuten«, murmelte Erich, »wer immer diese Schläuche angeschnitten hat, er hat es zwischen dem letzten Flug gestern und unserem kleinen Ausflug heute gemacht.«

»Das hast du mal wieder bestens erkannt«, lobte Tristan. »Und noch was. An diese Schläuche kommt man nur, wenn man vorher diese riesige Motorverkleidung abschraubt.«

Tristan deutete auf die Metallverkleidung.

»Ja«, nickte Erich.

Unterdessen rollte der Doppeldecker auf den Platz.

»Pfeiffer macht es wirklich«, bemerkte Tristan. »Er sitzt in dem Segelflugzeug.«

»Mit einem Fluglehrer dürfte es ja wohl nicht gefährlich sein«, stöhnte Erich, dem die Hitze ein wohliges Gefühl verursachte.

Sie sahen den Startvorbereitungen zu. Bücker schloss die Haube, während Mike das Schleppseil einklinkte. Holzbaum entfernte sich vom Segelflugzeug und kam auf die beiden Freunde zu. Hinter ihm zog der Doppeldecker das Seil stramm. Der Motor heulte auf, und der Schleppzug setzte sich langsam in Bewegung.

»Hallo, Herr Holzbaum«, grüßte Tristan. »Ihr Chef ist ein ganz Harter, was?«

Holzbaum zuckte nur mit den Schultern.

»Wird es Ihnen hier nicht zu heiß?« fragte Holzbaum schwitzend.

»Es geht«, antwortete Erich, der andere Temperaturen gewöhnt war.

»Ich gehe mal lieber in den Schatten«, stöhnte der Kommissar. »Diese knallende Sonne ...«

Sie sahen ihn davonschleichen.

»Er mag diese Temperaturen nicht«, meinte Erich.

»Für einen Bauernsohn etwas ungewöhnlich«, sagte Tristan.

Tatjana trat zu ihnen.

»Hallo Jungs«, lächelte sie und ließ sich ins Gras fallen, »alles klar?«

»Bestens«, grinste Erich schelmisch, »wir leben, genießen die Sonne, und ich werde nie wieder ein Flugzeug betreten. Gott hätte uns Flügel geschenkt, wenn er wollte, dass wir fliegen.«

»Hör nicht auf ihn«, Tristan gab dem Freund einen Schubs, »das kommt von der vielen Sonne.«

»Ich schulde euch aber noch einen Flug«, sagte Tatjana, »da kommst du nicht drum herum.«

»Abwarten«, antwortete Erich.

»Was hat Ulrich gefunden?« Tristan wurde ernst.

»Die Schläuche sind das Einzige, was man manipuliert hat«, antwortete Tatjana.

»Es muss jemand aus dem Verein gewesen sein«, Tristan sah zu der Gruppe.

»Ja«, nickte Tatjana. »Ich sprach eben mit Pierre-Olaf, er schleppte gestern.« Sie sah dem Schleppzug hinterher. »Die Maschine war in Ordnung, als er sie gestern auf dem Vorfeld abstellte.«

»Du glaubst ihm?« Tristan stand auf.

»Ja.«

»Wer hat genügend Wissen, um so etwas zu tun?«

»Fast alle auf dem Platz.« Tatjana erhob sich ebenfalls. Erich blieb liegen. »Jeder weiß, wie man die Motorverkleidung abnimmt, und die Schläuche sind leicht zu erkennen und anzuschneiden.«

»Er kann es aber nicht in aller Öffentlichkeit getan haben? Irgendwer muss doch was gesehen haben?«

»Eigentlich ja«, nickte Tatjana. »Es sei denn, er hat es in der Nacht gemacht.«

»Dann müsste er einen Schlüssel für die Halle haben«, antwortete Tristan. »Oder lasst ihr die Halle offen?«

»Nein«, überlegte Tatjana. »Das könnte uns weiterhelfen. Denn es haben nur ausgewählte Vereinsmitglieder einen Schlüssel.«

Tristan grinste. »Das habe ich mir gedacht.«

Sie ließen Erich in der Sonne liegen und gingen zu der Gruppe.

»Darf ich euch Tristan Irle vorstellen«, sagte Tatjana. »Er ermittelt.«

»Sie ermitteln?« quiekte Wilms. »Gegen wen?«

»Gegen jeden im Allgemeinen«, sagte Tristan ruhig.

»Er glaubt nicht, dass Jakob durch einen Unfall umkam«, erkläre Tatjana und sah dabei Wilms an, als wolle sie ihn zu einem Duell herausfordern.

»Das denkt auch schon die Polizei«, seufzte Wilms. »Muss ein Virus sein.«

»Nachdem, was eben fast passiert wäre«, sagte Tristan scharf, »ist es wohl ein gefährlicher Virus, der einem den Tod bringen kann.«

Wilms schluckte.

»Patrik«, Tatjana wurde energisch, »wer hat alles einen Schlüssel für die Halle?«

»Weshalb willst du das wissen?« Wilms nahm eine abwehrende Haltung ein.

»Wer hätte unbemerkt in die Halle kommen können, um dort die Schläuche anzuschneiden? Wohl nur jemand mit einem Schlüssel?«

»Du verdächtigst mich?!« rief Wilms aufgebracht.

»Nicht Sie allein«, mischte sich Tristan ein. »Jeden, der einen Schlüssel hat.«

»Ihr seid ja verrückt«, schimpfte Wilms.

»Sie können uns helfen«, sagte Tristan ruhig, »oder aber mit der Polizei reden. Früher oder später wird Ihnen Pfeiffer die gleichen Fragen stellen.«

»Weißt du, was das bedeutet?« Wilms sah Tatjana böse an und fuchtelte mit den Händen umher. »Du beschuldigst deine eigenen Vereinskameraden.«

»So ist es«, antwortete Tatjana kalt.

»Das ist vereinsschädigendes Verhalten«, rief Wilms aufgebracht.

Er drehte sich um und verschwand.

»Das war hart«, sagte Ulrich, der zusammen mit Wulf dem Disput schweigend gelauscht hatte.

»Es ist die Wahrheit«, antwortete Tatjana.

»Ich fürchte«, sagte Tristan, »sie hat Recht.«

»Es sind nicht sehr viele«, meldete sich Wulf zu Wort, »die einen Schlüssel haben.«

»Ich habe einen«, sagte Ulrich, »Patrik Wilms, Jörg Bücker, du hast auch einen, Tatjana und Frank Dietermann.«

»Was ist mit Pierre-Olaf?« fragte Wulf.

»Der auch noch«, nickte Ulrich, »also sechs.«

»Nicht ganz«, lächelte Wulf verlegen. »Ihr vergesst, dass wir Fliegerlager haben.«

Ulrich und Tatjana sahen sich an.

»Oh Gott«, schnaufte sie.

»Was ist?« Tristan blickte zu Ulrich.

»Es gibt noch einen Schlüssel«, sagte er nachdenklich.

»Ja«, mischte sich Wulf ein. »Sozusagen einer für die Allgemeinheit. Er liegt neben der Kasse in der Kantine.«

»Dann«, dachte Tristan und sprach es laut aus, »kann es jeder gewesen sein.«

»Jeder, der Zugang zur Kantine hat«, korrigierte Wulf.

10

Helga wartete auf ihren Lebensabschnittsgefährten. Es war Zeit, dass sich jemand anders um Marlowe kümmerte. Das warme Wetter ließ es zum Glück zu, den Kakadu im Freien fliegen zu lassen. So hatte Helga etwas Zeit für sich. Sie saß auf der Bank vor dem Haus und las. Das Buch handelte von einem Rekordversuch, den zwei Pilotinnen in den Zwanzigern aufstellen wollten. Die Autorin, eine Kanadierin, orientierte sich bei der Geschichte an historischen Pilotinnen und bekam einen Preis für das Buch „Wenn der Himmel uns küsst". Helga gefiel der Roman aus einem anderen Grund. Er erinnerte daran, dass nicht allein Männer zu Beginn des Flugzeitalters große Leistungen vollbracht hatten.

Marlowe unterdessen vollbrachte seine eigenen Flugleistungen. Momentan kreiste er mit wilden Flügelschlägen um die Turmspitze der Marienkirche. Das Flattern war bis in den kleinen Hof zu hören. Er drehte noch einen Vollkreis, dann flog er einen großen Bogen Richtung Löhrstraße zurück zur Unteren Metzgerstraße. Helga konnte ihn jetzt nicht mehr sehen, da der Kirchturm ihr die Sicht versperrte. Marlowe fühlte sich in seinem Element. Der ansonsten zum Fliegen genutzte Innenraum der Kirche war gegenüber der unendlichen Weite des Himmels ein Schuhkarton. Der Kakadu nutzte die Freiheit und jagte zwischen der Häuserzeile hindurch wie ein Jagdflieger auf Feindflug. Er näherte sich der Hoföffnung zur Unteren Metzgerstraße bereits so tief, dass Helga ihn durch die am Brunnen wachsenden Sträucher nicht sehen konnte. In einem wilden Manöver schwenkte er um die Sträucher und rauschte in einem knappen Meter Höhe über den Hof, geradewegs auf Helga zu.

Die las gerade eine spannende Stelle des Buches, in der der Motor des Doppeldeckers wegen heftigen Regenfalls anfing zu stottern. Sie konzentrierte sich so auf die Seiten, dass Marlowe für wenige Augenblicke aus ihrem Bewusstsein gestrichen war. Das änderte sich schlagartig – im wahrsten Sinne des Wortes. Marlowe, nur noch wenige Meter von der Bank entfernt, bremste mit hoch aufgestellten Flügeln ab und wunderte sich, dass Helga viel zu schnell näher kam. Instinktiv merkte er, dass da etwas völlig daneben ging und spreizte sämtliche Federn, um die Geschwindigkeit zu senken. Zu spät! Er schlug unsanft gegen Helga, warf sie um, machte einen Purzelbaum über ihren Kopf und landete etwas verwirrt vor der Haustür.

Helga richtete sich langsam auf und fasste sich fluchend an die linke Schulter, gegen die Marlowe geprallt war. Schließlich verschwand der Schreck, und sie sah sich besorgt nach dem

Kakadu um. Marlowe torkelte über das Pflaster des Hofs und krächzte: »Lass ihn im Galoppe tollen, / Reite ruhig deinen Trab. / Ein zu ungestümes Wollen / Wirft von selbst den Reiter ab.«

Helga lächelte erleichtert. Marlowe war nicht verletzt. Ihre Schulter hingegen schmerzte bei jeder Bewegung.

»Mann oh Mann«, rief plötzlich eine vertraute Stimme über den Hof. »Alles in Ordung?«

Helga sah sich um und freute sich, Sina über den Hof gehen zu sehen.

»Nicht ganz«, erwiderte Helga und hob das Buch auf, das ihr beim Zusammenstoß aus den Händen gefallen war.

»Ich hab den Aufprall gesehen«, sagte Sina ernst. »Ich dachte, Marlowe könnte fliegen?«

»Ich auch«, antwortete Helga unter Schmerzen.

Marlowe steckte den Zusammenstoß besser weg. Als er Sinas Stimme hörte, spreizte er seinen Kamm und flatterte ihr entgegen. Dieses Mal landete er zielsicher auf ihrer Schulter.

»Du bist ja ein Bruchpilot«, scherzte die IT-Spezialistin. »Wie geht es dir, Helga?«

Ein dicker dunkelblauer Fleck bildete sich unter dem Spaghettiträger eines dünnen Tops.

»Ich sollte etwas Eis drauflegen«, meinte Helga und erhob sich.

»Warte, ich helfe dir«, sagte Sina und nahm Marlowe von der Schulter auf ihren Arm. »Du bleibst hier«, sagte sie streng zu dem Vogel und setzte ihn auf der Bank ab.

Marlowe gehorchte und sah sich das Buch genauer an, das Helga liegen ließ.

Kurze Zeit später bogen Tristan und Erich in den kleinen Hof hinter der Marienkirche ein. Marlowe nahm den Schnabel aus dem Buch und sah auf. Das Motorgeräusch des alten Borgwards erkannte er aus hunderten anderer Geräusche heraus. Mit gespreiztem Kamm wippte er aufgeregt auf und ab.

Der Detektiv stellte den Wagen vor dem Nebeneingang der Kirche ab.

»Kommst du noch mit rein?« fragte Tristan.

»Gleich«, antwortete Erich. »Ich gehe erst in der Kirche etwas nachschauen.«

»Gut.« Tristan schloss das Verdeck des Cabriolets.

Marlowe wartete geduldig auf der Bank. Tristan bemerkte als Erstes die vielen kleinen Papierflocken, die vor seiner Haustür über das Pflaster schwebten.

»Oh nein«, stöhnte der Detektiv, »das wird Helga nicht gefallen.«

Er nahm Marlowe die Reste des Buches ab und rief nach seiner Lebensabschnittsgefährtin.

»Wir sind hier drin«, antwortete Helga gequält.

Tristan beeilte sich, in die Küche zu gelangen, wo Sina seiner Freundin gerade einen Beutel Eis an die Schulter presste.

»Was ist passiert?« fragte Tristan besorgt.

»Marlowe ist mit mir zusammengestoßen«, erklärte Helga. »Ihm ist nichts passiert.«

»Das habe ich draußen gesehen«, Tristan räusperte sich. »Er hat dein Buch zerlegt.«

Sina grinste, was Helga mit einem bösen Blick quittierte.

»Der Vogel ist eine echte Herausforderung«, flüsterte Sina, »was?«

Tristan und Helga nickten.

»Wie ist das passiert?« wollte Tristan wissen und gab Helga einen Kuss.

»Keine Ahnung«, sagte Helga. »Es schien, als habe er sich im Anflug vertan. Er war viel zu schnell.«

»Fliegen will gelernt sein«, brummte Tristan. »Aber für heute reichen mir die Flugunfälle.«

Helga gab Sina ein Zeichen, den Beutel wegzunehmen. Tristans Tonfall alarmierte sie.

»Was ist auf dem Segelfluggelände passiert?« fragte sie ernst.

Langsam begann Tristan die Ereignisse des Tages zu erzählen.

»Der ganze Fall wird mir langsam unheimlich«, sagte Helga.

»Da ist einer sehr mies drauf«, meinte Sina. »Ich würde dem aus dem Weg gehen.«

Tristan nickte.

»Nicht ich war das Ziel«, erklärte er, »sondern Tatjana, die Freundin von Jakob Krüger.«

In dem Moment trat Erich in die Küche.

»Ach du Scheiße«, stieß Sina überrascht aus. »Das ist ja ein Ding.«

Erich blieb wie angewurzelt im Türrahmen stehen und starrte auf die junge Frau. Schließlich fing er sich wieder und fragte besorgt: »Habt ihr etwas gesagt?«

Die Freunde sahen sich verblüfft an, dann reagierte Helga.

»Nein, Erich«, erklärte sie, »wir sprachen gerade von etwas anderem.«

Sina fixierte den Diakon, dann Helga.

»Was ist hier los?« Sie besaß einen siebten Sinn für Geheimnisse.

»Nichts«, mischte sich Tristan ein. »Weshalb bist du beim Namen von Krüger zusammengezuckt?«

»Dir bleibt aber auch nichts verborgen«, lächelte Sina und schielte zu Erich. »Nun, wegen des Unfalls und dem Tod dieses Krüger bin ich gekommen.«

»Du kanntest ihn?« Tristan begann seine Halbbrille zurechtzurücken.

»Wir haben zusammen gearbeitet«, erklärte Sina und blickte immer wieder zu Erich, der schon ganz unruhig wurde. »Ich habe für die Stadt ein Programm entwickelt, das die Euro-Umstellung ermöglicht. Ihr wisst ja, dass es langsam Zeit wird, die EDV auf die neue Währung umzustellen. Wir sind gerade dabei, die Computer der Stadtverwaltung fit zu machen, die Stadt hat keine eigenen Leute, deshalb hat man uns von MoNEy eingeschaltet. Krüger war der Einzige, der sich im Rechenzentrum auskannte.«

»Das sind ja Neuigkeiten«, staunte Tristan.

»Nun«, Sina druckste herum und behielt Erich im Auge, »die wichtigen Neuigkeiten kommen erst noch.«

»So?« Helga wurde hellhörig.

»Jetzt, da Krüger nicht mehr da ist«, begann Sina, »hat der Stadtkämmerer mich bei meiner Firma ausgeliehen.«

»Das ist doch gut«, meinte Tristan.

»Schon«, nickte Sina, »aber mein Urlaub wurde gestrichen und deshalb ...«

»... willst du die Hochzeit verschieben«, rief Erich aufgebracht.

Sina verstand Erichs Ausbruch falsch.

»Es tut mir Leid«, sagte sie niedergeschlagen, »aber ich möchte sofort nach der Trauung verreisen, und das geht jetzt nicht.«

»Alles in Ordnung, Sina«, rief Erich und nahm die junge Frau liebevoll in den Arm. »Ich bin ganz froh, dass du den Termin verschieben willst.«

Sina blickte ihn skeptisch an. »Heißt das etwa, dass du sowieso vor hattest ...«

»Nein«, beeilte sich Erich zu antworten, »ich will dich trauen, bloß passt mir ein späterer Termin viel besser.«

Sina verstand immer noch nicht, warum Erich so erleichtert wirkte. Schließlich klärte Helga sie auf.

»Erich hat eine Einladung nach Rom«, sagte Helga gelassen, »die er jetzt annehmen kann.«

Sina blickte ihren alten Mentor liebevoll an und sagte: »Du hättest die Reise wegen meiner Hochzeit abgesagt?«

Erich nickte.

»Wow«, erwiderte Sina und drückte Erich ganz fest an sich, »das ist stark.«

Tristan versank derweil in Gedanken. Was wäre, wenn sie die ganze Zeit an der falschen Stelle ermittelt hatten?

11

Pfeiffer half beim Einräumen. Der Flug mit Fluglehrer Bücker erstreckte sich über den ganzen Nachmittag. Ein Vergnügen, das der Hauptkommissar in jeder Sekunde des Fluges genossen hatte. Nach und nach schoben die Vereinsmitglieder die Maschinen auf das Vorfeld, wuchteten sie auf stabile Rollgestelle und schachtelten sie in Millimeter-Abständen in die Halle.

»Es hat zwei Anrufe gegeben«, sagte Holzbaum, der mit sinkender Sonne mehr und mehr aus dem Schatten der Kantine trat. »Frau Becker und Büdenbender.«

»Was wollte Frau Becker?« Pfeiffer ließ die Tragfläche los, die er gerade geschoben hatte, und erinnerte sich wieder, dass er ein Polizist war.

»Sie bat um einen Rückruf«, lächelte Holzbaum.

»Gerne«, nickte Pfeiffer, der an eine Steigerung dieses wundervollen Tages nicht mehr glaubte.

Die beiden Beamten traten etwas beiseite, und Holzbaum fragte leise: »Hat Bücker etwas zu den beiden Zwischenfällen geäußert?«

»Nicht direkt«, Pfeiffer klopfte seine Hose nach der Zigarettenschachtel ab.

»Was heißt nicht direkt?« Holzbaum hatte einen nicht so angenehmen Nachmittag verbracht. Er musste sich Fritz' Kriegsgeschichten anhören. Seine Stimmung tauchte momentan in den Tiefen des Andreasgrabens.

Wilms ging an den beiden Beamten vorbei.

»Erzähl ich dir später«, Pfeiffer steckte eine Zigarette an. »Jetzt will ich Katrin anrufen.«

Holzbaum atmete hörbar aus und folgte seinem Chef zum Dienstwagen.

Wilms sah den beiden hinterher und dachte nach. Für einen Augenblick sagte ihm sein Verstand, endlich mit dem Versteckspielen aufzuhören, doch plötzlich stand Bücker neben ihm und der Zweifel verschwand.

»Schönen Flug gehabt?« fragte er Bücker.

»Ja«, nickte der Fluglehrer und fügte kalt hinzu: »Die haben keine Ahnung. Also mach dir keine Sorgen.«

Wilms lächelte schief.

»Wenn du meinst.«

»Lass uns die Halle abschließen und ein Bier trinken«, munterte Bücker ihn auf.

Wilms nickte, während er zusah, wie Tatjana in ihr Auto stieg.

Es wurde mehr als ein Bier getrunken. Der Tag war trotz des Motorausfalls dank dem Einsatz des Doppeldeckers doch noch ein erfolgreicher Flugtag geworden. Fritz hatte es trotz langer Fliegergeschichten geschafft, ein anständiges Feuer in dem großen Schwenkgrill zu entzünden und Würstchen zu braten. Ulrich, der den ganzen Nachmittag am Motor schraubte und ihn wieder flott bekam, so dass der Hochdecker am nächsten Tag wieder einsatzfähig war, wurde gefeiert. Alle waren froh, und die gute Stimmung förderte den Bierumsatz. Ulrich stellte irgendwann fest, dass er nicht mehr fahren konnte, und besorgte sich bei Mike im Zelt eine Schlafgelegenheit.

Nach und nach verließen die Vereinskameraden den Kreis um das Feuer. Schließlich waren Wilms und Bücker die Letzten. Sie löschten den Rest des Feuers und schlossen die Kantine ab. Wilms, der einen Wohnwagen am Waldrand stehen hatte, verabschiedete sich von Bücker, der noch einen Moment den klaren Nachthimmel genießen wollte.

Der Fluglehrer schlenderte auf den Platz hinaus, um besser nach Norden sehen zu können. Das leise Rauschen der Autobahn vermischte sich mit dem Zirpen der Grillen, die im Gras rund um ihn herum den Sommer feierten. Draußen auf dem Platz war es stockdunkel. Etwas angetrunken setzte er sich ins Gras und blickte in die unendliche Weite des Kosmos.

Wie klein wir Menschen doch sind, dachte er, und zum ersten Mal nach Jakobs Unfall kamen ihm Zweifel. Hatte er alles richtig gemacht?

Ein Kauz meldete sich im nahen Wald. Bücker drehte sich automatisch nach dem Geräusch um. Er lächelte, hörte einen weiteren Ruf, dann traf ihn ein harter Gegenstand am Kopf.

12

Es war ruhig in Tristans Haus. Helga lag mit einem weiteren Eisbeutel an der Schulter auf dem Sofa. Marlowe saß auf seiner Kletterstange und schien zu schlafen. Die Fenster im Wohnzimmer waren alle weit geöffnet, um die angestaute Hitze in die kühle Nachtluft zu entlassen. Damit das Wohnzimmer nicht von Mücken, Motten und Nachtfaltern besetzt wurde, hatte Tristan eine Duftkerze angezündet, in deren Schein er einige Notizen anfertigte.

Er schrieb Namen der Vereinsmitglieder auf die linke Seite, und rechts notierte er Personen, die mit Krüger während der Arbeit zu tun hatten. Sinas Name stand auch dort. Neben dem Detektiv lag ein Organisationsdiagramm der Stadtverwaltung, dort entnahm er zu seinem Erstaunen auch den Namen Bücker. Es fiel ihm auf, wie wenig er über die beruflichen Tätigkeiten der Vereinsmitglieder Bescheid wusste. Was machte Wilms? Tatjana wollte ihm auch keine Auskunft geben. Wie Ulrich sein Geld verdiente, wusste Tristan. Der Werkstattleiter war Industriemeister in einer Maschinenfabrik.

Helga stöhnte, als sie sich aufrichtete, um den Eisbeutel zu wechseln.

»Tut es sehr weh?« fragte Tristan und sah sie über den Rand seiner Brille liebevoll an.

»Noch ein wenig«, antwortete sie, »was mich mehr ärgert, ist der blaue Fleck an der Schulter. Das sieht scheußlich aus.«

»Sie werden denken«, lächelte Tristan, »wir hätten uns geschlagen.«

»Aus welchem Grund denn?« fragte sie spitzbübisch.

»Vielleicht, weil ich eifersüchtig wurde«, antwortete Tristan, »bleib sitzen, ich hole dir einen neuen Beutel.«

»Danke«, lächelte sie und fragte unschuldig. »Wie sieht denn deine Klientin aus?«

»Auf einer Skala von eins bis zehn?« Tristan ging in die Küche.

»Du bewertest die Frauen auf einer Skala?« empörte sich Helga.

»Du hast gefragt«, erwiderte Tristan aus der Küche.

»Meinetwegen«, stöhnte sie, »ihr Männer seid doch alle gleich.«

Tristan kam mit einem neuen Eisbeutel zurück und legte ihn ihr vorsichtig auf die Schulter.

»Sie bekäme eine glatte Zehn«, sagte Tristan ernst, und ein Gedankensprössling erblickte das Licht seines Bewusstseins.

Helga sah ihn an und schmunzelte. »Du hättest den blauen Fleck verdient.«

5. Die Luftmatratze lag ...

Mittwoch

Die Luftmatratze lag ausgequetscht unter ihm. Ulrich spürte den harten Waldboden, aus dem eine spitze Wurzel in sein Kreuz stach. Verschlafen öffnete er die Augen und sah auf dem orangefarbenen Zeltdach ein Schattenbild tanzender Blätter. Neben ihm schnarchte leise Mike. Seine Luftmatratze strotzte vor Luft. Vorsichtig schälte sich Ulrich aus dem geliehenen Schlafsack. Ein neues Vereinsmitglied war so nett, ihm diesen auszuborgen. Das Mitglied war Lehrer und hatte vorsorglich gleich zwei Schlafsäcke eingepackt. Etwas unbeholfen öffnete er den Reißverschluss des Zelteingangs und schlüpfte hinaus.

Ein klarer warmer Sommermorgen empfing ihn. Zufrieden streckte er seine Arme nach oben und machte einige Kniebeugen, um den Schmerz im Kreuz loszuwerden. Dann suchte er sich einen dicken Baum und entlastete seine Blase. Ihm wurde über dieser Aktion bewusst, dass er nur mit einer Unterhose bekleidet im Wald stand. Das aufkommende Schamgefühl beschleunigte das Wasserlassen, und er beeilte sich, Hose und T-Shirt aus dem Zelt zu fischen und anzuziehen. Schließlich klopfte er die Hose nach dem Universalschlüssel ab, fand ihn und lächelte. Dann machte er sich auf, um in der Kantine mit frischem Wasser in Berührung zu kommen.

Hier und da beulten sich die Zeltdächer, was darauf schließen ließ, dass die Vereinskameraden langsam aus ihren Zelten krochen. Ulrich lächelte und überquerte den Waldweg, sah über das Flugfeld, wo sich gerade einige Kaninchen aus dem Staub machten und blieb abrupt stehen. Etwas Unnatürliches lag mitten auf der Startbahn. Ulrich kletterte über den Zaun und schritt auf das Unbekannte zu. Als er näher kam, erkannte der Werkstattleiter, dass dort ein Mensch zusammengesackt im Gras lag.

Ulrich grinste, weil er einen Streich vermutete, indem – höchstwahrscheinlich – die Jugendlichen einen ihrer Vereinskameraden des Nachts aus dem Zelt getragen hatten, ohne die betreffende Person zu wecken. Die meisten Camper hatten gestern Abend genug Alkohol im Blut, um auf eine solche Idee zu kommen oder aber, um schlafend einer solchen Idee zum Opfer zu fallen.

»Aufwachen«, rief Ulrich laut und klatschte in die Hände.

Die Person reagierte nicht. Ulrich trat näher heran. Er rief erneut, doch keine Reaktion. Schließlich erreichte er die Person und versteinerte. Ulrich starrte auf den Kopf des Menschen, wo eine klaffende Wunde Teile des Gehirns freigaben. Ihm wurde schlecht, doch er zwang sich, die Person genauer zu untersuchen. Vorsichtig beugte Ulrich sich zu ihr herunter und legte den leblosen Körper zurück.

»Oh, mein Gott«, flüsterte er und sah in die toten, aber irgendwie noch immer überrascht blickenden Augen Bückers.

Es gab keinen Zweifel, der Fluglehrer war tot. Ulrich sah sich um und fand neben der Leiche ein Vierkantholz von einem knappen Meter Länge. Er richtete sich auf und griff unbedacht zu dem Stück Holz. In diesem Moment hörte er Schreie hinter sich. Apathisch blickte er zum Waldrand, wo mehrere seiner Fliegerfreunde die Köpfe aus den Zelten steckten. Wieder hörte er eine Stimme und sah, wie jemand sehr schnell über das Flugfeld rannte. Ulrich ließ das Holz los und sackte in sich zusammen.

»Ich kann das nicht glauben«, sagte Wilms schockiert und knöpfte sich sein Hemd zu.

Der Vorstand stand halb angezogen neben Mike, etwas abseits einer Gruppe, die Ulrich bewachte. »Bist du dir sicher?« fragte er eindringlich. »Hast du wirklich gesehen, dass Ulrich Jörg erschlug?«

»Er hatte das Holz in der Hand«, antwortete Mike zitternd. »Ganz sicher!«

Ulrich war bei Bewusstsein, dennoch reagierte er nicht, wenn man ihn ansprach. Die Vereinsmitglieder hatten ihn unsanft von Bückers Leiche fortgeschafft. Erst als sie merkten, dass er sich überhaupt nicht wehrte, wurden sie vorsichtiger und setzten ihn auf eine Bank vor der Kantine.

»Weshalb macht er das?« Wilms war entsetzt, und die wenigen Gehirnzellen, die nicht paralysiert waren, wurden von einströmenden Informationen völlig überfordert.

Mike zuckte mit den Schultern.

»Wir müssen die Polizei verständigen«, sagte er traurig.

»Ja«, nickte Wilms, »das müssen wir.«

»Wir sollten Bücker zudecken«, schlug Wulf vor, der nicht weit weg von den beiden stand.

»Ja«, wiederholte Wilms, »das müssen wir.«

»Ich hole eine Decke«, sagte Wulf.

»Tu das«, antwortete der Vorstand, der mittlerweile sein Hemd zugeknöpft hatte und nun nicht wusste, wohin mit seinen Händen. »Was für eine Katastrophe.«

2

Sina schlenderte die Löhrstraße entlang. Der erste Arbeitstag als Leiharbeiterin im Rathaus stand bevor, und aus diesem Grund trug sie ein luftiges Sommerkleid und ganz bequeme Sandalen. Ihr Verlobter hatte die Kleidung für den ersten Rathaustag auf ihre Bitte hin ausgesucht. Allerdings konnte er sie nicht davon abbringen, auf ihren abgewetzten Lederrucksack zu verzichten, der lässig über ihre linke Schulter hing.

»Das hätte ich mir denken können«, schnaufte sie und betrachtete ihr Outfit in einer Schaufensterscheibe. »Echt spießig und ganz der Geschmack meines Schatzes.«

Sina, die noch vor ein paar Jahren ein brennendes Chaos hinter sich herzog, als wäre sie einer der apokalyptischen Reiter, musste sich jeden Tag aufs Neue daran gewöhnen, ein ganz normales Leben zu führen. Ihr Schatz half dabei. Erich, den sie in letzter Zeit immer weniger sah, hatte sie auf den rechten Weg geführt. Aus einem rebellischen Genie, das vor Jahren Unterhosen verkaufte, wurde eine gefragte IT-Spezialistin mit einem Gehalt, das galaktisch war.

»Hoffentlich sieht mich keiner meiner Freunde«, murmelte sie und betrat einen Bäckerladen.

Sie grinste, denn diesen Laden kannte sie von früher. Dort hatte Sina ihr Frühstücksbrötchen gekauft, bevor sie einer stupiden Arbeit nachgehen musste. Jetzt ließ sie sich eine ganze Tüte frischer Brötchen geben und verließ den Laden mit einem freundlichen Gruß des Bäckermeisters. Es waren nur noch wenige Schritte bis zur Hundgasse und von da zu Tristans Haus, wo sie Helga, Tristan und Erich mit den frischen Brötchen überraschen wollte.

Sie grinste, denn keiner der drei würde zu einer solch frühen Stunde mit ihr rechnen.

Vielleicht waren sie noch gar nicht wach, dachte sie.

Sina war eine notorische Langschläferin, die frühes Aufstehen so sehr hasste wie Katzen Wasser. Allerdings siegte in den letzten Jahren das Streben nach Perfektion über einen Biorhythmus, der von Mitteleuropäischer Sommerzeit so viel hielt wie ein Dieselmotor von Super-Benzin. Sie wollte die Beste in ihrem Fach werden und wurde es durch stundenlanges Arbeiten, Lernen und Ausprobieren. Gerade dieses Ausprobieren half ihr am besten weiter, denn nur so lernte sie, wie Programmierer dachten. Irgendwann in den vergangenen Jahren legte sie sich Abends ins Bett und schlief nicht ein, weil sie den nächsten Tag nicht erwarten konnte. Seitdem wehrte sich zwar der Kreislauf jeden Morgen mit einem abgestürzten Blutdruck, aber der Kopf wollte zu neuen binären Codes vordringen. Ihr eiserner Wille half ihr bis ins Badezimmer. Den Rest besorgte kaltes Wasser.

Sina erreichte den Hof hinter der Marienkirche.

Die Fenster des kleinen Fachwerkhauses standen weit auf. Sie musste keinen wecken. Mit leichten Schritten überquerte sie den Hof und klopfte gegen die Haustür. Sie hörte Tristan rufen, und kurz darauf stand der Detektiv an der Tür. Zu ihrer Überraschung trug der Mann ein weites Hawaiihemd und keine Strickjacke. Sina weitete die Augen und musste sich ein lautes Lachen verkneifen.

»Morgen«, purzelte es zwischen zusammengekniffenen Lippen heraus.

»*Gemoarje*«, antwortete Tristan und fixierte Sina. »Ich wusste, dass mir so was nicht steht.« Etwas ungehalten zupfte er an dem weiten Hemd. »Aber Helga meinte, ich sollte mal etwas anderes bei dieser Hitze anziehen als immer nur die Strickjacken.«

»Vielleicht«, ihr Gesicht spannte die Lachmuskeln, »wäre ein einfaches Hemd die bessere Wahl.«

»Hm«, brummte der Detektiv, ohne hinzuzufügen, dass er nur langarmige Hemden besaß. Wer hatte schon mit einem solch heißen Sommer gerechnet?

Sie gingen in die Küche, wo Helga sie freundlich umarmte und die frischen Brötchen entgegennahm.

»Was sagst du zu seinem Hemd?« fragte sie und schüttete die Brötchen in einen Korb.

»Gewagt«, antwortete Sina verschmitzt.

»Findest du?« Helga sah ihren Freund genauer an. »Der Bauch wird doch gut kaschiert.«

»Ja schon«, gab Sina zu bedenken, »aber die Farben, die sind gemeingefährlich.«

Tristan stand reglos in der Küche.

»Ich dachte, das gibt ihm eine neue Note.« Helga musterte ihren Freund.

»Schon ...« grinste Sina. »Aber die ist ziemlich schräg.«

»Siehst du«, polterte es aus Tristan heraus, »das habe ich ja gleich gesagt.«

»Du musst dich mal was trauen«, meinte Helga und setzte sich.

»Trauen?!« Tristan bot Sina einen Platz auf der Eckbank an. »Ich lebe schon gefährlich genug.«

»Wo ist Erich?« fragte Sina, um das Thema zu beenden. Sie hatte mittlerweile aus eigener Erfahrung gelernt, dass solche Modegespräche zur frühen Morgenstunde einen ganzen Tag versauen können.

»Er kommt gleich«, antwortete Tristan knapp und wollte das Thema nicht so leicht zur Seite schieben. Schließlich trug er das Hemd am Leibe. »Wo hast du das Teil eigentlich her?«

»Aus dem Kaufhaus«, erwiderte Helga. »Und es war nicht billig.«

Der Nachsatz wäre überflüssig gewesen, signalisierte jedoch, dass ein Abstreifen mit einer Flut von Problemen einhergehen würde.

Tristan gab sich geschlagen.

»Heute kann ich es ja mal an lassen«, brummte er und setzte sich.

Helga nickte zufrieden. Draußen klopfte Erich und trat einen Moment später in die Küche.

»*Gemoarje*«, sagte er gut gelaunt mit seiner vollen Baritonstimme.

»Morgen«, erwiderte Sina.

»Schickes Hemd«, meinte Erich, als er sich neben Sina auf die Eckbank schlängelte.

Helga grinste.

»Schon so früh auf?« Erich kannte seine Schützlinge gut.

»Hm«, nickte Sina. »Heute geht's ins Rathaus.«

»Deshalb das Kleid«, sagte Helga.

»Ist wahrscheinlich besser als meine kurzen Röcke«, lächelte die IT-Spezialistin. »Gestern hat der Bürgermeister fast einen Anfall bekommen, als er mich sah.«

»Was ist deine Aufgabe?« fragte Tristan.

»Ich werde die Buchhaltungssoftware für die Euro-Umstellung fit machen«, erklärte Sina stolz.

»Die Euro-Umstellung?« Tristan lehnte sich zurück. »Hat Jakob an diesem Projekt gearbeitet?«

»Wie ich gestern schon erwähnte, haben wir zusammen an dieser Umstellung gearbeitet.«

»Ich dachte«, sagte Helga, »man drückt einen Knopf und damit wäre es erledigt.«

»So einfach ist das nicht«, erklärte Sina. »Die Stadt hat eine Menge an unterschiedlichen Einkünften. Gewerbesteuern, Grundsteuern ...«

»Strafzettel«, ergänzte Erich.

»... ja, um nur ein paar zu nennen. Dazu kommen noch Bargeldeinnahmen zum Beispiel beim Einwohnermeldeamt, Gebühren für einen neuen Pass und so was und nicht zu vergessen die Lohnabrechnungen. Der ganze Buchungsverkehr läuft über den Computer der Stadtkasse, der leider noch in D-Mark rechnet. Ich bin dafür verantwortlich, dass die Abrechnungsprogramme zu Beginn des Eurozeitalters, also ab 01. 01. 2002, mit einem Knopfdruck von D-Mark auf Euro umgestellt werden können.«

»Es heißt doch«, räumte Tristan ein, »dass es dafür fertige Programme von großen Software-Herstellern gibt.«

»Für Null-Acht-Fünfzehn-Buchungen ja, aber es gibt bei der Stadt eine Menge von Besonderheiten, die zu berücksichtigen sind. Ganz zu schweigen von dem Problem des Auf- oder Abrundens.«

»Und das macht dir Spaß?« fragte Helga überrascht.

»Ja«, strahlte Sina, »das ist genauso spannend wie damals, als wir uns kennen lernten und den Mord an diesem Braumeister auflösten.«

Im Wohnzimmer klingelte das Telefon. Tristan stand auf.

»Wer ruft denn so früh bei euch an?« fragte Erich besorgt.

»Keine Ahnung«, antwortete Helga.

Sie hörten, wie Tristan laut sagte: »Hallo, Mike!« Dann wurde es still.

Einige Minuten später erklärte Tristan, was passiert war.

3

Pfeiffer nippte an einer Tasse mit heißem Kaffee. Ihm gegenüber saß Katrin und folgte seinem Beispiel. Holzbaum ruhte einen Tisch weiter in einem großen Korbsessel und trank ebenfalls Kaffee. Eine interessante Konstellation, die sich im Café des „Cine Star" gebildet hatte. Die beiden Polizisten hatten die Nacht im Polizeigebäude verbracht. Pfeiffer hätte liebend gern die Nacht woanders verbracht, aber Katrin wollte nicht und hatte ihn stattdessen zum Frühstück eingeladen. Holzbaum war mehr oder weniger freiwillig mitgekommen. Wenn er allein in der Wache geblieben wäre, hätte irgendjemand sicherlich Fragen gestellt. So war es für alle

Beteiligten das Beste. Katrin störte Holzbaum nicht.

»Und wie weit seid ihr mit euren Ermittlungen?« fragte sie und köpfte ein Ei mit dem Messer.

»Wir sammeln noch«, antwortete Pfeiffer und staunte über den glatten Schnitt.

»Muss aufregend sein«, sie streute Salz über das Ei, »dagegen ist mein Job die pure Langeweile.«

»Na ja«, räusperte sich Pfeiffer, ihm gefiel Katrins Art der Bewunderung. »Man kommt sehr schnell in gefährliche Situationen.«

»Warst du schon mal in einer gefährlichen Situation?« Sie strahlte ihn an. Den Bürgermeister hätte dieser Gute-Laune-Blick in den Wahnsinn getrieben, Pfeiffer genoss ihn.

»Ich, äh«, stotterte der Hauptkommissar. »Also ... lass mich mal überlegen ...«

Natürlich war Pfeiffer schon einmal in eine gefährliche Situation geraten, bloß entstanden diese lebensbedrohlichen Momente durch sein Eigenverschulden. Mit 100 km/h in eine Kurve zu brausen, die mit 40 km/h ausgeschildert war, das brachte einen ganz schnell in eine gefährliche Situation. Pfeiffer fielen gleich mehrere solcher Augenblicke ein, aber das waren nicht die Geschichten, die Katrin erwartete. Pfeiffers Erinnerungsspeicher arbeitete auf Hochtouren, aber ihm fiel keine Begebenheit ein. Katrin wartete gespannt.

Holzbaum verfolgte das Gespräch diskret, aber aufmerksam. Ihm war nicht entgangen, dass sein

Chef mit dem sicheren Instinkt einer lebensmüden Fliege direkt in das Spinnennetz der Eitelkeit summte. Er erinnerte sich ebenfalls zuerst an die gefährlichen Fahrfehler Pfeiffers, aber dann traten Erinnerungen ins Bewusstsein, in denen ihr Leben an einem seidenen Faden hing.

Holzbaum räusperte sich und sagte laut: »Was wohl Tristans Freundin in ihrer Pension macht?«

Pfeiffer runzelte die Stirn.

»Nebel dürfte die Gäste heute nicht fernhalten«, brummte der gewichtige Partner mürrisch.

Es machte Klick in Pfeiffers Gedächtnis. Er schielte kurz zu seinem Freund und blinzelte, dann sah er Katrin verliebt an und sagte: »Da war vor Jahren ein Fall, wenn ich nur daran denke, dann läuft es mir noch kalt den Rücken hinunter.«

»Erzähl!« Katrin beugte sich ganz nah zu Pfeiffer. »Bei der Hitze kann ein wenig Frösteln nicht schaden.«

»Es war im November ...« begann er.

Holzbaum schüttelte den Kopf. Es war Frühjahr, dachte er, November, das war eine andere Geschichte.

Pfeiffer kam nicht weit. Sein Handy begann zu klingeln. Hastig klopfte er sein Sommerjackett ab und hielt schließlich das kleine Gerät in der Hand.

»Was!« maulte er in das kleine Mikrofon. »Ach du Scheiße«, platzte es aus ihm heraus, als ihm die Zentrale den Mord auf dem Segelfluggelände meldete.

Katrin erschreckte und auch Holzbaum richtete sich auf.

»Wir sind unterwegs«, sagte Pfeiffer laut und schaltete das Handy ab. »Es hat einen weiteren Mord auf dem Segelfluggelände gegeben. Es tut mir Leid, wir müssen los.«

Katrin, für einen Moment völlig irritiert, nickte.

Der Hauptkommissar winkte der Bedienung und zog seine Geldbörse aus der Tasche.

»Siehst du«, meinte Katrin, »das meine ich. Bei euch ist immer was Interessantes los.«

Bückers Leiche lag immer noch da, wo man sie vor einer Stunde gefunden hatte. Holzbaum hob vorsichtig die Decke, um sich den Toten genau anzusehen.

»Schrecklich«, stöhnte Pfeiffer. »jemandem so den Schädel einzuschlagen.«

Die Spurensicherung übernahm das Feld.

»Was meinst du?« fragte Pfeiffer.

»Du meinst, was uns dieser Wilms eben erzählte?« Holzbaum hielt sein Notizbuch in der Hand.

»Ja«, stöhnte der Hauptkommissar. »Ist doch irre. – Ich meine, hier auf offenem Feld einen umzubringen.«

»Lass uns Ulrich befragen«, sagte Holzbaum nachdenklich. »Die Leichenstarre hat eingesetzt«, fügte er trocken hinzu.

»Ich hab's gesehen«, nickte Pfeiffer. »Das wirft einige Fragen auf.«

Holzbaum grinste. Er liebte Fragen.

Ulrich stand bewacht von zwei Uniformierten vor dem Eingang der Kantine. Seine Apathie war verflogen. Jetzt beherrschte Angst seinen Gefühlszustand.

»Ich war das nicht«, platzte es sofort aus ihm heraus, als Pfeiffer und Holzbaum zu ihm traten.

»Man hat Sie mit dem Holz in der Hand gesehen«, entgegnete Holzbaum ernst.

»Ja«, nickte Ulrich verzweifelt. »Ich habe es aufgehoben. Weiß selbst nicht, was mich dazu trieb. Aber ich habe Jörg nicht erschlagen.«

»Ja?!« Pfeiffer gab den beiden Polizisten ein Zeichen. Sie zogen sich zurück. »Warum haben Sie uns eigentlich nichts von dem Streit erzählt, den Sie am Sonntag mit Krüger hatten?«

»Wer hat ...«, Ulrich hielt inne.

»Wilms hat Sie zusammen mit Jakob Krüger streiten gesehen«, sagte Holzbaum.

Es war zwecklos, diesen Streit zu verleugnen. »Ich hatte Angst«, flüsterte Ulrich.

»So wie jetzt«, lächelte Pfeiffer abwertend. »Es entlastet Sie nicht gerade.«

»Jörg war tot, als ich ihn fand«, antwortete Ulrich mit wachsender Selbstbeherrschung.

»Das werden wir sehen«, meinte Pfeiffer. »Wir nehmen Sie vorläufig fest.«

»Das dürfen Sie nicht«, rief Ulrich.

Holzbaum wölbte die Augenbrauen. Das durften sie schon, aber es war eine dünne, eine sehr dünne Eisdecke, auf der sie sich bewegten.

»Was darf er nicht?« fragte plötzlich eine vertraute Stimme.

»Herr Irle! Was für eine Überraschung!« Pfeiffer sah zu Tristan. »Sie sind schnell, das muss man Ihnen lassen. Hübsches Hemd.«

»Was haben Sie vor?« fragte Tristan ruhig.

»Sie wollen mich verhaften«, stieß Ulrich ängstlich aus, »dabei habe ich ihn nicht umgebracht.«

»Ich glaub dir, Ulrich«, und wandte sich zu Pfeiffer, »was ist hier geschehen?«

Holzbaum zeigte auf den Platz.

»Das ist doch lächerlich!« entrüstete sich Tristan. »Ulrich würde doch nie ...«

»Man hat ihn mit der Tatwaffe in der Hand gesehen«, erwiderte Pfeiffer genervt. »Was wollen Sie? Ich kann den Mann nicht laufen lassen.«

»Aber«, forderte Tristan, »Sie können einen Unschuldigen nicht einfach ins Gefängnis stecken. Sie zerstören die Zukunft dieses Mannes.«

»Das hätte er bedenken müssen«, antwortete Pfeiffer kalt, »bevor er das Holz in die Hand nahm.«

»Mensch, Pfeiffer«, knurrte Tristan, dem die Hitze das nötige innere Feuer gab, »das ist ein großer Fehler und Sie wissen das!«

»Wenn sich bei der Obduktion herausstellt, dass der gute Mann bereits einige Stunden tot war«, Pfeiffer zückte ein Taschentuch, »dann ist Ihr Freund wieder auf freien Füssen.«

»Sie ...«, Tristan hielt inne. Im Grunde wusste er, dass Pfeiffer nicht anders handeln konnte. Es regte ihn nur diese bürokratische Denkweise auf, die so flexibel reagierte wie ein Öltanker auf Kollisionskurs. Der Detektiv fasste sich und fragte: »Lassen Sie Bückers Wohnung durchsuchen?«

»Warum?« Pfeiffer wischte sich die Stirn und behielt Tristan fest im Blick.

»Vielleicht findet sich ein Hinweis«, erklärte Tristan. »Bücker war Jakobs Vorgesetzter.«

»Stimmt das, Holzbaum?«

»Ja«, nickte der Kommissar. »Bücker war Amtsleiter bei der Stadtkasse.«

»Na prima«, stöhnte der Hauptkommissar. »Dann taucht jeden Moment unser lieber Staatsanwalt Büdenbender auf.«

»Da werden wir nicht drum herum kommen«, stellte Holzbaum fest.

»Wenigstens haben wir einen Verdächtigen«, sagte Pfeiffer zufrieden.

»Vorläufig«, zischte Tristan. »Werden Sie seine Wohnung durchsuchen?«

»Sicher«, nickte Pfeiffer und steckte das Taschentuch zurück in die Hose, »sonst brechen sie ja sicher dort ein.«

Tristan antwortete nicht, aber sein Gesichtsausdruck hätte jeden Kaufhausdetektiv in Alarmbereitschaft versetzt.

In diesem Moment bremste ein Nobelwagen vor der Kantine, die Fahrertür flog auf, und ein aufgebrachter Staatsanwalt betrat den Tatort.

Tristan verließ die Beamten, bevor Büdenbender ein „Guten Morgen" bellte, und suchte nach Mike. Der junge Flugschüler stand mit seinen Altersgenossen vor der Halle. Ihm war der Schreck noch anzusehen. Die tags zuvor noch unbekümmert dreinblickenden Augen hatten etwas an Unschuld verloren.

»Hallo, Herr Irle«, grüßte er erleichtert, als Tristan die Gruppe der jungen Leute erreichte.

»Morgen zusammen«, lächelte er. »Ihr wisst, wer ich bin?«

»Ja«, antworteten sie im Chor.

»Gut«, Tristan zupfte sein Hawaiihemd zurecht. »Ich hätte einige Fragen an Mike, wenn ihr uns entschuldigen würdet.«

»Klar«, sprachen sie wieder im Chor und trotteten davon.

Mike sah den Detektiv ängstlich an.

»Keine Bange«, versuchte Tristan den Jungen zu beruhigen. »Ich glaube nicht, dass Ulrich euren Fluglehrer erschlagen hat. Es war gut, dass du mich wegen des Mordes angerufen hast.«

»Ja«, meinte Mike traurig. »Ich hab's gesehen.«

»Das bezweifle ich nicht«, Tristan sprach langsam und vertraulich mit ihm. »Nur, wenn du mal darüber nachdenkst, dann hast du gesehen, wie Ulrich das Holz in der Hand hielt. Hast du auch gesehen, wie er zuschlug?«

»Nein«, antwortete er und atmete laut aus.

»Das bedeutet, dass Ulrich zwar das Holz anfasste, aber es bedeutet nicht automatisch, dass er auch damit zuschlug. Verstehst du, was ich meine?«

»Klar«, Mike wippte ungeduldig hin und her. »Aber neben ihm lag Jörg mit ...«

»Ich weiß«, unterbrach Tristan ihn. »Aber Jörg ist wahrscheinlich schon Stunden zuvor erschlagen worden.«

»Es sah alles danach aus, dass Ulrich ihn erschlagen hat«, erwiderte Mike verzweifelt.

»Ja, vordergründig«, nickte der Detektiv, »aber wie heißt es so schön: Manche Dinge sind nicht immer so, wie es den Anschein hat. Die Obduktion, da bin ich mir ganz sicher, wird beweisen, dass Bücker schon länger tot war.«

»Es würde mich sehr erleichtern«, antwortete Mike mit einem Funken Hoffnung, »Ich mag Ulrich und würde ungern gegen ihn aussagen.«

»Das verstehe ich«, nickte Tristan. »Ich verspreche dir, dass es zu keinem Gerichtsverfahren kommen wird. Aber dazu brauche ich deine Hilfe, vielleicht auch die deiner Freunde.«

»Kein Problem«, Mike wollte helfen, aus ganzem Herzen heraus wünschte er sich das.

»Gut.« Tristan sah sich um, als überlegte er. »Fangen wir bei Jakob an.«

»Bei Jakob?!«

»Ja! Ich denke, der Unfall und dieser Mord hängen zusammen. Wem gehörte das Flugzeug, das Jakob am Sonntag flog?«

»Das war sein eigenes«, antwortete Mike überrascht. »Ich dachte, das hätte Ulrich schon gesagt?«

»Leider habe ich ihn nie danach gefragt«, lächelte Tristan etwas beschämt.

Neben der Halle standen einige Garagen, die miteinander verbunden waren. Dort parkten die

Hänger, in denen die abgerüsteten Segelflugzeuge standen. Tristan deutete auf diese Garagen und fragte: »Dort stehen die Kunststoffflieger?«

»Ja, der linke Hänger, ganz außen, der gehörte Jakob.«

»Ich nehme an, dass die Schlüssel zu den Garagen für jeden zugänglich sind.«

»Nein«, erklärte Mike, »nur ein paar Leute haben da Zugang.«

»Es ist so wie mit dem Hallenschlüssel?«

»Ja«, nickte Mike, »bloß haben wir keinen allgemeinen Schlüssel.«

»Das heißt, ihr könnt diese Garagen auch während des Fliegerlagers nur öffnen, wenn einer dieser Schlüsselträger anwesend ist?«

»Ja. Aber das ist kein Problem, da immer einer da ist, der einen Schlüssel hat.«

Tristan ließ sich die Namen der Schlüsselinhaber geben. Er notierte sie auf einen kleinen Zettel, dann fragte er: »Dein Freund und du schlaft dort drüben in den Zelten?«

»Ja«, nickte Mike.

»Habt ihr in der Nacht von Montag auf Dienstag jemanden in die Halle gehen sehen?«

»Es geht um die Schläuche?« Mike sah ihn nachdenklich an.

»Ja«, nickte Tristan.

»Meine Freunde und ich sind noch lange am Lagerfeuer geblieben«, erzählte Mike. »Wir haben nichts Auffälliges gesehen.«

»Niemand ist aus der Halle gekommen?«

»Nun«, fiel Mike ein. »Ich weiß zwar nicht, ob er aus der Halle kam, jedenfalls kam Wilms vom Vorfeld.«

»Wilms?!«

»Ja, Patrik«, wiederholte Mike, »er sagte, er habe die Tankstelle abgeschlossen.«

»Sonst habt ihr keinen mehr gesehen?«

»Es kamen noch Wulf, Dietermann und Fritz in unterschiedlichen Abständen ans Lagerfeuer. Wo die herkamen, das kann ich Ihnen leider nicht sagen.«

»So?« überlegte Tristan.

»Wissen Sie, es war dunkel und sie können von überall her zum Lagerfeuer gekommen sein.«

»Danke, Mike«, lächelte Tristan.

Der Detektiv wollte sich schon verabschieden, da fiel ihm noch eine Frage ein: »Mike, hast du in der Nacht von Sonntag zu Montag ein Auto kommen sehen?«

Mike überlegte und antwortete.

4

Tatjana suchte Zucker. Die kleine Zuckerdose neben der Kaffeemaschine war leer. Sie wusste, dass irgendwo in dem alten Küchenschrank noch eine Dose voll Zucker stehen musste. Pitti leistete ihrer Freundin beim Frühstück Gesellschaft. Die Freundin hasste es, alleine zu frühstücken, und lud sich bei Tatjana, so oft es ging, selbst ein. Tatjana tat das gemeinsame Frühstücken gut.

»Wenn du keinen Zucker findest«, sagte Pitti ungeduldig, »dann hole ich welchen.«

»Nein, warte«, antwortete Tatjana. »Irgendwo hier muss diese Dose sein.«

Sie räumte einige Päckchen Nudeln beiseite und rief: »Da ist sie!«

»Na endlich«, stöhnte Pitti erleichtert. »Der Kaffee wird langsam kalt.«

»Ich hab's gewusst«, Tatjana schüttelte die Dose triumphierend.

»Komm, bring ihn endlich her«, drängte Pitti.

Tatjana setzte sich und öffnete die Dose.

»Ach du meine Güte«, rief sie überrascht. »Das gibt's nicht!«

»Was ist?« fragte Pitti und beugte sich über den Frühstückstisch, um in die Dose zu schauen.

»Ein Schlüssel«, antwortete Tatjana und klaubte ihn zwischen dem Zucker hervor.

»Ein Schlüssel?« Pitti schüttelte den Kopf. »Warum steckst du einen Schlüssel in die Zuckerdose?«

»Ich nicht«, erwiderte Tatjana aufgeregt. »Das hat Jakob gemacht.«

»Wieso?« Pitti wollte Kaffee trinken. »Reich mir jetzt endlich den Zucker.«

Tatjana überließ ihrer Freundin die Zuckerdose und starrte auf den Schlüssel, den sie in der Hand hielt.

»Er hat ihn vor einigen Wochen mitgebracht«, sagte sie mehr zu sich selbst. »Was hatte er noch dazu gesagt?«

»Hallo, Raumschiff, hier Erde!« rief Pitti und hielt ihr die Dose unter die Nase. »Kalorien im Anflug.«

»Vielleicht suchte das der Einbrecher«, murmelte sie laut und wäre fast mit dem Kopf gegen die Dose gestoßen.

»Vielleicht«, meinte Pitti resignierend und stellte die Dose ab.

Tatjana legte den Schlüssel auf den Tisch und überlegte.

Unterdessen begann Pitti ein Brötchen zu schmieren.

»Es wird heiß werden«, sagte sie, und ließ sich nicht von der nachdenklichen Freundin irritieren.

»Hm«, brummte Tatjana.

»Du solltest deine Sonnenkreme mit auf den Segelflugplatz nehmen«, plauderte sie, »heute wird es keine Wolken geben.«

»Wie du meinst«, antwortete Tatjana, aber sie hätte genauso gut antworten können: Du kannst mir die tollsten Geschichten erzählen, ich höre dir sowieso nicht zu.

»Hast echt Glück gehabt«, probierte Pitti es weiter, »dass du gestern nicht mitgekommen bist. Die Typen waren alle etwas schräg.«

»Hm«, erwiderte Tatjana in Gedanken versunken.

Pitti stellte sich ein gemeinsames Frühstück anders vor. Ihr Geduldsfaden begann bereits unter der Last Tatjanas mentaler Abwesenheit zu ächzen.

Plötzlich sprang die Pilotin auf und rief: »Ich weiß jetzt wieder, was es mit diesem Schlüssel auf sich hat!«

»So«, kommentierte Pitti, »dann können wir jetzt *zusammen* frühstücken!?«

5

Sina empfand die Arbeitsbedingungen im Rechenzentrum der Stadt erbärmlich. Der Raum mit seinem abgewetzten Linoleumboden und Neonlicht verströmte die Atmosphäre einer Grotte. Die Computer waren mit Prozessoren bestückt, die höchstens noch bei einem Schneckenrennen einen Preis gewannen. Aber am ärgerlichsten waren die Bildschirme, die zweifellos den Fundstücken einer archäologischen Ausgrabung am nächsten kamen. Dabei gab es heute flimmerfreie Flachbildschirme.

Nach anfänglichem Widerwillen rang sie sich dazu durch, die äußeren Bedingungen als Herausforderung anzusehen.

»Machen wir das Beste daraus«, hatte sie zu Goldmann gesagt, der nervös die Reaktionen der Computerexpertin verfolgt hatte.

Nach einer Stunde hatte sie einen Überblick und konnte nun den Arbeitsaufwand einschätzen, der nötig war, um ein zufrieden stellendes Ergebnis zu erzielen. Auf dem Bildschirm erschien automatisch eine Programmzeile nach der anderen. Ohne den Blick vom Bildschirm zu wenden, griff sie zum Telefon und ließ sich mit Goldmann verbinden.

»Sie können vorbeikommen«, hauchte sie entspannt in den Hörer, eine Eigenart, die sie unbewusst annahm, wenn sie mit ihren Gedanken in die Arbeit versunken war.

Sie hatte die Hälfte eines Programms durchgeschaut, das später einmal die Buchungen auf Datenträgern für die Banken verarbeiten sollte. Gehälter und Gelder aus dem Bargeldumlauf wurden mit elektronischen Überweisungsformularen so vorbereitet, dass man mit einem Klick Tausende von Buchungen durchführte.

Sina blickte angestrengt auf den Bildschirm und stutzte. Da trat Goldmann verschwitzt in den Raum und polterte los: »Na, Sie haben es geschafft?«

Sina sah auf, die Zeilen wanderten automatisch weiter, und lächelte: »Nein, aber ich habe jetzt einen Überblick.«

»Und?« fragte Goldmann aufgeregt, »werden wir es bis zum November schaffen?«

»Ich weiß nicht«, antwortete Sina zurückhaltend.

»Oh, Gott«, platzte es aus dem Kämmerer heraus, »sagen Sie ja nicht, das wir es nicht schaffen.«

»Ich denke«, Sina genoss ihre Macht, »wenn Sie den alten Schrott ersetzen und noch drei weitere Programmierer einstellen, könnte es bis nächsten Sommer funktionieren.«

Goldmann verfärbte sich. Nein – eigentlich verlor er alle Farbe im Gesicht.

»Sie scherzen?« flüsterte er schwach.

Sina ließ sich mit der Antwort Zeit, dann grinste sie und meinte: »Das haben Sie erkannt?«

Goldmann, dessen Gehirn durch abrupten Sauerstoffmangel im Notfallmodus lief, brauchte einen Augenblick, bis er begriff, dass Sina ihn auf die Schippe genommen hatte.

»Ich denke, in fünf Wochen ist das System Euro-fähig«, lächelte sie versöhnlich.

»Wollen Sie mich umbringen?« rief er aufgeregt und erleichtert. »Machen Sie meine Kinder nicht zu Weisen.«

»Ein kleiner Scherz«, Sina wandte sich dem Bildschirm zu, »macht das Leben doch viel angenehmer.«

»Vielleicht«, Goldmann wischte sich die Glatze trocken, »aber bitte nicht auf meine Kosten.«

»O.k.«, nickte sie, »wo finde ich Disketten?«

»Disketten?«

»Ja, die kleinen flachen Dinger, auf denen man Sachen abspeichert«, erklärte Sina allgemein verständlich.

»Keine Ahnung«, Goldmann zuckte mit den Schultern. »Wir benutzen eigentlich keine Diskettenlaufwerke.«

»Klar«, nickte Sina, »wegen der Virengefahr, aber hier unten brauche ich welche.«

»Ich besorge Ihnen Disketten.«

»Schön«, Sina schien nachzudenken, »da ist noch was.«

»So?!«

»Wie komme ich hier jederzeit rein?« fragte sie.

»Durch die Tür«, antwortete Goldmann verwirrt.

»Nein«, schüttelte sie den Kopf, »ich meine, wenn ich Nachts um zwei etwas erledigen will?«

»Was?« Man glaubte kaum, wie weit Goldmann die Augen aufreißen konnte.

Sinas Frage zielte in eine Vorstellungswelt, die für den größten Teil der deutschen Beamtenschaft jenseits der Jupiterringe lag. Für diese Gruppe unserer Gesellschaft war es so sicher, dass alle Verwaltungsarbeiten spätestens um 17:00 Uhr erledigt waren, wie der tägliche Sonnenaufgang im Osten. Kreativität wurde nur in wenigen Fällen von Beamten erwartet, deshalb musste Sinas Vorschlag auf Goldmann so ungeheuerlich wirken wie seinerseits die Vorstellung, die Erde drehe sich um die Sonne. Der Kämmerer wusste nichts von kreativer Spontanität, die sofort ausgelebt werden wollte. Ihm war auch nicht klar, dass Programmieren ein hohes Maß an kreativem Vermögen benötigte. Und er kannte Sinas Biorhythmus nicht.

»Sie wollen nachts ins Rathaus, um zu arbeiten?« vergewisserte er sich.

»Ja, wenn mir was Gutes einfällt«, erwiderte Sina.

»Das geht nicht«, sagte er in einem Tonfall, der der Inquisition Freude gemacht hätte.

»Dann garantiere ich für nichts«, antwortete sie hart.

»Nachts, da sollte man schlafen.« Goldmann schüttelte den Kopf.

»Sehen Sie, das ist Ihr Problem«, Sina stand auf. »Sicherlich gibt es genügend Beamten und Angestellte, die richtig aufblühen würden, wären sie nicht in diesem System gefangen. Sie sollten die Kreativität der Menschen nicht einsperren, sondern ihr freien Lauf geben. – Ich will einen Schlüssel und Zugang rund um die Uhr zu diesen Räumen, oder unser Arrangement endet, bevor es richtig begonnen hat.«

»Das können Sie nicht machen!« Goldmann begann die Situation langsam zu hassen.

»Ich kann«, lächelte Sina gelassen. Sie griff zu ihrem Rucksack, der neben dem Schreibtisch lag, und zog eine Diskette heraus. »Die habe ich mitgebracht.« Sie steckte sie in das Laufwerk und kopierte sich den Teil des Programms, den sie noch nicht genau durchgeschaut hatte. Dann steckte sie die Diskette zurück in ihren Rucksack, stülpte ihn über und sagte: »Wenn Sie einen Schlüssel haben, sagen Sie mir Bescheid. Sie kennen ja meine Handynummer.«

Goldmann schluckte und sah der jungen Programmiererin sprachlos nach, wie sie den Raum verließ.

6

Tristan und Mike sahen zu, wie Ulrich in einem Polizeiauto abtransportiert wurde. Pfeiffer und

Staatsanwalt Büdenbender waren eisenhart geblieben. Pfeiffer und Holzbaum folgten dem Streifenwagen. Büdenbender schien für einen Augenblick unschlüssig, sah zu Tristan, entschied sich dann aber doch dafür, den Segelflugplatz zu verlassen.

»Was nun?« fragte Mike besorgt.

»Jetzt suchen wir den wahren Mörder«, antwortete Tristan zuversichtlich.

»Wenn doch Tatjana hier wäre«, sagte Mike.

»Ich glaube nicht«, antwortete der Detektiv, »dass sie uns hier weiterhelfen kann.«

»Sie kennt den Vorstand«, Mike sah zu Wilms, der zusammen mit Frank Dietermann in ein Gespräch vertieft war.

»Nun«, lächelte Tristan herausfordernd, »die kennen mich genauso wenig.« Etwas energischer fügte er hinzu: »Und es wird Zeit, dass wir hier mal richtig auf den Putz schlagen.«

Mike sah ihn erschreckt an. Für ihn war das keine tolle Idee.

Tristan marschierte auf die beiden Männer zu.

»Hallo«, sagte Tristan, »entschuldigen Sie meine Störung, aber ich hätte da ein paar Fragen.«

Wilms verengte die Augen. »Was wollen Sie?«

»Wissen Sie«, lächelte Tristan kalt, »ich glaube nicht, dass Ulrich lange in Untersuchungshaft bleiben wird. Es wird sich schon heute Abend herausstellen, dass Bücker bereits in der Nacht umgebracht wurde.«

»So ein Quatsch«, entgegnete Wilms.

»Das denke ich nicht«, Tristan rückte seine Halbbrille zurecht. »Ich denke, wenn meine Vermutung zutrifft, dass einige andere Herren in Schwierigkeiten kommen.«

»Weshalb?« Wilms wurde unruhig, ohne die mentale Führung des Fluglehrers war alles so schwierig.

»Ganz einfach«, erklärte Tristan, »Ulrich dürfte als Verdächtiger wohl nicht mehr in Frage kommen, also muss jemand anders Bücker erschlagen haben. Und dieser Jemand hat die Nacht wahrscheinlich hier oben verbracht. – Vielleicht waren Sie es!«

Wilms atmete tief ein und sah zu Dietermann, der schweigend zuhörte.

»Verdächtigen Sie mich?« stotterte er.

»Sie und jeden anderen hier auf dem Platz«, sagte Tristan trocken.

»Ich habe mit dem nichts zu tun«, sprudelte es aus Wilms heraus. »Ich fand die Idee von Bücker die ganze Zeit über nicht gut.«

»Welche Idee?« hakte Tristan nach.

»Es begann nach dem Unfall«, Wilms schien erleichtert, endlich sein Gewissen zu entlasten. »Bücker wollte etwas vertuschen, er ließ die Unfallstelle abschirmen.«

»Was suchte er?« Tristans Sinne waren geschärft.

»Ich weiß es nicht«, erklärte Wilms verzweifelt, »ich habe bis heute nicht verstanden, was er suchte.«

»Soweit ich mich erinnere, war er am Sonntagvormittag nicht am Platz«, sagte Tristan.

»Ja«, nickte Wilms, »ich habe ihn angerufen, nach dem Unfall.«

»Hat er das fehlende Teil vom Höhenruder entfernt?«

»Keine Ahnung«, Wilms sah zu Dietermann. »Hast du gesehen, was er mitnahm?«

»Nein«, antwortete Dietermann leise. »Es war aber nicht das Teil vom Höhenruder.«

»Wieso nicht?« Tristan fixierte Dietermann, der gelassen antwortete: »Er ging schnurstracks auf das Cockpit zu. Dort lag bestimmt nicht das Höhenruderteil.«

Tristan nickte, das war unmöglich. Ihm fiel das Streitgespräch ein, das Jakob vor seinem Start geführt hatte. Aber Bücker war nicht auf dem Segelflugplatz zugegen gewesen.

»Ulrich und Tatjana sprachen von einem Streit, den Jakob vor seinem Start mit einem Vereinsmitglied gehabt haben soll. Hat jemand von Ihnen den Streit beobachtet?«

Wilms zuckte mit den Schultern.

»Ulrich hat sich mit Jakob gestritten.«

»Diesen Streit meine ich nicht«, antwortete Tristan. »Es hat einen zweiten Streit gegeben.«

Dietermann sah über den Platz und schien zu überlegen.

»Nein«, antwortete er schließlich. »Ich habe nichts mitbekommen.«

»Was machen Sie eigentlich beruflich?« fragte Tristan.

»Wie bitte?« Wilms irritierte der plötzliche Themenwechsel.

»Was Sie beruflich betreiben?« wiederholte Tristan.

»Ich bin Techniker«, antwortete Wilms, »wieso?«

»Nur so«, lächelte Tristan, »und Sie, Herr Dietermann?«

»Leitender Angestellter«, antwortete er. »Hat das was mit dem Fall zu tun?«

»Vielleicht«, meinte Tristan verschwörerisch. »Was für einen Beruf hat denn Wulf Specht?«

»Er ist Lehrer an der Berufsschule«, antwortete Wilms gereizt.

»Und der zweite Fluglehrer, Pierre-Olaf Anderdeck?«

»Er ist selbstständig«, Wilms fühlte sich wie ein Verräter. »Warum fragen Sie die Kameraden nicht selbst?«

»So ist es einfacher«, lächelte Tristan. »Außerdem spricht es für Sie, wenn Sie die Wahrheit sagen.«

Das beruhigte Wilms auf seltsame Weise. Er lächelte gequält.

»Sie glauben, dass der Unfall und dieser schreckliche Mord in einem Zusammenhang zu sehen sind?«

»Ja«, nickte Tristan, »alles spricht dafür.«

»Alles spricht dafür?« wiederholte der Vorstand.

Tristan nickte und bedankte sich bei den Männern, ohne eine weitere Erklärung abzugeben.

In diesem Moment trat Fritz aus der Kantine und rief über den Platz:

»Ist ein Herr Irle hier?«

Tristan hob die Hand.

»Eine Helga hat angerufen, Sie möchten sofort nach Hause kommen.«

7

Tatjana kraulte Marlowe, der ruhig auf seiner Kletterstange saß. Sie hatte sich die Wohnung von Tristan ganz anders vorgestellt. Die Bücherwand beeindruckte sie am meisten. Nachdem sie endlich wieder wusste, zu welchem Schloss der Schlüssel passte, war sie direkt zu Tristans Haus gegangen. Helga hatte ihr geöffnet und sie nach einer kurzen Erklärung eingelassen. Während sie auf Tristan wartete, hatte sie sich mit Marlowe angefreundet, der dankbar für Tatjanas Aufmerksamkeit war und sich ausgiebig verwöhnen ließ.

»Passen Sie auf«, sagte Helga, »verwöhnen Sie Marlowe nicht zu sehr, das hat er eigentlich nicht verdient.«

»So?« Tatjana konnte sich nicht vorstellen, dass dieser schöne weiße Vogel Ärger verursachen sollte.

»Glauben Sie es mir«, sagte Helga grimmig und blickte zu Marlowe, »erst gestern hätte er fast eine Katastrophe verursacht.«

»Er macht überhaupt keinen wilden Eindruck«, antwortete Tatjana.

»Das ist ja das Gefährliche an ihm.« Helga nahm einen Korb Wäsche und suchte zwei Strickjacken heraus, die hier und da einen Knopf verloren hatten. »Lassen Sie uns rausgehen. Draußen auf der Bank können wir auf Tristan warten.«

Tatjana nickte. Marlowe sträubte augenblicklich seinen Kamm, als Tatjana mit dem Kraulen aufhörte.

»Komm mit«, sagte Helga zu Marlowe, »aber flieg vorsichtig.«

Tatjana sah Helga verdutzt an.

»Er fliegt?«

»Natürlich«, nickte Helga. »Gehen Sie nur in Deckung, wenn er auf Sie zugeschossen kommt.«

Tatjana folgte Helga nach draußen, und kurze Zeit später flatterte Marlowe durch die Haustür in den Hof. Die Pilotin sah Helga besorgt an.

Helga kannte diesen Blick. Er glich dem aller Besucher, die Marlowe noch nicht kannten.

»Keine Angst, er fliegt nicht fort.«

»Erstaunlich!« kommentierte Tatjana, die von den neuen, schrecklichen Ereignissen auf dem Segelflugplatz noch nichts wusste.

»Hm«, summte Helga und nahm sich die Strickjacken vor. »Ist bestimmt ein gutes Gefühl, so eine Maschine zu fliegen.«

»Ja«, nickte Tatjana, »es ist ein herrlich befreiendes Gefühl.«

»Und die Männer?« Helga lächelte sie an, wie sich nur Frauen anlächeln, wenn sie etwas mitteilen wollen, was Männer nie verstehen werden.

»Die würden gerne sehen, wenn ich ihren Steuerknüppel in die Hand nehme«, antwortete Tatjana.

»So sind sie halt«, bemerkte Helga, als hätte sie ein fundamentales physikalisches Gesetz entdeckt.

»Ja«, lächelte Tatjana, »die meisten jedenfalls. Tristan scheint anders zu sein.«

»Oh, nein«, sagte Helga entschieden. »Er ist genauso wie die anderen auch. Er hat sich nur besser im Griff«, zwinkerte sie der jungen Frau zu. »Außerdem ist er in seiner Art erfrischend aufmerksam.«

»Das liegt vielleicht an seinem Beruf«, überlegte Tatjana.

»Ja«, nickte Helga und betrachtete die Stelle eines fehlenden Knopfs, »das habe ich mir auch schon gedacht.«

»Hallo, Helga«, rief Sina unerwartet über den Hof.

»Besuch«, meinte Tatjana.

»Ja, heute ist was los«, lächelte Helga und rief Sina entgegen: »Hast du schon Feierabend?«

»Nein«, antwortete Sina und kam rasch näher, »ich habe mir eine kleine Auszeit genommen.«

Die junge Programmiererin erreichte die Bank vor Tristans Haus. Ohne Förmlichkeit schüttelte sie Tatjana die Hand und sagte: »Ich bin Sina.«

»Tatjana«, antwortete die Pilotin.

Sina setzte sich zu den beiden.

»Tristans Klientin?« fragte sie neugierig.

»Mein Freund ist bei einem Unfall umgekommen«, antwortete Tatjana ernst.

»Sag bloß, dein Freund war Jakob Krüger?«

»Ja«, nickte Tatjana langsam.

»Wir haben zusammen gearbeitet«, erklärte Sina. »Tut mir Leid.«

»Schon gut«, sagte Tatjana leise.

»Was machst du hier?« fragte Helga, »du solltest doch vor deinem Computer sitzen.«

»Die haben puren Schrott da oben stehen«, mokierte sie sich. »Und außerdem sind die Arbeitsräume die reinsten Höhlen.«

»Kein Grund, abzuhauen«, sagte Helga ernst.

»Ja, es wird sehr gut bezahlt«, grinste Sina, »und außerdem habe ich heute Vormittag schon mehr erreicht als ich dachte.« Sie zog die Diskette aus ihrem Rucksack und wedelte damit. »Den Rest erledige ich zu Hause. Wo ist Tristan?«

»Er ist auf dem Segelflugplatz«, antwortete Helga. »Er muss jeden Moment kommen.«

»Na gut«, Sina stand auf, »bestell ihm schöne Grüße. Ich will noch zu Erich.« Zu Tatjana gewandt sagte sie: »Schön, dich mal kennen gelernt zu haben.« Ihr feuerroter Haarkopf tanzte über den Hof und verschwand im Nebeneingang der Marienkirche.

»Interessante Person«, meinte Tatjana.

»Da sagen Sie was«, lächelte Helga zweideutig.

8

Die Nachrichtensprecherin des lokalen Radios Siegen klang etwas blechern aus den Lautsprechern des kleinen Taschenradios, das Klette in seiner Küche aufgestellt hatte. Klette, Schriftexperte, Fälscher und vorbestraft, wohnte in einem kleinen Haus nahe dem Eiserfelder Friedhof in der Gilbergstraße. Um zu diesem Haus zu gelangen, musste man eine typische Siegerländer Straße bergauf erklimmen. Der alte Eiserfelder Dorfkern lag im Tal. Dort schlängelte sich die Sieg durch bebaute Gebiete Richtung Niederschelden. Als im Tal kein Platz mehr vorhanden war, begannen die Einwohner, die Hänge links und rechts der Sieg zu bebauen, und irgendwann trotzten die Menschen dem steilen Gilberg Wohnraum ab.

Klette hörte aufmerksam der Sprecherin zu.

»Wieder hat es einen Todesfall auf dem Segelfluggelände gegeben«, krächzte es aus dem Radio. »Ein junger Flugschüler beobachtete in den frühen Morgenstunden, wie ein älteres Vereinsmitglied den Fluglehrer Jörg B. erschlug. Wie wir aus gut unterrichteten Kreisen erfahren haben, ermittelt der Siegener Detektiv Tristan Irle bereits in dem Fall. Es besteht, so Irle, möglicherweise ein Zusammenhang zwischen dem Unfall am vergangenen Sonntag und dieser Tat ...«

Klette grunzte und wandte sich vom Radio ab. Langsam trottete er aus der Küche in sein Wohnzimmer.

Er kannte Tristan Irle sehr gut. Man konnte von Freundschaft sprechen, denn der Detektiv war in schwierigen Zeiten stets für ihn da gewesen. Zudem konnte Klette dem Detektiv vor noch nicht allzu langer Zeit bei einem Fall helfen. Der Ex-Fälscher kannte auch den Segelflugplatz und seine Mitglieder sehr gut. Seit er aus dem Gefängnis entlassen wurde, spazierte er jeden Tag durch den nahen Wald hinauf zum Segelfluggelände, das nur knapp einen Kilometer entfernt lag. Die ausgiebigen Spaziergänge halfen ihm, die schlimme Zeit des Eingesperrtseins zu vergessen.

Auf einem Tisch im Wohnzimmer stand ein Telefon, das er zielsicher ansteuerte. Er nahm den Hörer ab und wählte Tristans Nummer.

9

Tristan bog in den Hof und sah die beiden Frauen auf seiner Bank sitzen und lächelte. Sie gaben ein sehr reizendes Bild ab. So ein Motiv ließe sich auf jeder Postkarte abdrucken und würde für den Stadtteil eine echte Werbemaßnahme sein.

Der Detektiv parkte den Wagen unter den Kastanien. Marlowe begrüßte ihn zuerst. Er stürzte aus einem der Bäume auf seine Schulter.

»Hallo, Marlowe«, sagte Tristan. »Na, wurde es dir bei den Frauen zu langweilig?«

Marlowe blickte zu Helga, wie sie einen Knopf annähte, und plapperte: »Ihn trägt er klug und überlegt / Dahin, wo sie zu schneidern pflegt.«

»Er spricht ja«, rief Tatjana überrascht.

»Ja«, nickte Tristan und gab Marlowe einen Schubs. Der Kakadu flog zurück in den Baum. »Hat er sich bei euch bedeckt gehalten?«

»Ja«, sagte Helga. »Sein Schweigen war sehr angenehm.«

»Was gab's auf dem Platz?« fragte Tatjana.

»Nichts Gutes«, antwortete Tristan und erzählte, was passiert war.

Tatjana hörte aufmerksam zu. Hier und da schluckte sie, doch letztendlich nahm sie Bückers Tod gelassen auf. Es beruhigte sie sogar auf eine Art, denn jetzt stand für sie fest, dass Jakob einem Attentat zum Opfer fiel und keinen Flugfehler begangen hatte. Auch Ulrich wurde entlastet, denn auch er dürfte beim Aufrüsten nichts falsch gemacht haben.

»Und du bist sicher«, fragte sie, »dass Ulrich schnell wieder frei kommt?«

»Ganz sicher«, antwortete Tristan.

»Das will ich auch hoffen«, sagte Helga entschieden. Sie hatte Tristans Ausführungen nur flüchtig verfolgt bis zu dem Moment, als Ulrich in der Geschichte auftrat. »Wenn dieser Pfeiffer glaubt, einen Verwandten so behandeln zu können«, zischte sie, »dann hat er mich aber noch nicht richtig kennen gelernt.«

Tristan grinste. Er wusste, wie wütend seine Freundin werden konnte. Pfeiffer sollte in der nächsten Zeit nicht unbewaffnet das Haus betreten. Eine gute alte Bratpfanne hing auch in Tristans Küche.

»Jetzt erzähl«, forderte Tristan Tatjana auf, »weshalb bist du gekommen?«

Die Pilotin griff in die Hosentasche ihrer abgeschnittenen Jeans und zog den Schlüssel heraus.

»Den habe ich in der Zuckerdose gefunden«, strahlte sie. »Und er gehört zu einem Schließfach, das Jakob vor einiger Zeit bei der Volksbank unten an Kochs Ecke angemietet hat.«

Tristan nahm den Schlüssel entgegen. Er las die eingravierte Nummer.

»25«, sagte er.

»Ja«, nickte Tatjana, »das müsste die Nummer des Faches sein.«

Tristan runzelte die Stirn, wobei seine Halbbrille ein kleines Stück den Nasenflügel hinunterrutschte.

»Was ist?« fragte Tatjana enttäuscht. »Ist es nicht gut, den Schlüssel zu haben?«

»Den Schlüssel zu haben ist eine Sache«, antwortete Tristan. »Das Schließfach damit zu öffnen eine andere.«

»Das verstehe ich nicht!« Tatjana war ungehalten.

»Hast du eine schriftliche Berechtigung?« fragte der Detektiv.

»Eine was?« Tatjana sah ihn mit ihren großen Augen an. Schließlich dämmerte es ihr. »Oh, Scheiße. Die habe ich natürlich nicht.«

»Der Schlüssel gehört zu einem Schließfach«, murmelte Tristan, »und Schließfächer sind dafür bekannt, gut bewacht zu werden. Ohne eine schriftliche Berechtigung wird es schwer werden, an den Inhalt zu gelangen. Da verstehen die Banker keinen Spaß.«

»Gibt es keine Möglichkeit?« fragte Tatjana enttäuscht.

»Doch«, lächelte Tristan. »Hatte Jakob Verwandte?«

»Ja«, nickte Tatjana, »aber die leben in Kanada.«

»Hm«, Tristan betrachtete den Schlüssel. »Weißt du, wo er den zweiten Schlüssel aufbewahrt hatte?«

»Keine Ahnung«, überlegte Tatjana. »Er hatte ihn jedenfalls nicht bei sich, denn all die Sachen, die er bei sich hatte, hat mir die Polizei zurückgegeben.«

»Dann habe ich eine Ahnung, wo wir den Schlüssel finden können«, sagte Tristan geheimnisvoll.

Das Telefon klingelte.

Tristan stand auf ohne eine weitere Erklärung und beeilte sich, ins Wohnzimmer zu gelangen.

»Irle«, sagte er, dann hörte er Klette am anderen Ende der Leitung aufmerksam zu. Schließlich legte er den Hörer zurück auf die Gabel und eilte wieder hinaus.

»Tatjana, wir müssen nach Eiserfeld«, sagte er aufgeregt. »Helga, wir sind zum Abendessen wieder da.«

10

Pfeiffer hasste es, wenn Irle Recht behielt. Zusammen mit Holzbaum hatten sie Bückers Wohnung durchsucht und tatsächlich eine kleine Tasche gefunden, die eindeutig Jakob gehörte.

Der Inhalt der Tasche war ihm jedoch ein Rätsel. Außer einigen Notizen und einem Schlüssel enthielt die auf der Innenseite mit einem Absender versehene Tasche nichts Bemerkenswertes.

Jetzt saßen sie in ihrem Büro und starrten den vorläufigen Obduktionsbericht an, der soeben von Staatsanwalt Büdenbender übergeben wurde.

»Das ist ein schwerer Tiefschlag«, sagte der Staatsanwalt. »Bücker wurde zwischen 22 und 23 Uhr erschlagen.«

»Dann kann es Ulrich Hundt nicht gewesen sein«, meinte Holzbaum.

»Wieso?« Pfeiffer sah seinen Partner herausfordernd an. »Vielleicht hat er sich diese Schau heute Morgen nur als Ablenkungsmanöver ausgedacht.«

»Klingt nicht schlecht«, nickte Büdenbender.

»Nach den Aussagen der anderen Mitglieder«, Holzbaum schlug sein Notizbuch auf, »hat Ulrich Hundt sich nach einigen Gläsern Bier in das Zelt des Schülers Mike zurückgezogen. Er ist dorthin gewankt. Er dürfte nach diesen Aussagen nicht mehr in der Lage gewesen sein, einen so präzisen Schlag auszuführen, wie wir ihn an Bückers Kopf rekonstruieren konnten.«

»Vielleicht gut geschauspielert«, meinte Büdenbender.

»Ich denke nicht«, sagte Holzbaum überzeugt.

»Wir behalten ihn trotzdem vorsorglich unter Verschluss«, ordnete der Staatsanwalt an. »Was ist mit den Notizen und dem Schlüssel?«

»Noch keine Ahnung«, musste Pfeiffer gestehen.

Staatsanwalt Büdenbender nahm den Schlüssel in die Hand.

»Sieht wie ein Schließfachschlüssel aus«, meinte er.

»Haben wir auch schon gedacht«, log Pfeiffer. »Nur zu welchem Schließfach in welcher Bank?«

»Das sollten Sie herausbekommen«, mahnte Büdenbender. »So viele Möglichkeiten bietet Siegen nicht.«

»Dann machen wir uns mal auf den Weg«, sagte Pfeiffer und steckte den Schlüssel ein.

»Gute Idee«, nickte Büdenbender zufrieden. »Melden Sie sich, wenn Sie was herausbekommen haben!«

»Sicher«, antwortete Pfeiffer in einem Tonfall, der *Du-kannst-mich-mal* bedeutete.

»Mir macht das Autofahren bei diesem heißen Wetter keinen Spaß«, sagte Holzbaum mürrisch, als er in den Dienstwagen einstieg.

»Dir macht Autofahren nie Spaß« bemerkte Pfeiffer. »Wo fahren wir zuerst hin?«

»Zur Volksbank«, entschied Holzbaum.

Pfeiffer nickte und startete den Motor.

»Warum hat dieser Wagen keine Klimaanlage?« schimpfte Holzbaum.

»Weil er ein einfacher Dienstwagen ist«, teilte ihm Pfeiffer mit. »Unser Wagen ist in der Werkstatt.«

»Du solltest mit Staatseigentum vorsichtiger umgehen«, meinte Holzbaum, aber das hätte er genauso gut einem Kamikazeflieger sagen können.

Sie fuhren die Weidenauer Straße entlang, Richtung Stadtmitte. Durch den Brückenbau an Reichwalds Ecke staute sich der Verkehr auf der Sandstraße. Im Schritttempo überquerten sie den Fußgängerweg am Kölner Tor und bogen schließlich von der Koblenzer Straße in den Kirchweg ab. Nach einigen hundert Metern erreichten sie den Parkplatz der Volksbank.

»Hast du eine EC-Karte?« fragte Pfeiffer, der von einer Schranke aufgehalten wurde.

»Wozu?« fragte Holzbaum überrascht.

»Damit sich das Ding vor uns öffnet«, antwortete Pfeiffer.

Holzbaum zückte seine Brieftasche und zog eine EC-Karte heraus.

»Besitzt du keine?« fragte der Kommissar.

»Doch.« Pfeiffer steckte die Karte in einen dafür vorgesehenen Schlitz. Der Apparat schluckte die Karte und spuckte sie kurz darauf wieder aus. Dann öffnete sich die Schranke.

Pfeiffer reichte die Karte zurück. »Sie liegt im Büro, wo ich meine Brieftasche liegen gelassen habe.«

»So!«

Die Beamten betraten die Kassenhalle. Das Glück war ihnen hold. Die freundliche Dame am Schalter erkannte sofort, dass es sich um einen Schlüssel ihrer Bank handelte. Anhand der eingravierten Nummer war es auch kein Problem, das Schließfach ausfindig zu machen. Allerdings bestand die Bankerin darauf, die Ausweise der beiden Beamten zu sehen. Sie prüfte die Ausweise genau, notierte sich die Namen, bat um etwas Geduld und verschwand in einem Büro, um sich in der Kreispolizeibehörde über die beiden Beamten zu erkundigen. Schließlich trat sie mit einem Lächeln an den Schalter zurück und sagte: »Tut mir Leid. Sie benötigen einen richterlichen Beschluss.«

»Wirklich?« knurrte Pfeiffer und zückte sein Handy. »Das haben wir gleich.«

Es dauerte schließlich doch länger als eine Stunde, bis der Hauptkommissar über die Staatsanwaltschaft einen richterlichen Beschluss bekam, der ihm den Zugang zum Schließfach freigab.

11

Es gab keinen Zweifel, vor ihnen auf dem Tisch in Tristans Küche lag das fehlende Teil des Höhenruders. Klette hatte es während eines Spazierganges am Sonntag gefunden und eingesteckt. Tatjana saß auf der Eckbank und starrte es an.

»Ich glaub's nicht«, murmelte sie.

»Jetzt könnten wir Ulrich brauchen«, sagte Tristan und hob das Teil hoch.

»Den brauchen wir nicht«, Tatjana deutete auf den Rest eines Bolzens. »Irgendjemand hat diesen Bolzen angesägt.«

Tristan nickte. Der Hauptbolzen, der das Höhenruder sicherte, war an einer Stelle deutlich angesägt worden. An dieser Stelle war der Bolzen schließlich gebrochen.

»Damit sind endgültig alle Zweifel beseitigt. Jakob wurde ermordet«, sagte Tristan entschlossen. »Nur, weshalb?«

Er legte das Beweisstück zurück auf den Tisch.

»Ich habe keine Ahnung«, stöhnte Tatjana und stand auf. »Ich gehe nach Haus«, sagte sie müde. »Das war heute zu viel für mich.«

Sie verabschiedete sich und ließ Helga und Tristan mit Marlowe allein zurück.

»Armes Mädchen«, sagte Helga und setzte sich zu Tristan auf den Schoß. »Was meinst du?«

»Wozu?«

»Wollen wir heute nicht mal früh ins Bett gehen?«

Tristan grinste verwegen, doch das Teil da auf seinem Küchentisch saugte seine Fantasie an, wie ein Schwarzes Loch Materie.

»Ich verstehe den Hintergrund nicht«, sagte er zu Helga, die es sich auf Tristans Schoß gemütlich machte und ihm sanft den Nacken kraulte. »Warum macht jemand sich solch eine Mühe?«

»Vielleicht hat er gehofft, dass der Mord unentdeckt bleibt«, antwortete Helga.

»Die Chancen standen gut«, nickte Tristan und sagte. »Etwas tiefer, ja, so ist es gut.«

Helga grinste verliebt.

»Jetzt stellt sich nur die Frage, weshalb hat man ihn getötet? Wo liegt das Motiv?«

»Du schließt eine Vereinsfehde aus?«

»Ehrlich gesagt ja.«

Helga stand auf.

»Bist du dir da ganz sicher?«

»Nachdem ich heute mit Mike gesprochen habe«, Tristan nickte. »Ja! Niemand mochte diesen Jakob, aber nur weil er ein Querdenker war, würde niemand aus dem Verein ihn deshalb umbringen.«

»Es ist schon erstaunlich, dass auch noch sein Chef dem Mörder zum Opfer fiel«, bemerkte Helga und begann den Abendtisch abzuräumen.

»Vielleicht liegen die Dinge enger beieinander, als ich im Moment erkennen kann.«

»Ich sag ja«, grinste Helga, »du bist viel zu verspannt. Lass uns früh zu Bett gehen.«

»Du bist unmöglich«, scherzte Tristan und gab seiner Freundin einen Klaps auf den Po. »Ich setze mich nach draußen.«

Tristan nahm Pfeife und Tabak vom Kaminsims.

»O.k.«, nickte Helga, »ich komme gleich nach.«

Die Dämmerung setzte ein. Die aufgeheizten Pflastersteine strahlten die gesammelte Wärme eines wolkenlosen Sommertages zurück. Eine mediterrane Atmosphäre lag in dem Hof und Tristan genoss es. Er setzte sich auf seine Bank und streckte die Beine weit von sich. Eine Tür quietschte. Tristan sah sich um und sah, wie die Tür der Sakristei langsam aufging. Erich und Sina verließen die Kirche.

»Hallo, ihr beiden«, rief der Detektiv über den Hof und öffnete den Tabakbeutel.

»*Schuer,* Tristan«, erwiderte Erich und folgte Sina, die bereits in Richtung Tristan schlenderte.

»Alles klar mit Rom?« fragte Tristan den Diakon.

»Ja«, nickte Erich zufrieden. »Sina und ich haben gerade besprochen, wann sie heiraten wird.«

»Ja«, strahlte die IT-Spezialistin. »Der Job oben im Rathaus wird schneller erledigt sein als wir dachten. Jakob hat gute Arbeit geleistet. Ich denke, in ein paar Wochen bin ich da oben fertig, dann darf mir mein Chef echt heiße Flitterwochen finanzieren.«

»Wo soll's hingehen?« Tristan begann die Pfeife zu stopfen.

»Zuerst hatte ich an Hawaii gedacht«, sie schielte auf Tristans Hemd, »aber wenn da alle so rumlaufen?«

»Dir gefällt mein Hemd immer noch nicht«, stöhnte Tristan.

»Nun ja«, lächelte sie, »man gewöhnt sich an vieles. Jedenfalls, Erich hat mich auf eine Idee gebracht.«

»So?« Tristan sah seinen Freund an.

»Ja«, nickte Sina, und ihr feuerrotes Haar tanzte vor dem weißen Putz der Kirche. »Jetzt, wo Geld keine Rolle spielt, werden wir eine Rundreise durch Italien machen. Beginnen werden wir in Rom, dann Florenz und zum Schluss Venedig, und das alles in den besten Hotels.«

»Hm«, überlegte Tristan, »das wird deinen Chef mehr Geld kosten als Hawaii.«

»Hoffentlich«, schmunzelte sie.

»Was macht der Fall?« Erich setzte sich neben Tristan.

»Wir haben das fehlende Teil des Höhenruders gefunden.« Tristan zündete sich die Pfeife an. »Es wurde der Haltebolzen angesägt.«

»Also Mord«, schnaufte Erich.

»Ja«, nickte der Detektiv. »Ein ganz gemeiner noch dazu. Jakob hatte keine Chance.«

»Wer macht so etwas?« sagte Sina nachdenklich. »Ich würde verrückt werden, wenn jemand das mit meinem Schatz macht. Es ist erstaunlich, wie Tatjana das alles wegsteckt.«

»Du hast sie kennen gelernt?« fragte Tristan.

»Ja, vorhin«, antwortete Sina.

»Sie ist aus ganz hartem Holz geschnitzt«, meinte Tristan. »Ich glaube, wenn wir den Mörder gefunden haben, beginnt für sie erst richtig die Trauerzeit. Jetzt reißt sie sich noch zusammen.«

»Hast du eine Spur?« Erich sah den Rauchkringeln nach, die Tristan in die warme Abendluft pustete.

»Eine Ahnung«, Tristan sah Sina an. »Hast du irgendetwas bei deiner Arbeit entdeckt, das ungewöhnlich war?«

»Du meinst außer den alten Computern, dem schäbigen Raum und furchtbaren Bildschirmen«, grinste sie.

»Ja«, Tristan musste lachen.

»Jetzt, wo du mich drauf ansprichst«, sagte sie nachdenklich. »Einige Programmzeilen waren da, die eigentlich nicht an die Stelle des Programms gehörten. Ich habe aber die Sache nicht weiter verfolgt, weil mich Goldmann störte.«

»Goldmann?«

»Der Stadtkämmerer«, erklärte sie.

»Siehst du dir die Stelle noch mal genau an?« bat Tristan. »Man weiß nie.«

»Ja, ja, das habe ich mir auch schon gedacht und die Zeilen heruntergeladen.« Sie zog eine Diskette aus dem Rucksack.

»Nicht blöd«, lobte Erich.

»Na, wenn man so viel Schotter verdient wie ich«, strahlte sie, »dann sollte man was im Kopf haben.«

Reifen quietschten, und einen Augenblick später bog Pfeiffer mit Holzbaum um die Kirche.

»Oh weh«, stöhnte Tristan. »Hoffentlich hat Pfeiffer gute Nachrichten, sonst könnte er blaue Flecken abbekommen.«

»Weshalb?« fragte Erich, und Tristan erklärte Ulrichs Verhaftung mit wenigen Sätzen.

»Guten Abend«, rief der Hauptkommissar über den Hof.

»Ob der so gut ist?« fragte sich Tristan.

»Hallo«, sagte Holzbaum, der ein kleines Kästchen mit sich trug.

»Was führt Sie in die Höhle des Löwen?« Ein schwaches Lächeln bildete sich um Tristans Pfeifenmundstück.

»Nachrichten«, antwortete Pfeiffer.

»Ich hoffe gute«, meinte Erich.

In dem Moment trat Helga aus dem Haus. Sie hatte zum Glück keine Bratpfanne in der Hand.

»Wie können Sie nur?« polterte sie aufgeregt los. »Ulrich würde niemandem etwas zu Leide tun!«

»Beruhigen Sie sich«, beschwichtigte Holzbaum. »Die Obduktion beweist, dass Bücker in der Nacht ermordet wurde.«

»Hab ich mir doch gedacht«, brummte der Detektiv.

»Dann lassen Sie Ulrich frei!« forderte Helga.

»Ja, gleich morgen«, antwortete Holzbaum.

»Wir haben etwas in Bückers Haus gefunden«, berichtete Pfeiffer und hätte sich am liebsten auf die Zunge gebissen. »Sie hatten recht, Herr Irle.«

»Lassen Sie mich mal raten«, Tristan blies einen dicken Rauchkringel in die Luft. »Es war ein Schließfachschlüssel.«

Pfeiffer kniff die Augen zusammen und sah zu Holzbaum.

»Richtig«, sagte der. »Und wir haben gleich nachgeschaut. Das war in dem Schließfach.« Holzbaum reichte Tristan das kleine Kästchen.

Der Detektiv öffnete es und staunte: »Disketten!?«

11

Wer hätte das für möglich gehalten, dachte Tristan und betrachtete den Computerraum der Kreispolizeibehörde.

Von wegen Dorfpolizei, dachte der Detektiv.

Der Computerraum diente der Polizei als Internetbasisstation. Eine besondere Sonderkommission recherchierte nach rechtsextremen Organisationen und pornografischen Seiten, die zum Beispiel Kindersex und andere Perversitäten darboten. Pfeiffer hatte diesen Raum angeboten, um die gefundenen Disketten genauer zu untersuchen. Der Hauptkommissar kannte Sinas Fähigkeiten aus einem früheren Fall, und nach Rücksprache mit dem Leiter der Sonderkommission stand ein schneller Rechner zur Verfügung.

Pfeiffer, Holzbaum und Tristan standen vor einem Bürotisch, unter dem ein Giga-Herz-schneller Mikroprozessor die ankommenden Daten verarbeitete. Es war erstaunlich, wie schnell Sina ihre Finger über die Tastatur scheuchte.

»Das nenne ich einen Rechner«, frohlockte sie, während über den modernen Flachbildschirm kryptische Zeilenkolonnen huschten.

»Und?« fragte Tristan.

»Immer mit Geduld«, mahnte Sina, »ich hab's gleich.«

Holzbaum stöhnte. Es war stickig in dem Raum, obwohl die Klimaanlage lief.

Über den Bildschirm strömten unzählige Zeichen, ab und zu stoppte Sina den Vorgang, sah sich eine Zeile genauer an und notierte sich etwas. Dann drückte sie wieder eine Taste, und die Zeilen wanderten weiter. Dieser Vorgang wiederholte sich mehrmals, bis sie schließlich den Bildschirm mit einem schnellen Tastaturbefehl löschte.

»Wow«, rief Sina begeistert, »das ist ja genial, genial einfach.«

»Was?« fragten Pfeiffer und Tristan fast gleichzeitig.

»Wir haben hier einen richtig genialen kleinen Wurm«, lächelte sie.

»Einen Wurm?« Pfeiffer steckte sich eine Zigarette an. »Was soll das Tier da drin?«

»Kein Tier«, erklärte Sina. »Ein Wurm ist ein kleines, aber sehr wirkungsvolles Programm, das eine bestimmte Aufgabe hat.«

»Und was für eine Aufgabe hat dieser Wurm?« fragte Tristan.

»Er spuckt bares Geld aus«, sagte Sina anerkennend.

»Ich verstehe nur Bahnhof«, brummte Pfeiffer. »Könnten Sie das mal so erklären, dass ich es kapiere?«

»Dieser Wurm steckt im Buchhaltungsprogramm der Stadtverwaltung«, begann Sina. »Nein, er sollte wahrscheinlich dort hineingesetzt werden.« Sie schlug sich mit der flachen Hand vor die Stirn: »Jetzt verstehe ich auch die Programmzeile von heute Morgen!«

»Redet sie immer so byzantinisch?« fragte Pfeiffer den Detektiv.

Tristan lächelte verständnisvoll und zuckte mit den Schultern.

»Also Jungs«, setzte Sina erneut an. »Heute Morgen habe ich eine Zeile im Buchungsprogramm der Stadt gefunden, die sozusagen als Wurmeingang angelegt ist. Dieses kleine süße Programmchen«, sie tätschelte den Bildschirm, »sollte wahrscheinlich dort eingeschleust werden. Von da aus hätte es sich dann seinen Weg gebahnt.«

»Aber was macht es?« fragte Tristan und blickte Sina ernst an.

»Es ist ein Umrechnungsprogramm«, Sina griff zu einem Blatt Papier und suchte auf dem Schreibtisch nach einem Stift. »Es rechnet D-Mark in Euro um.«

»Das ist alles?« stieß Pfeiffer enttäuscht aus.

»Nun warten Sie mal, Herr Hauptkommissar«, lächelte die IT-Spezialistin. »Die meisten großen Dinge dieser Welt sind genial einfach. Denken Sie mal an eine Schraube. – Aber ich schweife wieder ab.«

Sie schrieb auf das Blatt: 1 € = 1,95583 DM

»So wird umgerechnet«, sagte sie.

»Das ist uns bekannt«, murrte Pfeiffer.

Sie schrieb erneut auf das Blatt: 0,01 € = 0,01 DM oder 1 Cent = 1 Pfennig.

»Verstehen Sie?« Sina hielt ihnen das Blatt hin.

Pfeiffer grübelte, Holzbaum schaute ebenfalls etwas verwirrt. Tristan schien zu rechnen.

»Die kleinste Einheit unserer jetzigen D-Mark«, erklärte Sina, »also Pfennig, ist aus Umrechnungsgründen nur in 1 Cent umzutauschen.«

»Und was hat das mit dem Wurm zu tun?« Pfeiffer wurde ungeduldig. Eine Eigenart, die er wohl nie ablegen würde.

»Nun«, grinste Sina, »wenn Sie 1 D-Mark in Euro umrechnen, was erhalten Sie dann?«

»Wo ist ein Taschenrechner?« rief Pfeiffer.

Holzbaum fand einen in einer Schreibtischschublade und reichte ihn seinem Chef.

»0,51 «, sagte er stolz und zeigte den Taschenrechner Sina.

»Gut«, nickte sie, »was aber erhalten Sie, wenn Sie die eine Mark in Pfennige umrechnen und dann in Euro umtauschen?«

»Wollen Sie uns veralbern?« sagte Pfeiffer scharf. »Natürlich die gleiche Summe.«

»So?« Sina schrieb auf das Blatt: 1 DM = 100 Pf

»Wenn Sie es so rechnen, dann ja, aber wenn Sie den Betrag vorher aufsplitten, so zum Beispiel«, sie schrieb: 100 Pf = 1 Pf + 1 Pf + 1 Pf + 1 Pf + 1 Pf + 1 Pf ... usw.

»Und wenn Sie jetzt jeden einzelnen Pfennig einzeln umtauschen, dann erhalten Sie ...« Wieder griff sie zu dem Blatt. 1 Pf = 1 Cent + 1 Pf = 1 Cent + 1 Pf = 1 Cent ... usw.

»Macht am Ende 100 Pfennige = 100 Cents, nicht wahr«, grinste sie. »Und 100 Cents sind 1 Euro. Sie erhalten also für 1 D-Mark einen ganzen Euro, also das Doppelte des eigentlichen Wertes. Das nenne ich Geldvermehrung in ihrer perfektesten Form«, freute sie sich. »Einfach genial!«

Pfeiffer staunte und musste die Information erst verarbeiten. Tristans graue Zellen waren ein Stück weiter.

»Dieser Wurm«, sagte er, »der splittet jeden D-Mark-Betrag in einzelne Pfennige auf?«

»Ja«, nickte Sina.

»Und dann rechnet er die D-Mark in Euro um«, Tristan nickte.

»Jeder D-Mark-Betrag, den die Stadtkasse ausgibt, wird vorher in Euro umgerechnet. Dann erst wird er als Überweisung an die Bank weitergeleitet. Dieses kleine Programm erzeugt aber – nach besagter Umrechnung – einen zweiten Euro-Betrag, den es ebenfalls als Überweisung ausgibt. Ich gehe jede Wette darauf ein, dass ein weiteres verstecktes Programm diese Überweisung tarnt und auf ein Konto führt, das bestimmt nicht der Stadt gehört.«

»Aber das muss doch auffallen«, warf Holzbaum ein.

»Sicher«, nickte Sina, »aber so, wie das hier alles angelegt ist, dürfte eine Menge Zeit verstreichen, bis jemand davon Wind bekommt. Sie dürfen nicht vergessen, dass in den ausgedruckten Buchungen diese Transaktionen nicht erscheinen. Erst wenn eine gründliche Revision der Bücher erfolgt, wird man diesen kleinen Trick feststellen können. Aber bis dahin ist das Herrchen des kleinen Wurms schon stinkreich geworden.«

»Damit haben wir endlich ein Motiv«, sagte Tristan laut.

6. Es war erstaunlich ...

Donnerstag

Es war erstaunlich, wie viel Kreativität aufgebracht wurde, um Verbrechen zu organisieren und durchzuführen. Tristan schüttelte den Kopf. Er saß allein in seinem Wohnzimmer, während Helga und Sina sich zu einem Frühstückskaffee verabredet hatten. Draußen stieg die Temperatur bereits wieder über 20 Grad Celsius, was einen weiteren heißen Tag erwarten ließ. Marlowe saß auf seiner Kletterstange und verhielt sich erstaunlich ruhig. Auf dem Wohnzimmertisch lagen das Höhenruderteil und das Kästchen mit den Disketten. Sina hatte die Disketten für weitere Nachforschungen mitnehmen dürfen und bei Tristan sicherheitshalber zurückgelassen.

»Dann wollen wir mal Tatjana anrufen«, sagte Tristan zu Marlowe.

Der Kakadu spreizte seinen Kamm und wippte ein-, zweimal auf und ab.

Tristan wählte Tatjanas Nummer.

»Morgen, Tatjana«, sagte er in den Hörer, »verzeih die frühe Störung, aber wir haben gestern Abend etwas Wichtiges gefunden. Wenn du ... gut ... ich bin zu Hause.«

Er legte auf.

Ein leichter Durchzug, alle Fenster und die Haustüre standen offen, schob sachte abgestandene Luft hinaus. Der Detektiv setzte sich in einen seiner Lesesessel und grübelte. Das Motiv war ihm jetzt klar. Jakob, daran bestand kein Zweifel, wollte die Stadtkasse auf elegante Weise plündern. Dieses Programm, der Wurm, wie es Sina nannte, war genial einfach konstruiert, und das machte die Sache kompliziert. Denn wer in der Lage war, ein solches Programm zu entwickeln, der verfügte über hervorragende Kenntnisse in unterschiedlichen Programmiersprachen. Sina hatte es Tristan und Pfeiffer zu erklären versucht. Was der Detektiv letztendlich verstanden hatte, war eine Analogie, die die Computerspezialistin verwendete.

Sie erklärte: ›Die gesamte Software der Stadtverwaltung läuft mit unterschiedlichen Programmen, die in unterschiedlichen Programmiersprachen geschrieben worden sind. Ein Wurm muss deshalb in der Lage sein, sich zwischen allen verwendeten Programmiersprachen verstecken zu können. Man könnte diesen Wurm am besten mit einem Chamäleon vergleichen. Dieses Tier passt sich seiner Umgebung farblich so gut an, dass man es nur sehr schwer entdecken kann. Das kleine Programm hat die gleichen Eigenschaften. Es versteckt sich zwischen den anderen. – Wie gesagt, hier war einer am Werk, der sich in der Flora und Fauna der Programmiersprachen bestens auskennt.‹

Jakob besaß diese Kenntnisse nur teilweise, das hatte Sina bei ihrer Arbeit mit Jakob festgestellt, was die Frage aufwarf, welchen Partner Jakob hatte. Darüber hinaus war Bückers Tod nicht zu vergessen. Die Notizen, die Pfeiffer mit dem Schließfachschlüssel fand, ergaben keine weiteren Hinweise.

Allerdings, überlegte Tristan, könnte Bückers Beteiligung darin bestanden haben, den Schwindel möglichst lange zu decken. Dazu eignete sich Bückers Position hervorragend. Was blieb, war die Frage nach dem unbekannten Komplizen. Die Vermutung lag nahe, diesen Unbekannten als Mörder zu verdächtigen.

Tristan seufzte.

Es machte wenig Sinn, Jakob zu ermorden, wenn er noch gar nicht den Wurm installiert hatte. Oder gerade deswegen?

Er betrachtete das Höhenruderteil und sah sich nochmals den angesägten Bolzen an. Der abgebrochene Bolzen hatte sich in der Führung verkantet und ließ sich jetzt nur noch mit Gewalt aus der Führung herausziehen.

Dieser Bolzen, dachte Tristan, war nicht sehr groß. Ein wenig sperrig vielleicht, aber man konnte ihn unbemerkt unter einer Jacke verstecken und forttragen. Es war also möglich, unter den Augen von Vereinskameraden den Bolzen zu entwenden.

Tristan kam eine Idee. Er suchte seinen Block, in den er die letzten Tage immer mal wieder Notizen geschrieben hatte.

Wann hat der *Mosquito* das letzte Mal vor dem Absturz geflogen?

Wer war beim Abrüsten dabei?

Und wer war beim Aufrüsten am Sonntag dabei?

Draußen hörte er einen Wagen vorfahren. Kurze Zeit später betraten Pfeiffer, Holzbaum und Ulrich das Wohnzimmer.

»Hier bringe ich Ihren Freund«, sagte Pfeiffer und setzte sich auf das Sofa. »es besteht kein weiterer Verdacht gegen ihn.«

»Danke, Tristan«, Ulrich gab dem Detektiv die Hand. »Wo ist Helga?«

»Sie ist mit Sina Kaffee trinken«, antwortete Tristan.

»Bei der Hitze?« Holzbaum schwitzte allein bei dem Gedanken mehrere Tropfen aus.

»Sie wollen etwas besprechen«, Tristan stand auf. »Ich glaube, es geht um die Hochzeit.«

»Nun«, Pfeiffer schlug sich auf die Oberschenkel, »wie gehen wir weiter vor?«

»Wir?!« Tristan sah den Hauptkommissar überrascht an.

»Gestern Abend«, meinte Pfeiffer ruhig, »waren wir doch ein gutes Team.«

»Hm«, brummte der Detektiv, »wir waren auch alle sehr, sehr müde.«

»Aber wir wissen jetzt, weshalb dieser Jakob Krüger umgebracht wurde«, antwortete Pfeiffer stolz.

»Das ist aber schon alles«, erklärte Tristan.

»Nicht ganz«, meinte Holzbaum. »Wir haben auch dieses Höhenruderteil.«

»Ihr habt das Stück gefunden!« rief Ulrich begeistert.

»Hat man dir das noch nicht gesagt?« Tristan sah Pfeiffer verärgert an.

»Ich hab's vergessen.« Er zuckte mit den Schultern.

»Kann ich es mir ansehen?« fragte Ulrich.

»Es liegt dort drüben«, sagte Tristan. »Der Haltebolzen wurde angesägt, das ist für jeden Laien deutlich zu sehen. Du hast beim Aufrüsten keinen Fehler gemacht. Tatjana hat das Teil begutachtet.«

Ulrich eilte zum Tisch und sah sich das Teil genau an. Er nickte.

»Dann kann der Mörder nur jemand aus dem Verein sein.« Ulrichs Äußerung schien ins Schwarze zu treffen.

»Aber wer?« Pfeiffer stand auf.

»Das sollten wir herausbekommen«, lächelte Tristan. »Wie wär's wenn wir den Platz erneut besuchen?«

»Das Fliegen war echt geil«, sagte Pfeiffer, »wenn ich das wiederholen könnte.«

»Wohl kaum, Chef«, meinte Holzbaum, »dein Pilot liegt in der Leichenhalle.«

»Es wird doch noch andere Fluglehrer geben«, erwiderte Pfeiffer, »ansonsten setze ich mich eben nach hinten.«

»Fahren Sie schon vor«, sagte Tristan, »ich warte noch auf Tatjana. Sie ist auf dem Weg zu mir. Wir kommen dann nach.«

»O.k.«, nickte Pfeiffer. »Herr Hundt, Sie können mit uns fahren.«

»Das wird Wilms die Sprache verschlagen«, lächelte Ulrich, »wenn ich aus dem Polizeiwagen steige.«

Die drei verließen das Haus, und Tristan betrachtete nochmals das Höhenruder. Dabei fiel sein Blick auf das kleine Kästchen. Er nahm es gedankenlos in die Hand, und genau in dem Moment entschied Marlowe, einen kleinen Überraschungsanflug auf den Tisch zu starten.

Tristan erschrak und ließ das Kästchen fallen. Es knallte auf den Holzboden und öffnete sich. Die Disketten rutschten heraus und verteilten sich auf dem Boden.

»Na, toll!« schimpfte Tristan. »Hoffentlich sind sie nicht beschädigt!«

Die Disketten hielten so einen Sturz problemlos aus, was jeder Computerbenutzer wusste. Tristans Computerkenntnisse beschränkten sich auf das An- und Ausschalten. Er kannte genügend Menschen, die besser mit der Technik umgehen konnten als er. Das reichte ihm.

Nach und nach sammelte er die Disketten ein und untersuchte sie nach Schäden. Er tat dies eher unbewusst, denn ihn beschäftigte die Frage, wie er aus den verdächtigen Personen – das waren momentan alle Fluglagerteilnehmer – den einen herausfiltern konnte, der schuldig war.

Die letzte Diskette war unter das Sofa gerutscht. Er musste sich strecken, um an sie zu gelangen. Schließlich hielt er sie in den Fingern, drehte sie, sah auf das Etikett und wollte sie schon zu den anderen stecken, als ihn sein Bewusstsein bremste, und seine grauen Zellen gaben eine Erinnerung frei.

»Das glaube ich nicht!« rief er überrascht.

Marlowe zuckte zusammen, doch er war nicht gemeint.

Der Detektiv schüttelte den Kopf. Er hielt die Diskette in der Hand und klopfte auf das Etikett. Dort stand in sehr kleinen Buchstaben die Lösung des Falles. Als Erstes musste er nun Pfeiffer eine Nachricht zukommen lassen.

2

Wilms pulte mit dem linken Zeigefinger im Ohr, während er seinen Vereinskameraden zuschaute. Die Hallentore standen weit offen, und die ersten Segelflugzeuge wurden herausgeschoben. Der Wetterbericht versprach erneut tolles Flugwetter. Wulf und Mike begannen den Doppeldecker zu drehen, andere Kameraden traten hinzu und schoben den Oldtimer schließlich heraus. Die meisten Flugschüler standen abseits und warteten geduldig auf einen neuen Fluglehrer. Wilms hatte ihnen versprochen, das Fliegerlager mit Fluglehrer fortzuführen. Ein Fluglehrer aus einem Nachbarverein hatte ebenfalls Urlaub und erklärte sich bereit, einzuspringen. So ging die Flugausbildung weiter, bis der zweite Fluglehrer des Vereins aus seinem Auslandsaufenthalt zurückkehrte.

»Da kommt die Polizei«, rief einer der Piloten.

»Nicht schon wieder«, schnaufte Wilms.

Der Vorstand wäre am liebsten in den Boden versunken, aber er konnte seiner Pflicht nicht entkommen. Er beobachtete, wie der Streifenwagen vor der Kantine parkte und Pfeiffer, Holzbaum sowie Ulrich ausstiegen.

»Das darf doch nicht wahr sein«, staunte Wilms säuerlich. »He, da kommt Ulrich!« rief er warnend zu den anderen Kameraden.

»Was!?« antwortete Wulf.

»Ulrich kommt!« wiederholte Wilms.

»Na, das ist doch klasse«, freute sich Mike und ließ Wulf am Doppeldecker stehen.

Die drei Neuankömmlinge wurden von Wilms am Vorfeld begrüßt.

»Es besteht kein Verdacht mehr«, sagte Ulrich hart zu Wilms. »Jörg wurde in der Nacht erschlagen. Und ganz sicher nicht von mir!«

»Dann haben wir einen Mörder unter uns«, flüsterte er zu Pfeiffer.

»Ja, das nehmen wir an«, antwortete Pfeiffer trocken.

»Ach du meine Güte«, schluckte Wilms. »Wer das wohl ist?«

Ulrich sah Wilms böse an, schwieg jedoch, da Mike die kleine Gruppe erreichte.

»Toll, dass du wieder da bist«, sagte der Flugschüler erleichtert. »Ich freue mich. – Es tut mir Leid, wenn ich dich in Schwierigkeiten gebracht habe.«

»Schon gut«, Ulrich klopfte Mike auf die Schulter. »Ich hätte wahrscheinlich nicht anders gehandelt.«

Mike nickte zufrieden. »Komm, du musst dir mal den Doppelsitzer ansehen, wir hatten gestern eine harte Landung mit dem Vogel.«

Ulrich sah kurz zu Pfeiffer, der nickte und nahm sich Wilms vor.

»Sie wissen«, begann der Hauptkommissar, »dass auf Falschaussagen Gefängnis droht?«

»Was!« Wilms wurde bleich. »Wieso? Was soll ich falsch ausgesagt haben?«

»Das werden wir noch herausbekommen«, meinte Pfeiffer gelassen.

Fritz trat vor die Kantine und rief: »Telefon für einen Pfeiffer!« Und fügte leise hinzu: »Bin ich denn eine Telefonzentrale?«

3

Tristan wartete ungeduldig vor seinem Haus auf Tatjana. Zuvor war er nochmals alle Indizien durchgegangen. Er durfte jetzt keinen Fehler machen, denn noch war die Beweiskette sehr brüchig.

Die Pilotin fuhr schließlich in den Hof und wurde von Marlowe mit wildem Flügelschlag begrüßt.

»Morgen, Tristan«, rief sie und hatte Angst, dass Marlowe sich in ihrem Haar verfing.

»Gut, dass du da bist«, sagte er hastig.

»Was gibt's?« fragte sie unruhig.

»Ich weiß jetzt, wer der Mörder ist«, sagte Tristan, »aber zuvor muss ich noch einiges nachprüfen. Dazu brauche ich deine Hilfe. Zuerst einmal muss ich wissen, ob alle Starts aufgezeichnet werden?«

»Ja«, nickte sie. »Jeder Start wird in eine Startliste eingetragen. Dort stehen Flugzeugtyp, Kennzeichen und Name des verantwortlichen Piloten.«

»Gut«, nickte Tristan, dann berichtete der Detektiv ihr, was sie abends zuvor herausbekommen hatten, und stellte weitere Fragen. Sie antwortete auf alle seine Fragen zufrieden stellend. Schließlich ahnte sie, wen Tristan verdächtigte.

»Das kann doch nicht sein!« sagte sie niedergeschlagen.

»So wie es jetzt aussieht«, meinte Tristan ernst, »haben wir es mit einem sehr gefährlichen Menschen zu tun, der es versteht, sich zu tarnen.«

»Aber«, noch wollte ihr Verstand nicht glauben, »wegen Geld?«

»Ich fürchte ja«, nickte Tristan. »Wir müssen zum Segelfluggelände.«

Er rief erneut dort an und bat Pfeiffer, die Startlisten zu sichern, dann sagte er: »Ich sehe nach, ob Erich auf Marlowe aufpassen kann. Helga ist mit Sina unterwegs, das kann dauern, bis die wieder zurück sind.«

Erich übernahm den Job. Dann machten sich die beiden auf den Weg zum Segelflugplatz.

Dort wartete bereits Pfeiffer auf sie. Kaum dass Tristan die Kantine betrat, stürmte der Hauptkommissar auf ihn zu und schimpfte: »Wo bleiben Sie denn? Sie wissen ja nicht, was ich durchmache.«

»Haben Sie die Startlisten?« fragte Tristan unbeeindruckt und gab Holzbaum eine Plastiktüte, in der eine Diskette lag.

»Ja«, nickte Pfeiffer, »dort auf dem Tisch.«

»Gut«, nickte Tristan, »dann lassen Sie uns die Listen durchsehen.«

Tatjana fragte Holzbaum: »Was hat er denn?«

»Oh«, grinste der Kommissar, »er hat Fritz kennen gelernt.«

»Fritz erzählt gerne Geschichten«, schmunzelte Tatjana.

»Ja.« Holzbaums Bulldoggengesicht nahm einen sehr entspannten Ausdruck an. »Genauso wie mein Chef.«

»Steht nicht so rum«, rief Tristan, »helft! Wir suchen die Startliste von Sonntag und die von Samstag.«

»Was suchen wir genau?« fragte Tatjana.

»Den letzten Start von Jakob vor dem Unfall«, antwortete Tristan.

»Warum sehen wir nicht im Bordbuch nach?« Tatjana sah den Detektiv an.

»Was ist ein Bordbuch?«

»Sozusagen ein Fahrtenschreiber für das Flugzeug«, erklärte die Pilotin. »Darin müssen alle Starts eingetragen werden. Zudem müssen Unfälle, Reparaturen und Änderungen am Flugzeug ebenfalls vermerkt werden.«

»Wo ist dieses Bordbuch?« fragte Pfeiffer.

»Normalerweise hat es Jakob«, sagte Tatjana nachdenklich, »aber ich glaube, das LBA hat es jetzt.«

»Also zurück zu diesen Listen«, sagte Tristan.

Tatjana nickte.

Sie schlugen eine Mappe auf, in der eine Anzahl Listen gesammelt lagen. Sie waren noch nicht sortiert und abgeheftet.

»Wir suchen einen Starteintrag von Jakob«, sagte Tristan.

Sie begannen die Listen durchzusehen.

»Ich habe was«, sagte Holzbaum.

Sie stellten fest, dass Jakob eine Woche vor dem Unfallflug das letzte Mal mit seinem Segelflugzeug in der Luft war. Tristan sah sich die Liste genauer an. Er ging sie langsam durch und grinste zufrieden. Er suchte einen Namen und fand ihn. »Ich glaube, jetzt haben wir ihn!«

Holzbaum zeigte auf den Eintrag.

»Wenigstens kann er nicht behaupten«, sagte Holzbaum, »dass er an diesem Tag nicht auf dem Platz war.«

»Dann mal los«, sagte Pfeiffer, »holen wir sie hier zusammen!«

4

Helle Aufregung verbreitete sich auf dem Gelände. Alle Mitglieder wurden aufgefordert, sich in der Kantine zu versammeln.

»Was soll das?« fragte Mike seine Freunde.

»Keine Ahnung«, antwortete einer von ihnen. »Lassen wir uns überraschen.«

»Ich weiß nicht«, sagte Pierre-Olaf, der andere Schlepppilot. »Das scheint mir doch ein echtes Zirkusstück zu werden.«

»Da stimme ich dir zu«, rief Frank Dietermann, der Flugleiter. Er trug wie üblich ein Funkgerät mit sich herum.

»Aber«, warf Wulf ein, »irgendetwas hat dieser Detektiv bestimmt herausbekommen.«

»Sicher«, scherzte Dietermann. »Er hat herausbekommen, dass ohne einen neuen Fluglehrer die Ausbildung nicht weitergeht.«

»Wir sollten das nicht so leicht nehmen«, warnte Wilms, der am Kantineneingang seine Vereinsmitglieder empfing. »Bleibt ruhig und hört euch an, was die Polizei zu sagen hat, klar!«

»Ja, ja«, nickten Mike und die anderen Jugendlichen.

»Das kann was werden«, stöhnte Wulf und betrat neben Pierre-Olaf und Dietermann die Kantine.

»Kommt ruhig näher«, rief Fritz hinter der Theke hervor. »Hier werdet ihr gebissen!«

Mike schüttelte den Kopf. »Er versteht den Witz nicht«, flüsterte er.

»Lass Fritz in Ruhe«, warnte Wilms, »unsere verdienten Vereinskameraden behandeln wir mit Respekt!«

»Ja, ja«, antwortete Mike.

»Ja, ja«, schimpfte Wilms aufgebracht, »bedeutet: Du kannst mich mal. Ich meine es ernst, Mike!«

Wulf klopfte Wilms auf die Schulter. »Ruhig, Patrik, lass die Kids.«

»Mensch, Wulf«, seufzte Wilms und setzte sich an einen Tisch, »diese Sache nimmt allmählich Dimensionen an, die mir zu groß werden.«

Wulf nickte, als verstünde er Wilms Probleme. »Wo sind eigentlich Tatjana und Ulrich?«

»Tatjana ist drüben im Bürozimmer«, antwortete Mike, »hab sie da reingehen sehen.«

»Und Ulrich?« Wulf sah sich um.

»Da kommt er«, sagte Wilms beunruhigt. »Es wäre mir lieber, wenn er im Gefängnis säße.«

Ulrich gesellte sich zu Tristan, Pfeiffer und Holzbaum, die zusammen an der Theke standen. Die Detektive vermieden Blickkontakt zu den eintretenden Vereinsmitgliedern. Sie warteten, bis jeder saß und es langsam ruhig wurde. Schließlich wandten sich die drei der Gruppe zu. Ulrich setzte sich, und Pfeiffer ergriff das Wort.

»Schön, dass Sie alle gekommen sind«, begrüßte er sie freundlich. »Privatdetektiv Irle hat Ihnen etwas mitzuteilen. Ich bitte Sie, ihm zuzuhören.«

Tristan trat vor die Segelflieger, dann sagte er mit kräftiger Stimme: »Der Zufall wollte es, dass ich am vergangenen Sonntag Zeuge des schrecklichen Absturzes wurde, der Jakob Krüger das Leben kostete. Manchmal kann man dem Zufall danken, manchmal wünscht man sich aber auch, dass er einen hätte übersehen mögen. In diesem Fall wäre mir das Letztere lieber gewesen. Ich hätte auf diese unangenehme Notlandung am Dienstag gut und gerne verzichten können.«

Ein Schmunzeln zog durch die Reihen.

»Wie Ihnen mittlerweile klar sein dürfte, geht ein Mörder um. Er gehört zu diesem Verein und könnte Ihr Sitznachbar sein.«

Die Vereinsmitglieder sahen sich verdutzt an.

»Um es gleich zu sagen«, fuhr Tristan fort. »Es ging bei diesen Morden nicht um den Verein. Unglückliche Umstände haben das Geschehen an diesen Ort geführt. Ihr schöner Sport wurde der Deckmantel schlimmer Taten.«

»Jetzt kommen Sie doch zur Sache!«, rief Pierre-Olaf. »Jakobs Absturz war ein Unfall!«

»Einen Moment, bitte«, sagte Tristan freundlich. »So einfach ist das nicht. Ich möchte Ihnen erst einmal erklären, um was es eigentlich ging.«

»Muss das sein?«, maulte Dietermann.

»Es muss sein«, schimpfte Pfeiffer.

Die Unruhestifter gaben nach und hörten Tristan zu.

»Wie ich schon sagte, es ging nicht um eine Vereinsangelegenheit. Es ging um einen sehr gut ausgedachten Diebstahl. Einen Diebstahl, dem die Stadtverwaltung zum Opfer fallen sollte, wenn sie die Software auf Euro umstellte. Jakob, wie Sie wissen, arbeitete im Rechenzentrum der Stadtverwaltung. Bücker war sein Vorgesetzter. Wir haben bei unseren Recherchen herausgefunden, dass Jakob ein kleines Programm installieren wollte, das die Stadtkasse auf geheimnisvolle Weise bestehlen sollte. Bücker deckte Jakob, und deshalb war ihm so sehr daran gelegen, nach dem Absturz an dessen private Tasche zu kommen.«

»Diese Tasche hat Bücker also gesucht!« rief Wilms aufgeregt.

»Ja«, nickte Tristan. »Bücker vermutete zu Recht, dass Jakob dort etwas aufbewahrte, was sehr wichtig für ihn war. Und nun, Herr Anderdeck, Jakobs Absturz war kein Unfall.« Er rief: »Tatjana!«

Tatjana trat aus einem kleinen Büro in den Schankraum. Sie hielt das Höhenruderteil in der Hand.

»Jakob wurde umgebracht«, sagte sie hart. »Man hat den Haltebolzen angesägt.«

»Das gibt's doch nicht«, staunte Wilms.

»Fast wäre dem Attentäter der Anschlag missglückt.« Tristan sah in die Runde. »Hätte der Bolzen noch eine Minute länger gehalten, dann wäre Jakob heute noch am Leben. Der Mörder hatte wohl gehofft, dass das Höhenruder schon viel früher in großer Höhe den Geist aufgeben sollte.«

»Dann hätte er sich mit dem Fallschirm retten können«, sagte Mike laut.

»Wahrscheinlich nicht«, antwortete Tristan. »Vermutlich war der auch manipuliert, und alles hätte nach einem tragischen Unfall ausgesehen. Pech für den Mörder, dass das Segelflugzeug direkt auf den Platz aufschlug.«

»Aber wer macht so etwas?« murmelte eines der Mitglieder.

»Dazu kommen wir gleich.« Tristan gab Pfeiffer ein Zeichen. »Ich hatte ein längeres Gespräch mit Mike, der mit seinen Freunden die schönen Nächte ausnutzte und lange am Lagerfeuer verweilte. In der Nacht von Montag auf Dienstag beobachteten sie eine Hand voll Leute, die plötzlich aus der Dunkelheit zum Feuer traten. Wie ich anfangs schon mitteilte, hätte ich den Motorausfall gerne verpasst. Aber in dieser Nacht hat jemand von diesen Leuten die Öl- und Benzinschläuche angeschnitten.«

»Wer waren die?« riefen einige Mitglieder.

»Da es mehr als einer war, hätte es jeder der Genannten sein können«, sagte Tristan ruhig. »Deshalb spielt es jetzt keine Rolle mehr, wer alles da unterwegs war. – Nun, das ist nicht ganz richtig. Die betreffende Person, unser Schlauchanschneider, den betrifft es schon.«

Es wurde langsam unruhig in der Gruppe. Sie wollte nicht länger warten. Tristan spürte die ansteigende Erregung.

»Was nur wenige von ihnen wissen, ist, dass Tatjana am Sonntagabend in ihrer Wohnung überfallen wurde.«

»Was?!« riefen einige durcheinander.

»Stimmt das?« fragte Wilms besorgt.

»Es stimmt«, bestätigte Pfeiffer.

»Warum hast du das nicht gesagt?« Wilms sah sie betroffen an.

»Wem hätte ich denn trauen können?« warf Tatjana Wilms an den Kopf.

»Jedenfalls«, Tristan ergriff laut das Wort. »Jedenfalls hat Mike an diesem Abend eine Person auf den Platz zurückkommen sehen.« Tristan machte eine Pause und sah sich um.

»An diesem Abend kam Wulf Specht auf den Platz zurück«, sagte Tristan. »Sie haben leider den Schlüssel nicht gefunden, den Sie gesucht haben.«

Plötzlich schienen die Vereinsmitglieder wie versteinert. Als Erstes meldete sich Wilms.

»Er ist Jakobs Vetter!«

»Das hat ihn nicht daran gehindert, ihn umzubringen«, entgegnete Pfeiffer hart.

Wulf saß still auf seinem Stuhl.

»Erinnern Sie sich noch daran, Herr Wilms, dass ich Sie nach den Berufen der Mitglieder fragte?«

»Ja«, nickte Wilms.

»Herr Specht, Sie sind Lehrer?« Tristan behielt den Mann im Auge.

»Ja, das bin ich!« sagte Wulf laut. »Und diese Beschuldigungen werden ein Nachspiel haben.«

»So?« lächelte Tristan. »Wissen Sie, das sagten viele, die einmal in Ihrer Situation waren. Aber glauben Sie mir, ich habe meine Hausaufgaben gemacht. Sie sind Informatiklehrer an der hiesigen Berufsschule. Darüber hinaus verfügen Sie laut Ihrem Direktor über einige sehr spezielle Kenntnisse zur Virenbekämpfung. Sie gehören zudem dem Hamburger Chaos-Club an, in dem sich hoch begabte Computer-Hacker vereint haben. Nach allem, was meine Computerexpertin über das kleine Programm gesagt hat, konnte es nur von jemandem stammen, der Ihre Fähigkeiten besitzt.«

»Danke für das Lob«, grinste Wulf selbstsicher. »Aber Sie haben keine echten Beweise. Was Sie bis jetzt angeführt haben, sind bestenfalls Indizien.«

»Nicht ganz«, lächelte Tristan kalt und ließ sich eine Diskette von Holzbaum geben. Sie war in eine Plastikhülle verpackt. »Kennen Sie das hier?«

»Natürlich«, sagte Wulf, »das ist eine Diskette.«

»Ja«, nickte der Detektiv, »das ist eine Diskette. Und diese Diskette fanden wir in Jakobs Schließfach, sie enthält einige interessante Programme und ein Etikett.«

Wulf schluckte. Murphys Gesetz schoss ihm durch den Kopf.

»Auf diesem Etikett steht in sehr kleiner Schrift der Name Ihrer Berufschule.«

»Zufall«, rief Wulf. »Reiner Zufall!«

»Nun, das glaube ich kaum«, sagte Tristan. »Fangen wir von vorne an.«

Tristan nahm die Startliste von der Theke.

»Diese Liste dokumentiert den letzten Start vor Jakobs Unfall. An diesem Tag, es war der letzte Samstag, haben auch Sie, Herr Specht, den Flugplatz besucht. Beim Abrüsten, so vermute ich, haben Sie den Haltebolzen des Höhenruders mitgenommen. Als am Sonntag der *Mosquito* wieder aufgerüstet wurde, da waren Sie zur

Stelle und halfen, steckten den angesägten Bolzen persönlich ins Höhenruder. Irgendwann vor dem Start hatten Sie einen Streit mit Jakob, dort verlangten Sie die Disketten, die Jakob hatte. Ich vermute, Jakob wollte Ihnen diese nicht zurückgeben. Aber dazu später mehr.

Jakob startete und wir wissen, was passierte.

Abends brachen Sie in Tatjanas Wohnung ein und suchten nach diesen Disketten. Wahrscheinlich, nachdem Sie in Jakobs Wohnung nichts fanden und dort alle Beweise zerstörten. Dass Jakob ein Schließfach besaß, wussten Sie nicht. Das hat Ihnen erst Bücker gesagt.«

Wulf hörte sich die Ausführungen gelassen an.

»Jetzt zu Bücker«, sagte Tristan. »Bücker wusste von dem Schließfach. Woher? Ich vermute mal, dass Jakob ihm irgendwann davon erzählte. Bücker wollte unbedingt den Schlüssel, den Jakob bei sich hatte, deshalb hat er die Tasche nach dem Unfall an sich genommen. Das dürfte Sie aufmerksam gemacht haben. Bücker erzählte Ihnen von dem Schließfach, und sie vermuteten, dass Tatjana einen zweiten Schlüssel besaß. Der Anschlag sollte Tatjana beseitigen, leider saß ich ebenfalls in der Maschine.«

»Sie haben ein tolle Fantasie«, schimpfte Wulf, doch nicht mehr so sicher.

»Der Anschlag ging schief. Bücker musste sich mit Ihnen zerstritten haben, dafür musste er dann sterben.«

»Bücker, Jakob«, fauchte Wulf. »Sie wollten aussteigen. Es wurde ihnen zu gefährlich.

Schlappschwänze waren sie. Dabei war die Sache so sicher.«

»Jakob hatte es sich anders überlegt?« fragte Tatjana.

»Ja, dein Held bekam weiche Knie«, höhnte Wulf, stand auf und rannte plötzlich los, doch Mike und seine Freunde stürzten sich auf ihn, bevor er die Tür erreichen konnte.

5

Pfeiffer verhaftete Wulf und fuhr mit Holzbaum davon. Tristan und Ulrich betrachteten ihre Vereinskameraden, die dabei waren, Segelflugzeuge an den Start zu schieben.

»Sie sind nicht zu bremsen«, bemerkte Tristan.

»Nein«, lächelte Ulrich. »Aber diese Geschichte wird noch lange für Stoff am Lagerfeuer sorgen.«

»Wo ist Tatjana?« fragte der Detektiv.

»Sie sitzt im Doppeldecker«, antwortete Ulrich und deutete auf das Vorfeld, von wo aus gerade der Doppeldecker auf den Platz rollte.

Tatjana saß allein in dem Doppeldecker. Sie betätigte Hebel und gab Zeichen. Wilms stand am Propeller. Mit einem kräftigen Ruck schleuderte er den alten Holzpropeller herum, und der Motor begann zu leben. Die Pilotin ließ den Motor warm laufen und rollte zum Start. Sie trat nochmals in die Bremse, gab Vollgas, nahm das Gas zurück und wartete auf die Startfreigabe. Mit einem tiefen Brummen, das aus den sieben Zylindern des Sternmotors dröhnte, setzte sich der Oldtimer schließlich langsam in Bewegung. Nach einigen Metern hob sich der Schwanz, und auf der Mitte des Platzes verließ der Doppeldecker den Grasboden.

»Ich vermute«, sagte Tristan nachdenklich, »jetzt beginnt für sie die schwierigste Zeit.«

Ulrich nickte und sah dem majestätischen Flugzeug nach.

7. Was für ein ...

Donnerstagnachmittag

Was für ein Schlamassel! Der Bürgermeister hörte sich die Ausführungen von Hauptkommissar Pfeiffer an. Katrin Becker stand neben dem Schreibtisch und notierte sich einige Stichpunkte.

»Das darf nicht an die Öffentlichkeit«, schnaufte der Bürgermeister. »Stellen Sie sich mal die Reaktion der Bürger vor. – Man bestiehlt die Stadtkasse!«

»Ich weiß nicht, wie wir das kontrollieren können«, sagte Katrin nachdenklich und schielte verlegen zu Pfeiffer.

Der Hauptkommissar stand stolz neben Staatsanwalt Büdenbender, der schweigend Pfeiffers Ausführungen zugehört hatte.

»Wir werden eine Geschichte erfinden müssen«, meinte Büdenbender.

»Eine Geschichte?« Der Bürgermeister sah Büdenbender interessiert an.

»Ja«, nickte der Staatsanwalt. »Uns wird doch eine plausible Erklärung einfallen, warum gleich zwei Stadtangestellte auf einem Flugplatz umgekommen sind.«

»So?!« Der Bürgermeister schüttelte skeptisch den Kopf. »Ich weiß nicht.«

»Also«, begann Büdenbender, »der Unfall ist doch schon mal gut.«

»Es war kein Unfall«, widersprach Pfeiffer.

»Das muss ja keiner wissen«, entgegnete Büdenbender scharf.

»Wir sollten bei der Wahrheit bleiben«, sagte Pfeiffer entschlossen und erntete einen liebevollen Blick von Katrin.

»Das gefiele mir auch besser«, meinte der Bürgermeister, »obwohl ...«

Der Bürgermeister ahnte, was man ihm im Zuge dieser Geschichte noch alles vorwerfen würde.

»Ich finde auch«, mischte sich jetzt Katrin ein. »Wir fahren besser, wenn wir bei der Wahrheit bleiben. Wir müssen ja nicht alles bis ins Kleinste herausposaunen.«

»Sie haben Recht«, sagte der Bürgermeister und fügte hinzu: »So machen wir das. Sie, Frau Becker, werden mit Hauptkommissar Pfeiffer eine Geschichte zusammenstellen, die wahr ist und nicht allzu viel Unheil auf meinen Schreibtisch lädt.«

»Gerne«, strahlte Katrin, und auch Pfeiffer schien diese Lösung zu gefallen.

»Herr Büdenbender, irgendwelche Bedenken?« fragte der Bürgermeister, obwohl für ihn die Sache bereits erledigt war.

Büdenbender nickte. »Meinetwegen. Aber übertreiben Sie nicht.«

»Ganz sicher nicht«, antwortete Pfeiffer und freute sich auf die gemeinsame Zeit mit Katrin.

2

Welche Erleichterung! Der Diakon hielt sein Handy in der Hand und sprach mit Paderborn, während Sina, Tristan und Helga neben ihm saßen. Erich sagte dem Bischof zu.

»Na endlich«, freute sich Tristan. »Jetzt besuchst du die Ewige Stadt.«

»Schade«, meinte Sina, »dass du vor mir da bist. Es wäre schön gewesen, wenn wir zusammen in Rom wären.«

»Nun«, sagte Helga, »dann könnte er dich nicht trauen. Für eins von beidem musst du dich schon entscheiden.«

»Lieber die Trauung«, lächelte die IT-Spezialistin.

»Was hat eigentlich der Stadtkämmerer zu dem Fall Jakob gesagt?« fragte Tristan.

»Oh, frag nicht«, grinste Sina. »Zuerst gab er mir einen Schlüssel für die Büros, was ihn schon sichtlich mitgenommen hatte, da er eine flexible Arbeitszeit als höchst unanständig bezeichnete. Als ich ihm dann auch noch die Geschichte des kleinen Wurms auftischte, da wäre er mir fast ohnmächtig geworden.«

»Na ja, jetzt ist die Welt wieder in Ordnung«, lobte Erich.

»Meinst du?« fragte Tristan.

Danksagung

Obwohl dieses Buch ohne eine längere Recherche auskam, gab es dennoch eine Menge helfende Geister. So sind Ralph und Sabine Rottler sowie Marlis Klein mit ihrem Engagement zu nennen. Meine Schwester Anja, die wie immer kritisch ihren Kommentar abgab. – Sollten Sie jemals zu schreiben anfangen, dann wünsche ich Ihnen eine solche Kritikerin, danke Anja. – Und da gibt es noch jene, die im Stillen arbeiteten, um dem Manuskript den letzten Schliff zu geben, auch ihnen sei herzlich gedankt. Zum Schluss sei auch an die gedacht, denen ich gute wie schlechte Erfahrungen in diesem Hobby verdanke, denn ohne diese Erfahrungen fehlte diesem Buch die rechte Würze.

Nachwort

Fliegen, sich in die Luft erheben, den Alltag *unter* sich zurücklassen, ein wunderbares Gefühl. Mit vierzehn habe ich dieses Gefühl zum ersten Mal erleben dürfen. Es ist nicht übertrieben, wenn ich heute schreibe, dass mich damals der Blick aus dem Cockpit auf prägende Weise in der Seele berührte. Fliegen gehört, neben dem Schreiben, zu den wenigen Dingen, die ich nicht mehr missen möchte. So sind in den letzten 25 Jahren hunderte von Flugstunden zusammengekommen. Die Recherche zu diesem Buch fiel dementsprechend kurz aus.

Und so gerne ich dem Hobby nachgehe, so musste ich doch feststellen, dass das Vereinsleben seine eigene Gesetzmäßigkeit hat, die mir nicht selten ein ungläubiges Staunen entlockt. Interessanterweise spielt es bei dieser Gesetzmäßigkeit keine Rolle, um welchen Verein es sich handelt. Sie sind in jedem Verein mehr oder weniger gleich. Das macht dieses Thema sehr interessant.

Sollten Sie dieses Buch gelesen haben, dann hoffe ich, bei Ihnen Neugier und Lust aufs Fliegen geweckt zu haben. Wir sind in unserer Region in der glücklichen Lage, mehrere Flugplätze und ein Segelfluggelände zu haben, an denen Sie herzlich willkommen sind. Dort können Sie die Gelegenheit zu einem Rundflug mit einem Segelflugzeug oder einem motorgetriebenen Flugzeug wahrnehmen. Und wer weiß – vielleicht wird beim Blick aus dem Cockpit Ihre Seele auf ähnliche Weise berührt, wie es bei mir als Jugendlicher geschah.

Siegen, 18. 09. 01
Ralf Strackbein

In dieser Reihe bereits erschienen:

Tristan Irle und der Rubensmord (1991)

Eigentlich sollen die Feierlichkeiten zum 350. Todestag von Peter Paul Rubens friedlich und ohne größeres Aufsehen in der Stadt Siegen gefeiert werden. Doch das ändert sich schlagartig, als man eine Leiche im Vorhof des Oberen Schlosses findet. Privatdetektiv Irle übernimmt den Fall und muss bald feststellen, dass mehr hinter dem Fall zu stecken scheint, als es vordergründig aussieht.

Tristan Irle – Eine Leiche auf der HTS (1992)

Friedlich bereiten sich die Bewohner des Siegerlandes auf das Weihnachtsfest vor. Doch plötzlich wird die festliche Ruhe gestört, als man eine Leiche im Schnee begraben findet. Tristan Irle übernimmt die Aufklärung des mysteriösen Mordes. Dabei verfängt er sich in einem Netz von Intrigen, Bestechungen und Lügen.

Tristan Irle – Mord Pur (1993)

KulturPur – seit Jahren ein Begriff für ein Fest der besonderen Art. Tristan Irle gönnt sich ein paar Tage Urlaub auf dem Giller und trifft dort Pensionsbesitzerin Helga Bottenberg. – Eine Frau, in die er sich verlieben könnte? Beschaulichkeit bestimmt den Tag, bis ein hinterhältiger Anschlag die Idylle zerstört.

Tristan Irle – Die Abseitsfalle (1994)

Die Damenmannschaft des SC Siegen hat es wieder geschafft. Sie steht im Endspiel um die deutsche Meisterschaft. Doch dann verunglückt auf mysteriöse Weise ein Mitglied des Vereins. War es Mord? Diese Frage soll Tristan Irle klären. Voller Tatendrang stürzt er sich ins Spiel. Doch das Spiel ist nicht fair, und er durchschaut die heimtückische Abseitsfalle.

Tristan Irle – Das sexte Gebot (1995)

Seit Tagen ziehen Regenschauer über das Siegerland. In dicke Regenjacken gehüllt, gehen die Menschen ihren Geschäften nach. Plötzlich erschüttert des Nachts eine fürchterliche Autoexplosion die Stadt. Es gibt einen Toten. Zur gleichen Zeit findet Tristan Irle ein Findelkind in der Marienkirche. Die Polizei steht vor einem Rätsel. Haben beide Ereignisse etwas miteinander zu tun?

Tristan Irle und das Rathauskomplott (1996)

Weihnachtsmarkt in Siegen. Es ist der Beginn der Adventszeit. Plötzlich erschüttert ein fürchterlicher Fund auf dem Weihnachtsmarkt die Gemüter. Schockiert schalten sich Staatsanwaltschaft und Polizei ein. Ihnen eine Nasenlänge voraus ist eine junge Journalistin. Sie vermutet Verbindungen zum Rathaus und bittet Detektiv Tristan Irle um Hilfe. Machenschaften allerorts und der kommunale Filz drohen schließlich die Ermittlungen fast zu ersticken.

Tristan Irle – Der Braumeister (1997)

Der junge Braumeister Roland Eichbaum hat die Idee seines Lebens. Er möchte Bier in Asien brauen. Die Verhandlungen sind in vollem Gange, als plötzlich ein Mord die Bierbrauer der Region erschüttert. Bis Tristan Irle durch die trübe Suppe von Verdächtigungen eine klare Spur findet, muss er so manches Glas Bier leeren, und nicht selten beginnt die Recherche mit einem lauten: Prost! Und da ist dann auch noch ein geheimnisvoller Chiffrierschlüssel, der Tristans Ermittlungen behindert.

Tristan Irle – Gegen den Strich (1998)

Die kleine Großstadt Siegen steht im Fokus der Weltöffentlichkeit. Im Medien- und Kulturzentrum laufen die letzten Vorbereitungen auf Hochtouren für eine ganz besondere Ausstellung, als ein Siegener Künstler zu Tode kommt. Tristan Irle beginnt seine Ermittlungen, was Künstlern und anderen Kreativen gegen den Strich geht. Dann muss Irle feststellen, dass die Kunstszene genauso schillernd ist wie eine Malpalette.

Tristan Irle – Tödliche Doktorspiele (1999)

Im Arzt-Gelöbnis steht: „Ich werde meinen Beruf mit Gewissenhaftigkeit und Würde ausüben. Die Erhaltung und Wiederherstellung der Gesundheit meiner Patienten soll oberstes Gebot meines Handelns sein." Diesen Satz haben auch die Ärzte in einem Krankenhaus in Siegen gelobt. Doch eines

Morgens findet man eine tote Patientin. Und wie sich herausstellt, wurde sie falsch behandelt. Chefarzt Dr. med. Killian steht plötzlich unter Mordverdacht, doch er behauptet, unschuldig zu sein. Privatdetektiv Tristan Irle wird eingeschaltet, um den mysteriösen Todesfall zu untersuchen. Ihm gegenüber eine Schar weißer Kittel, die alle etwas zu verbergen scheinen.

Tristan Irle – Siegener Maskerade

(2000) gebunden

Schriftsteller Raffael Leich trifft sich im Geheimen mit dem persönlichen Referenten des Bürgermeisters. Ein mysteriöses Bild wechselt den Besitzer, dann fallen plötzlich Schüsse. Raffael kann fliehen. Tags darauf wird Privatdetektiv Tristan Irle eingeschaltet, um zu ermitteln. Zur gleichen Zeit bereitet der Anwalt Hallenberger eine Millionen-Spende für die Stadt Siegen vor, um mit dem Geld das Projekt Apollo-Theater zu finanzieren. Steht der Mord etwa mit dem Theaterprojekt in Verbindung? Welche Rolle spielen Schriftsteller Raffael Leich und der Bürgermeister? Und da ist da noch das geheimnisvolle Bild. Im Buch enthalten, ein ausklappbarer Abzug des mysteriösen Bildes.

Nicht jeder der genannten Titel ist immer lieferbar. Vergriffene Titel werden in einem bestimmten Rhythmus wieder aufgelegt. Fragen Sie bitte im Einzelfall bei Ihrem Buchhändler nach, welche Titel lieferbar sind.

Der Autor:

Ralf Strackbein lebt in Siegen. Absolvierte ein Magister-Studium an der Universität Siegen. Schrieb als freier Mitarbeiter während des Studiums Filmkritiken und Reportagen für eine Tageszeitung. Nach Abschluss des Studiums war er als Pressereferent in Frankfurt a.M. beschäftigt. Seit Sommer '96 als freiberuflicher Presse- und PR-Berater für Siegerländer Unternehmen tätig.